LA HUELLA BORRADA

ANTONIO FUENTES RUIZ

LA HUELLA
BORRADA

PLAZA JANÉS

Papel certificado por el Forest Stewardship Council®

MIXTO
Papel procedente de
fuentes responsables
FSC
www.fsc.org
FSC® C117695

Penguin
Random House
Grupo Editorial

Primera edición: marzo de 2023

© 2023, Antonio Fuentes Ruiz
© 2023, Penguin Random House Grupo Editorial, S. A. U.
Travessera de Gràcia, 47-49. 08021 Barcelona

Printed in Spain – Impreso en España

ISBN: 978-84-01-02991-2
Depósito legal: B-742-2023

Compuesto en M. I. Maquetacion, S. L.

Impreso en Black Print CPI Ibérica
Sant Andreu de la Barca (Barcelona)

L029912

*A Gonzalo Crespo y Almudena
Grandes, ejemplos de decencia*

*A Ulises y Lucas, para que sean
personas dignas en un país digno*

Todo lo bello deja un hueco
en el lugar en donde estuvo, como
queda la huella
de un cuadro en la pared en donde
permaneció colgado un tiempo.

RAFAEL GUILLÉN, *Últimos poemas*

Olvidar es también perdonar lo que no debe ser perdonado si la justicia y la libertad han de prevalecer. Tal perdón reproduce las condiciones que reproducen la injusticia y la esclavitud: olvidar el sufrimiento pasado es olvidar las fuerzas que lo provocaron sin derrotar a esas fuerzas. Las heridas que se curan con el tiempo son también las heridas que contienen el veneno. Contra la rendición del tiempo, la restauración de los derechos de la memoria es un vehículo de liberación, es una de las más notables tareas del pensamiento humano.

HERBET MARCUSE, *Eros y civilización*

Nota del autor

Esta novela no es obra de imaginación o fantasía, por más que los hechos relatados puedan haber asaltado la ignorancia del lector, sino que es fruto de un trabajo de investigación por parte del autor, quien ha recabado testimonios personales, rastreado fuentes originales y contrastado las conclusiones de otros investigadores que han estudiado este periodo histórico.

La proximidad de los acontecimientos, quizá, hubiera aconsejado ocultar la identidad real de los protagonistas, pero el autor ha considerado que, casi noventa años después, no solo resulta innecesario, sino que se eludiría el justo reconocimiento u oprobio de quienes aparecen en el relato. Prevalezca por tanto el derecho a la verdad histórica por delante de las sensibilidades que pudieran verse heridas por la identificación de sus familiares, independientemente del papel que decidieron protagonizar en sus vidas, y sirva de homenaje tardío a los hombres y mujeres que intentaron contribuir al progreso y bienestar de un país que no les merecía.

Estaba despierto, pero me hice el dormido sin saber por qué. Le vi salir de la habitación con su traje de hilo blanco, su sombrero y su silueta a contraluz en la puerta del cuarto. Fue lo último que vi de él, sin saber, entonces, que habría de entrar en mi vida y en mi corazón, como nadie y para siempre.

HORACIO HERMOSO HIJO

Prólogo

13 de julio de 1936

Horacio Hermoso Araujo salió de la habitación tras darle un beso en la mejilla a su hijo de ocho años. A continuación, visitó el cuarto donde dormían su mujer y su hija. Mercedes abrió los ojos.

—¿Te marchas? —preguntó.

—Sí, lo he pensado mejor, me reuniré en persona con el gobernador —respondió Horacio.

Unos pocos días en la playa le habían otorgado un favorecedor bronceado que contrastaba con la impoluta vestimenta.

También había bajado de peso, aunque no lo suficiente, pues ni de lejos había perdido los kilos acumulados desde la boda —unos diez—. Sin embargo, su nuevo peso sí le permitía abandonar los tirantes del pantalón. Si la felicidad del matrimonio engordaba, estos últimos seis meses de agotamiento físico le habían provocado un regreso al cinturón, lo que debía considerar una ventaja a meses de cumplir los treinta y seis años.

Horacio salió a la entrada del hotel Castillo de Chipiona, donde le esperaba el chófer. «Volvemos a Sevilla». Por el camino, compartió impresiones con el conductor. En Madrid le quitaban credibilidad a los rumores que pronosticaban que algunos militares descontentos con el Gobierno de la Segunda República asaltarían el poder. En los periódicos y en los bares no se hablaba de otra cosa tras la muerte de un diputado monárquico en venganza por el asesinato de un guardia republicano. Esta vez sí, los rumores tronaban.

Horacio permanecía tranquilo. Comprendía a quienes le aconsejaban que esperara a que pasara la tormenta, pero a estas alturas continuaba siendo el alcalde y debía dar ejemplo de la seriedad del proyecto del Frente Popular, la conjunción de partidos republicanos y fuerzas obreras vencedora de las elecciones de febrero. Además, ¿qué tenía que temer? ¿Había causado él mal a alguien? Horacio siempre consideró que las conspiraciones y las intrigas políticas pertenecían a la capital del país, con ecos tenues en las provincias, alejadas en la distancia y más si se trataba de una del sur peninsular.

«El gobernador ha suspendido las misas por la muerte del diputado monárquico, eso ayudará a rebajar la crispación. Llamaré a los concejales para convocarles al pleno, con normalidad. Lamentaremos los fallecimientos y continuaremos con el orden del día. Regresaremos por la tarde con nuestras familias. Todo irá bien».

Parte I

Julio – septiembre de 1936

1

El general Gonzalo Queipo de Llano y Sierra entró en el hotel Simón, a trescientos metros del ayuntamiento. El viaje desde Madrid le había resultado agotador y comenzaba a recobrar el pulso con un café negro y una copa de anís. Era tan famoso que estaba convencido de que el camarero lo había reconocido, pese a haber visitado Sevilla solo tres o cuatro veces con anterioridad. El joven pertenecería a un sindicato gremial y se chivaría ante cualquier jefecillo rojo local, y este al gobernador. Esquivando las miradas, el general salió a la puerta del hotel. El chófer llegó a la hora. Visitó por protocolo al jefe militar de la división, el general José Fernández de Villa-Abrille, y salió raudo para Huelva. Para entretenerse, le propuso a su ayudante ir a un cine de verano.

—¿Está seguro, don Gonzalo? Las noticias nos pueden llegar en breve —le advirtió su hombre de confianza, el mismo en cuyas manos había puesto a su familia para que los condujera a salvo a Málaga.

—No nos vamos a acostar tan pronto, César. Cuesta nos avisará.

José Cuesta Monereo era el Jefe. Capitán del Estado Mayor y supuesta mano derecha del jefe de división. Queipo confiaba tanto en él que ni siquiera había previsto qué hacer cuando el Ejército se sublevara en Melilla, pero Cuesta era un hombre de recursos. Queipo recordaba cómo, el día antes de la sublevación, Cuesta logró ponerse en contacto con él a través de un teniente de oficinas al que encargó que buscase al general por toda Huelva con un mensaje en clave. Tras un buen rato, al emisario se le ocurrió ir al cine, donde encontró a Queipo, pero este lo confundió con un policía con la misión de engañarlo y detenerlo. El teniente tuvo que convencerlo de que se trataba de un enviado especial y, solo entonces, Queipo y su ayudante se dirigieron al hotel para descansar sin saber muy bien qué hacer a la mañana siguiente.

No duraron mucho más las dudas de Queipo, «inspector de los Guardiñas» —como habían acordado llamarlo en clave—. Poco después de despertarse, recibió la orden de que acudiera a Sevilla de inmediato.

A pesar de que su determinación era firme, no le iba a resultar fácil llegar, pues la movilidad por carretera estaba restringida a causa del estado de alarma impuesto por el Gobierno tras el asesinato de Calvo Sotelo. Para poder burlarlo, los demás conspiradores y él habían trazado un rocambolesco plan: se marcharía de Huelva fingiendo acudir a un acto en el puesto local de los Carabineros de Isla Cristina.

Con esta excusa Queipo salió en dirección a Portugal mientras saludaba a los soldados desde el coche. Apenas dejaron atrás la ciudad, ordenó al chófer que regresara, condujera por calles pequeñas y poco transitadas y saliera a la carretera en dirección contraria, hacia Sevilla. A mitad de camino sufrieron un sobresalto cuando un control rutinario de la Guardia Civil detuvo al coche con la orden de arrestar a cualquier militar en trayecto.

—Déjense de tonterías y tengan sentido común para interpretar las órdenes —les dijo Queipo vestido de paisano, y a continuación les mostró el carnet de inspector general que le otorgaba jurisdicción en todo el territorio peninsular.

Los guardias civiles llamaron al gobernador de Sevilla para comunicarle a quién se habían encontrado, pero este, convencido de la lealtad del general, le franqueó la entrada. ¿Quién sospecharía de un militar, excéntrico, sí, pero con una trayectoria de fidelidad permanente a la República?

—Que pase —dijo la autoridad civil de la región.

Llegó a Sevilla sin ningún percance.

Una vez instalado en el hotel Simón, Queipo pidió un bistec. Le acompañó a la mesa un joven capitán de aviación que había aparcado en la puerta su Renault particular para hacerle de chófer. Otros conspiradores habían querido sumarse: un comandante de infantería y jefe local de las milicias falangistas, Rementería, y su amigo personal, el torero José García Rodríguez, «el Algabeño», quien le prometió movilizar a más de mil quinientos agitadores de Falange. Pero Queipo no quiso llamar la atención, sobre todo la de aquel joven camarero que rondaba las mesas. Cada vez estaba más convencido de que pertenecía a algún sindicato de izquierdas.

Al terminar de comer, el general subió a la habitación del hotel y descansó unos minutos. Después bajó las escaleras vestido de uniforme y le pidió al chófer que lo trasladase a la Capitanía, confiado en que a más de treinta grados a la sombra nadie repararía en un tipo de metro noventa. Entró en la Capitanía con la complicidad de los oficiales captados por Cuesta, y se escondió en la habitación de soltero de otro capitán del Estado Mayor, a la espera de su gran momento.

Mientras tanto, en la planta baja la Junta Militar analizaba la sublevación en África. La reunión concluyó con todos los mandos prometiendo lealtad a la República, incluido el Jefe, y, uno tras otro, los militares se despidieron de Villa-Abrille. El alto cargo de la División estaba inquieto porque en el patio iban y venían oficiales, incluso sin destino o ya jubilados, que pasaban por el despacho de su principal asesor. Sin poder aguantar un segundo más aquel revoltijo, Villa-Abrille llamó a Cuesta para acabar de una vez con el trasiego. Comenzaron a discutir, como era habitual, y Cuesta condujo a su superior hasta el patio, donde Villa-Abrille se encontró de repente rodeado de subordinados. Observó los rostros ambiciosos y lo entendió. Iba a dar la orden de que fueran disciplinados y volviesen a los cuarteles cuando vio a Queipo bajar las escaleras.

—¿Qué vienes a hacer aquí? —preguntó Villa-Abrille.

—A decirte que llegó el instante en que tendrás que decidir si te pones al lado de ese Gobierno indigno que está destruyendo España o al de tus compañeros que tratan de salvarla.

En los ojos de Queipo no cabía camaradería. Vestía como en los tiempos de Cuba y África, llevaba una pistola al cinto y, al menos, ocultaba otra más. Villa-Abrille había secundado el levantamiento contra la monarquía en el 30, pero, cuando llegó el momento, fue incapaz de sublevar a sus tropas. Pagó con la pena de cárcel y calló. Pero nunca más.

—Yo estoy siempre al lado del Gobierno. —Queipo escuchó al teniente, firme, algo poco habitual en él.

—Traigo la orden del Comité de levantarte la tapa de los sesos y sabes que soy capaz de hacerlo. Pero, como siempre he sido buen amigo tuyo, quiero convencerte de tu error antes de recurrir a la violencia.

Tal y como Queipo sospechaba, Villa-Abrille utilizó esta amenaza para justificar su rendición. Arrancó los hilos del teléfono y arrestó a los oficiales que rechazaron la sublevación. Como nadie fue capaz de encontrar la llave del despacho de Villa-Abrille, lo encerró y ordenó a un cabo de la guardia y a dos soldados que vigilaran la puerta.

—Si alguno intenta salir, le pega usted un tiro en la cabeza; y, si no lo hace así, se lo pegaré yo a usted —ordenó a voces para que se enterasen los que quedaban dentro.

A continuación, reclamó la declaración del estado de guerra, cuya redacción había encargado al Jefe con la ayuda del teniente coronel auditor Francisco Bohórquez, aunque los rebeldes habrían deseado el apoyo de algún jurista. El Jefe tranquilizó a Queipo para ganar tiempo porque estaba ultimando el escrito y le urgió a salir por la puerta de atrás, donde a solo unos pasos se encontraba el cuartel de San Hermenegildo, sede del Regimiento de Infantería Granada número seis, antiguo Soria. El Jefe había ordenado formar filas, aprovechando que ese día estaba programado un paseo militar, pero para sorpresa de Queipo, cuando llegó, la tropa no le rindió honores. Al fondo del zaguán se encontraba un coronel al que no habían tenido oportunidad de captar. Queipo le adelantó la mano, forzando una sonrisa, pero este le respondió:

—Estoy dispuesto a sostener al Gobierno y a no recibir más órdenes que las que me dé el general Villa-Abrille.

Queipo disimuló su desagrado e invitó al coronel a proseguir la conversación en un cuarto, pero la mayoría de los oficiales se negaban a las continuas invitaciones de sublevación. Al lado de la habitación quedaron otros capitanes y tenientes que presenciaban la afrenta al rebelde. Queipo, desesperado, y conteniéndose para no sacar la pistola y liarse a tiros, hizo llamar a Cuesta para que acudiese con el bando de guerra de una vez. Quedaron en silencio.

—Mi general, mis disculpas, me gustaría decir una cosa. ¿Qué pasaría si su plan no sale como estima? —preguntó un comandante.

—Eso no pasará, está todo previsto. Dios mediante.

—La Providencia está con usted, mi general, muchos así lo creemos. Comprenda únicamente el dolor que hemos padecido cuando se nos ordenó seguir al general Sanjurjo en el 32. Ha sido mucho el sufrimiento en estos cuatro años, para nosotros y para nuestras familias. Tenemos hijos, mi general, y perdemos algo más que el empleo; nos quitan el honor, y eso no se nos devuelve.

—No se preocupe por su reputación, eso no será problema. Si se fracasase, la única salida que nos quedará será la del cementerio.

El Jefe llegó contrariado y comenzó a amonestar a los mandos de infantería, que no variaron en su actitud. Queipo, conocedor de que el golpe se estaba decidiendo en ese momento, puso la voz más grave que pudo, miró con desprecio a los mandos y desvió la mirada al resto de oficiales.

—¿No hay nadie entre ustedes, con los cojones que hay que tener, capaz de hacer formar a la tropa? —preguntó.

Nadie contestó por temor a contrariar a un superior, pero Queipo se fijó en un capitán que, detrás de unas lentes de botella, apretaba los labios y sonreía entre dientes. Queipo le inquirió personalmente:

—¿Usted, capitán, tiene lo que debe tener para formar a la tropa?

Este respondió con una afirmación porque nadie, aún menos un general madrileño, pondría en duda la hombría del falangista Carlos Fernández de Córdoba. Queipo ordenó al capitán de infantería tocar escuadra, se dio la vuelta y salió del despacho mientras proclamaba que estaban todos detenidos. Los oficiales le siguieron, con un Queipo sorprendido de que nadie le diera un tiro por la espalda y fin del cuento. Por el camino, algunos le informaron de que cambiaban de parecer y se sumaban al movimiento. Queipo les condujo al despacho de Villa-Abrille y les ordenó que se quedaran dentro. Sorprendido de la docilidad de los arrestados, el general regresó al cuartel para dar las primeras instrucciones de batalla a la Infantería. Se encontró con ciento treinta hombres en la formación, todos asustados, algunos por haber sido despertados a empellones de la siesta; otros, temerosos de que el toque de generala confirmara un desplazamiento a las tierras de Marruecos para sofocar el levantamiento. Ninguno conocía en persona a Queipo, ni siquiera a sus propios superiores; la rutina diaria de los soldados consistía en aguantar los golpes y menosprecios de cabos y sargentos. Ahora todo un general del Ejército español les arengó:

—¿Consentiréis que unos extranjeros nos impongan su yugo a latigazos, nos roben y nos asesinen y decreten el amor libre para ellos con vuestras hermanas y vuestras novias? Mañana, vencedores, la Patria os recompensará también materialmente y los destinos del Estado serán para vosotros.

Queipo recibió al fin el escrito del Jefe y ordenó a un capitán que proclamara el estado de guerra en la vecina plaza del Duque de la Victoria, a quinientos pasos ligeros, junto a una escolta de un centenar de hombres, pero sin tambores ni trompetas para no llamar la atención. A los diez minutos, algunos soldados volvieron espantados para comunicarle que el gobernador había reaccionado: tres autos blindados disparaban con ametralladoras, dispuestos a dejarles los cuerpos agujereados como un colador.

Queipo preguntó si en Infantería tenían un cañón de acompañamiento. Los soldados fueron a buscarlo y el general les ordenó situarlo en una esquina de la plaza de la Gavidia, aprovechando que unos jardines altos lo camuflaban, y disparar en cuanto el primer blindado se asomara.

Dada la orden, Queipo regresó a la Capitanía para echar una ojeada a los detenidos. En el camino le sobresaltó un disparo de cañón. El obús impactó entre dos balcones, pero el estruendo provocó que los conductores del blindado se tirasen al suelo y salieran huyendo hacia el Gobierno civil. Un capitán rebelde corrió hacia el vehículo y lo hizo suyo, poniéndolo de parte de los atacantes. La estrategia quedó clara y, un cuarto de hora más tarde, otro grupo de asaltantes se escondieron en un portal y atacaron al motor de un segundo carro, dejándolo aparentemente inutilizado.

Liberados de la amenaza, en la plaza del Duque los sublevados formalizaron la declaración del estado de guerra que les permitía justificar sus actos. El bando más duro de la historia de España ordenaba el asesinato de quienes convocasen la huelga, provocasen disturbios y sabotajes o conservaran armas en su domicilio pasadas cuatro horas, además de prohibir la circulación por la calle a partir de las nueve de la noche.

2

Unos minutos pasada la una de la tarde, el alcalde de Sevilla, Horacio Hermoso, tras concluir el pleno municipal, bajó a la calle de camino al Gobierno civil. Allí se encontró al gobernador, que había pasado la noche en vela junto a otras autoridades. Les habían llegado noticias de que el día anterior, el 17, se habían sublevado los militares en Melilla y temían que se propagara por otras ciudades. De momento, según el gobernador Varela Rendueles dicha propagación no se había producido.

Estas palabras calmaron a Horacio y a otros compañeros del ayuntamiento que se habían reunido en el despacho del gobernador con ansia de novedades.

Al término de la reunión Horacio salió del Gobierno civil. Antes de entrar a su coche se encendió un puro. Su chófer le acompañó con un cigarrillo:

—Don Horacio, recojamos a su mujer y a sus hijos en Chipiona y salgamos hacia Gibraltar.

—No, regresemos al ayuntamiento. Tengo una cita con Casal.

Ángel Casal, el rey de los bolsos de la calle Sierpes, era un concejal recién llegado al que le había asignado nada menos que las ferias y festejos cuando la ciudad se encontraba en vísperas de las veladas veraniegas que tanto mitigaban los rigores de *la caló* a los sevillanos. En plena reunión con Casal, un guardia de asalto irrumpió en el ayuntamiento e informó de que Queipo de Llano había emitido un bando de guerra.

Sofocada la primera reacción de pánico, Horacio pensó en su hermano menor, Carlos, con quien le unía una gran relación. «Mejor que hermanos», se decían. Horacio le había apoyado siempre; incluso le montó una perfumería —Iris se llamaba— en la calle Amor de Dios número 22 cuando las cosas le fueron mal. Carlos, para defenderla, se había comprado una pistola.

Ahora que negros nubarrones parecían encapotar el futuro de la ciudad, Horacio no dejaba de pensar en su hermano. Y en su pistola. Tenía el incómodo presentimiento de que hoy, justo hoy, le sería bastante útil.

Como respondiendo a sus temores, de pronto se escuchó un disparo. Dio un respingo e, instintivamente, se escondió bajo la mesa.

—¿Qué ocurre? ¿Qué ocurre?

—¡Están a tiros en la plaza Nueva! —respondió un funcionario al que no le llegaba la camisa al cuerpo. Horacio no dio crédito: jamás, la plaza Nueva, la preferida de los sevillanos para sus paseos de media tarde, había presenciado un escándalo igual.

—Pero ¿por qué? ¿Quién dispara?

El mismo funcionario explicó como pudo lo que estaba sucediendo. Horacio no supo si había sido testigo de ello o solo era un heraldo de rumores, pero en ningún momento puso en duda sus palabras.

Al parecer, los sublevados se habían dirigido a la plaza Nueva, donde se ubicaba el triángulo formado por el Gobierno civil, el Ayuntamiento y la Telefónica de comunicaciones. Dejaron piquetes en la retaguardia y, cuando enfilaban hacia la calle Tetuán, les salió al paso una sección de guardias de asalto enviados por el gobernador civil. El capitán sublevado, con la orden de burlar a los defensores, ordenó a la tropa dar vivas a la República. Al encontrarse con el capitán de las Fuerzas de Asalto, le aseguró que tenía la orden de declarar el estado de guerra en nombre del gobernador para detener a los insurrectos, y que él estaba en el bando del Gobierno. Los capitanes se dieron la mano y las tropas se entremezclaron, avanzando juntos hacia la plaza Nueva en ambiente de fiesta.

—¡Viva la República! ¡Viva el Ejército! —vociferó un soldado, el resto le siguió a coro.

Los soldados, mientras intercambiaban tabaco con los guardias, comenzaron a fijar el bando por las paredes de la plaza Nueva. Cuando el gobernador recibió la noticia de que las tropas rebeldes habían alcanzado el triángulo de poder se horrorizó, y ordenó a los guardias de asalto que despejaran la plaza. Como estos estaban convencidos de que el movimiento era a favor del Gobierno, Varela Rendueles se vio obligado a enviar a su propio hermano, Joaquín, al que se había traído desde Bilbao como secretario particular. Joaquín convenció a los guardias de asalto de que la tropa era golpista y, descubierto el engaño y arengados los soldados por sus oficiales, comenzó la batalla en plena plaza, la primera de la Guerra Civil española en territorio peninsular.

Los comercios que no habían cerrado echaron de pronto las persianas metálicas. Los escasos transeúntes gritaron asustados. Los taxistas y viajeros del tranvía corrieron a ponerse a salvo. Los guardias de asalto, el cuerpo defensor de la Segunda República, eran más numerosos que los soldados rebeldes en una proporción de seis a uno, pero el gobernador les había dado descanso para recuperar fuerzas tras una noche de vigilancia. Los que quedaron tiroteaban a los sublevados de Infantería, quienes, superados, se vieron obligados a recular por donde habían venido.

—Ahora mismo parece que están perdiendo terreno, pero, no sé, ¡nadie tiene ni idea de qué ocurre en realidad! —concluyó el funcionario su relato.

Horacio ordenó a los policías municipales cerrar las puertas del ayuntamiento. Prohibió que se permitiera la entrada a nadie.

3

Un teniente retirado, aristócrata y carlista, entró en el cuartel de Intendencia exigiendo hablar con el comandante Francisco Núñez Fernández de Velasco. En una nota, portaba escrita una orden de Queipo bastante elocuente: «Vaya usted al Gobierno civil».

El comandante Núñez montó a setenta hombres en tres camiones y en dos minutos llegó a la plaza Nueva. La rodeó para llegar a la calle trasera donde se ubicaba el Gobierno civil y subió hasta el despacho principal.

Núñez se encontró allí al gobernador rodeado de un grupo de personas, entre ellos oficiales de asalto y el líder del sindicato de obreros del puerto, Saturnino Barneto, el comunista cuyas redes alcanzaban el rincón más recóndito de la ciudad.

—¿Está aquí el general? —preguntó Núñez nada más entrar al despacho.

—¿Qué general? —respondió el gobernador. Núñez dudó, y finalmente respondió:

—Villa-Abrille.

—Estoy tratando de comunicarme con él, pero no hay manera. Mi teléfono no funciona. No sé qué está ocurriendo.

Más tarde descubrirían que el gobernador había recibido una llamada de Queipo, y que, al terminar la conversación, este último dejó descolgado su aparato, inutilizando de esa forma la línea telefónica del despacho del gobernador.

A toda prisa, Núñez acudió al Palacio de la Gavidia, entró en la División y se puso a disposición de los sublevados. Queipo contaba con ciento ochenta hombres entre Infantería e Intendencia. Serían muchos más, y él lo sabía.

Las tropas de ingenieros, casi en su totalidad afectos a Falange, salieron de la avenida de la Borbolla. El plan rebelde tenía como prioridad hacerse con los cuarenta mil fusiles y ocho mil mosquetones, con sus cargas, almacenados en la fábrica de la Maestranza. El Jefe pensó en encargarle la misión al vecino batallón de zapadores, entregados desde el primero hasta el último a la sublevación, pero al final se decantó por los ingenieros, quienes ocuparon la Maestranza sin encontrar resistencia, apoyados por grupos de voluntarios falangistas. Un sábado por la tarde el personal civil de la fábrica estaba de descanso gracias a la semana inglesa. La noche anterior dos tenientes de Artillería destinados en el recinto dejaron ametralladoras apuntando hacia el puente por petición del Jefe. Cuando los obreros del arrabal de Triana acudieron desesperados a hacerse con los fusiles, se encontraron con una lluvia de disparos desde la Maestranza. Los primeros once cadáveres yacían en el suelo del paseo de Colón.

La ira de los trianeros se convirtió en colosal, encerrados a la fuerza en el barrio. Cuando los sublevados recargaban las ametralladoras, se fueron colando al otro lado del río con una única misión: la destrucción. Se dirigieron encolerizados a incendiar la casa de Miranda «el Bizco», el jefe de Falange, quien, informado de los planes de Cuesta, había dejado a su mujer custodiada por un grupo de falangistas. Los trianeros desistieron y se desplazaron a la señorial avenida de los Reyes Católicos para quemar las mansiones de las élites locales. Al encontrar bloqueado el centro, mandaron en un taxi a cinco militantes con un pañuelo rojo ondeando, que fueron fácilmente acribillados.

Las masas izquierdistas buscaban armas para defenderse y se dirigieron desde Triana y la Macarena hacia el cuartel de la Guardia de Asalto, en la Alameda de Hércules. El gobernador civil había ordenado rechazar las peticiones de armas, al igual que había denegado la propuesta de tomar la Maestranza antes que los sublevados. El dirigente comunista Manuel Delicado consiguió un centenar de fusiles y comenzó a repartirlos. Algunos se dirigieron a una muerte segura al intentar arrebatar el fortín de la Maestranza. Otros grupos intentaron penetrar en el centro. Muchos volvieron a la defensa de sus barrios para presumir ante sus novias de lo bien que les quedaba un fusil al hombro.

4

Carlos Hermoso, hermano de Horacio Hermoso, alcalde de la ciudad, estaba tomando cervezas en el bar Plata, frente al Arco de la Macarena, cuando un repartidor de Correos avisó a los clientes, todos de filiaciones socialista, comunista o anarquista. Carlos miró a uno y otro lado, disimuladamente dejó caer al suelo la pistola que llevaba, entre servilletas usadas y cáscaras de frutos secos. Le dio una patada para apartarla unos metros y se marchó. «Horacio está en peligro. Voy a casa».

Salió del bar Plata y se montó en su venerada moto BSA, una de las seis que circulaban por Sevilla, fruto de aquellos años cuando no le faltaba dinero gracias a su trabajo de dibujante ceramista. En cuanto la moto cogió la carretera, voló a ochenta kilómetros por hora, todo lo que le permitía el motor bicilíndrico en uve, el carburador Amal y la caja de cambios de tres velocidades; prefería estamparse contra un árbol antes que llegar a destiempo. Carlos tocó al timbre de la vivienda del Tiro de Línea en la que vivía con su hermano, su cuñada Mercedes, sus sobrinos Horacio y Mercedes, sus padres Fernando y Adelaida y su mujer, Concha.

—Pero ¿qué te pasa, Carlos? ¿Qué haces aquí tan temprano? Estás pálido —le dijo Concha al abrirle paso.

—¿Dónde está? ¿Dónde está metido?

—¿Dónde está qué, Carlos, te has vuelto loco de repente? ¿Se puede saber qué te pasa?

—Mi hermano Horacio, ¡que se lo tengo dicho que eso nos iba a dar problemas, me cago en to!

Comenzó a buscar hasta que encontró un armazón de hierros pintados de rojo. Estaba apoyado de pie en un cuarto, como si fuera a subirse por la pared. Su hermano Horacio casi se murió del susto el día en que llamaron a la puerta unos chiquillos de las Juventudes Socialistas y le dejaron en la puerta el cangrejo, como llamaban al escudo de la Falange por la forma en la que se cruzaban los yugos y las flechas, antes de salir corriendo como demonios. Lo habían arrancado de la sede de la avenida de la Libertad tirando hacia sí, forzando los hierros hasta hacer saltar los tornillos que lo fijaban a la fachada. Horacio miró a uno y otro lado para comprobar si algún vecino fisgoneaba y, sin saber muy bien qué hacer, introdujo el objeto dentro de la casa. Las primeras semanas lo escondió para evitar el escándalo, sobre todo cuando los periódicos publicaron el acto vandálico. Más tarde, desechó la idea de arrojar el escudo al descampado por temor a que le sorprendieran. Con el tiempo, empleó el obsequio para asustar a las visitas de confianza. Hasta los niños se acostumbraron a su presencia y lo usaban para jugar, sobre todo cuando alguien tocaba el timbre y había que correr a esconderlo.

—Trae el martillo, Concha, me cago en la madre que me parió a mí, a mi hermano y a los rojos de los cojones.

Carlos golpeó las flechas una por una, intentando doblarlas hacia el centro; luego el yugo, para bombearlo. El juego acababa ese sábado de julio, porque el cangrejo iba derechito a bañarse al fondo del pozo en el patio trasero.

5

En la plaza Nueva la superioridad numérica de los guardias de asalto seguía imponiéndose hasta lograr que las tropas de infantería retrocedieran un kilómetro, de vuelta al cuartel de San Hermenegildo. Los defensores estaban a punto de cantar victoria cuando les sorprendió una emboscada de insurrectos que, escondidos detrás de colchones, les dispararon desde las ventanas. De repente sonó un cornetín y, al mando de un capitán, salió un grupo de rebeldes que capturaron a una veintena de guardias. Muchos fueron detenidos y posteriormente fusilados, otros se pasaron al enemigo. Uno de ellos recibió una carta escrita por Queipo para entregarla en el Gobierno civil con el siguiente mensaje:

«Señor gobernador: la sangre de mis soldados ha empezado a regar las calles de Sevilla. Es preciso que cese esta resistencia, que el Ejército ha de dominar. Si no se somete usted inmediatamente, tenga en cuenta que toda la sangre que se derrame caerá sobre su cabeza».

Varela Rendueles, en respuesta, ordenó izar la bandera republicana en el balcón principal del Gobierno civil. Queipo dio la misma orden en el Palacio de la Gavidia, la sede de la Capitanía. Una misma bandera, dos bandos.

El gobernador convocó la huelga general por la radio y mandó imprimir octavillas con el texto en los talleres del periódico *El Liberal* para lanzarlos en los barrios y sobre los soldados. Tenían que saber que los sublevados no contaban con su autorización ni defendían la República. Varela habló con el mando de la Guardia Civil para reclamarle efectivos que sumar a los de asalto y este, muy dispuesto, le envió una docena de hombres a la plaza Nueva. Pero a las cinco de la tarde los guardias civiles cambiaron de parecer y se pusieron de parte de los sublevados.

Queipo les ordenó blindar el centro ante las acometidas de los barrios obreros. Dotados de ametralladoras, los guardias civiles tomaron posiciones en azoteas estratégicas para que a nadie se le ocurriera la temeridad de adentrarse en la ratonera. Queipo llamó a un coronel compañero de promoción, responsable de la Caballería, para que se uniesen en el cordón, pero este le respondió:

«No iría contigo ni a coger billetes de cinco duros».

El segundo jefe del Regimiento escuchó la contestación y, ya implicado por el Jefe en la conspiración, detuvo a su superior y telefoneó a Queipo para confirmarle el apoyo de la Caballería, que enseguida reforzó el bloqueo de los guardias civiles en el casco histórico y el puente de Triana.

Queipo movió la ficha de la Artillería. En el acuartelamiento de Pineda, en la periferia, los oficiales sublevados también detuvieron a su superior y salieron dos baterías de soldados, una a pie y otra montada a caballo, en salvación de la República. Los soldados más izquierdistas se encontraban de vacaciones porque días antes se le había concedido un permiso extraordinario a la guarnición que quisiera ayudar a sus familias en la recogida del cereal.

Un centenar de artilleros llegaron de inmediato a la espléndida avenida de la Palmera, la principal vía de entrada a la ciudad, mientras se les sumaban escuadrones de Caballería. Cuando llegaron a la Puerta de Jerez, un piquete de guardias civiles les informó de que por ese camino progresaban vecinos de los barrios humildes de Ciudad Jardín, Cerro del Águila y Amate. Las unidades de Caballería se quedaron para cortarles el paso y penetró sola la Artillería, camino arriba hacia la plaza Nueva.

Mientras todos estos acontecimientos se sucedían a un ritmo frenético, desde su despacho del ayuntamiento Horacio Hermoso observaba a los guardias de asalto entrar en los bares a pedir agua. Había una sola ventana en su oficina con vistas a la amplia avenida que los republicanos llamaron de la Libertad y que desembocaba en la Puerta de Jerez. Desde allí vio a los soldados salir de las tabernas y cafés acarreando botijos para sus compañeros. El termómetro marcaba cuarenta y cinco grados.

Horacio fue testigo de cómo, desde algunos edificios, tiradores espontáneos disparaban a escondidas a los guardias de los botijos. Llegaron los artilleros rebeldes, que aseguraban acudir en auxilio del gobernador. De pronto un ruido ensordecedor se oyó en el cielo. Horacio dio un respingo y a punto estuvo de refugiarse de nuevo bajo su mesa al creer que los bombardeaban. De igual manera debieron de pensar los soldados, que corrieron a guarecerse en los portales.

Un avión surcó las nubes, pero no para lanzar bombas, sino hojas de papel. Desde su ventana, Horacio vio cómo las octavillas se quedaban pegadas a la ropa y las manos de los soldados.

—Pero ¿qué es esto? —preguntaba uno confuso.

—Son hojas, parecen de periódico. No sé leer, ¿qué pone? —contestaba otro.

—A ver, trae. Está firmado por el gobernador. Dice que se trata de una rebelión contra el Gobierno, que nos rindamos, la insurrección ha fracasado en toda España.

—No me lo creo. ¿Que nos rindamos nosotros?

—¡La madre que nos parió! ¿De qué va esto?

—¡Artilleros! —les habló su capitán. Horacio, en su mirador, escuchaba su voz con tanta claridad como si lo tuviera en su mismo despacho—. No se pongan nerviosos, tenemos que cumplir con la orden que nos han dado. ¡A la plaza Nueva, a salvar la República!

Justo en ese momento, Horacio escuchó golpes y gritos de auxilio que provenían del piso inferior. Salió del despacho y, al asomarse a las escaleras, vio que unos municipales le daban patadas a un hombre que se retorcía en el suelo. Vestía de uniforme y estaba cubierto de sangre.

—¿Qué es esto? ¡Paren! ¿No ven que van a matarlo?

—¡Es uno de los rebeldes, señor alcalde! ¡Un falangista!

Horacio pidió explicaciones. Entre las palabras aturulladas de los municipales y de algunos funcionarios que se habían congregado en la sala al oír el barullo, pudo al fin entender qué estaba pasando.

Al parecer, el soldado herido era un capitán. Según sus papeles, su nombre era Carlos Fernández de Córdoba. Durante la lucha se vio cercado por los guardias de asalto, que le persiguieron a tiros. Lo atraparon cuando trataba de esconderse en la escalera de un edificio de viviendas. Hecho un despojo y sangrando profusamente por una herida en la cabeza, a los guardias no se les había ocurrido mejor idea que llevarlo al ayuntamiento.

—¿Este quién es? ¿Está con nosotros o quiere matarnos? —les había recibido el jefe de la Policía Municipal.

—Está herido, no podemos dejarlo en la calle. Parece grave.

—En este momento no hay médicos ni nadie que sepa atenderle, llévenlo a otro lado.

—No podemos, hay fuego cruzado en la plaza.

—Déjenlo en un rincón si quieren que se desangre.

Los guardias dejaron al herido en el suelo y se marcharon.

—Quiere matarnos, es un traidor —había dicho uno de los funcionarios al verlos. Luego señaló a un compañero—. Pregúntale a ese, que es falangista; seguro que le conoces. Tú, ¿a que este es de los tuyos?

Los policías municipales entendieron la falta de respuesta como una evasiva. Los ánimos se caldearon y algunos de los presentes, entre ellos los municipales, empezaron a patear al capitán malherido con la intención de lincharlo. Fue en ese momento cuando apareció Horacio.

—¡Dejen a ese hombre en paz! Les ordeno que lo lleven a mi despacho y hagan lo posible por curarle —ordenó el alcalde una vez que estuvo al tanto de lo ocurrido.

—Don Horacio, están golpeando la puerta. ¡Quieren entrar! —le interrumpieron.

—¿Quiénes son?

—Dicen que son el Ejército y que van a echar la puerta abajo. Guardias, ¡saquen las pistolas! ¡En formación! —ordenó uno de los policías.

—¡Nada de tiros! Abran esa puerta, es una orden —le contrarió Horacio.

—Pero, señor alcalde. Son ellos, los traidores.

—No sabemos de quiénes se tratan, pueden ser más personas buscando auxilio, y, si son ellos, les pondremos cara. Me hago responsable de sus vidas, y pagaré con la mía si a alguno de ustedes le sucede algo.

Horacio se asomó a una ventana en el reverso de la plaza Nueva, la plaza de San Francisco que los republicanos llamaron de la República, pero no acertó a ver soldados a cuerpo descubierto. Sí que divisó a guardias de asalto en las azoteas que disparaban a voleo a piquetes de rebeldes. Y comprobó que sobre el suelo yacían una decena de cadáveres de soldados. Los policías comenzaron a quitar los seguros de una pequeña puerta de la calle Granada, a la que golpeaban de manera estruendosa. Un grupo de soldados entraron aturullados. Al mando de ellos había un comandante que, nada más franquear la entrada, les apuntó con su pistola cargada.

—¡Arrojen las armas al suelo! ¡Quedan todos detenidos!

6

—Guarden tranquilidad, por favor. Es una orden del alcalde —exigió Horacio a sus policías. Luego se encaró con el imberbe comandante rebelde. Quiso sabe quién era y en nombre de qué autoridad ordenaba la detención de los presentes.

—Mi nombre es Francisco Núñez, comandante del Cuerpo de Intendencia de la Segunda División del Ejército de España. Mi objetivo y el de mis soldados tan solo es el de ocupar las azoteas del edificio. Les ruego que permita el paso y, a cambio, tiene mi palabra de que no habrá víctimas.

—Permiso concedido, comandante. Como primera autoridad de Sevilla he dado mi palabra a estos hombres de que ofrezco mi vida a cambio de la de ellos.

Núñez subió las escaleras seguido de Horacio. Cuando accedía a la primera planta, el alcalde le preguntó si podía acompañarle a su despacho. Núñez escrutó el rostro de Horacio sin encontrar en él peligro alguno, y aceptó la propuesta. Cuando ambos entraron en la sala, se encontraron con dos hombres que atendían al capitán herido al que habían querido linchar abajo.

—Comandante, este hombre debe ser de los suyos. Aunque pueda parecer aparatosa, solo tiene una herida en la oreja. Le hemos atendido por caridad humana, y le ruego que, cuando termine su cometido, se lo lleve.

El comandante se sorprendió al encontrar allí a Fernández de Córdoba. El primer impulso le llevó a preguntar por las posiciones de las fuerzas de asalto, pero el capitán permanecía inconsciente. Núñez tuvo la tentación de dar las gracias al alcalde, pero asintió con la cabeza y continuó su misión.

La azotea del ayuntamiento —por torpeza o por error de cálculo— se encontraba vacía de guardias republicanos. Núñez y sus hombres conquistaron la posición y desde allí abrieron fuego contra los guardias de asalto, quienes reaccionaron despavoridos sin saber de dónde les llegaban las balas.

Núñez, siguiendo una de las órdenes de Queipo, ordenó hostigar el edificio de la Telefónica. Después dejó a sus hombres en la azotea y salió en dirección a la plaza principal. Desde allí vio llegar a los escuadrones de Artillería por la avenida de la Libertad, al mando de su capitán.

—Capitán, me alegro de verle. ¿Han tenido algún inconveniente? —preguntó Núñez.

—Comandante, le saludo. Al paso del río Guadaíra se nos unió un escuadrón de Caballería para darnos escolta. Sobre el fielato de la Palmera rodeamos a los guardias de asalto y les arrebatamos las ametralladoras. Mientras avanzábamos por el paseo se nos incorporó otro escuadrón. Junto a unidades de la Guardia Civil, hemos cerrado la Puerta de Jerez, el acceso de los barrios orientales periféricos. En la calle San Fernando se han quedado los dos escuadrones de Caballería para cortar el paso. Eso sí, los viandantes están nerviosos, nos abuchean, más desde que un avión ha descargado material contra nosotros. A los soldados los tengo controlados, pero a los espectadores no.

—Debemos evitar el nerviosismo, de la tropa y de la calle. La Puerta de Jerez está muy abierta por los flancos, tienen que estar más próximos a nosotros. Vuelva a la altura de Correos y tome posiciones en torno al Archivo de Indias y al Arzobispado. Sírvase de los escuadrones de Caballería para que la retaguardia quede protegida. Que no pase ni Dios, ¿entiende, capitán? Vamos a dar el golpe —ordenó Núñez.

La batalla de la plaza Nueva comenzó pasadas las seis de la tarde. Núñez ubicó dos cañones contra las últimas defensas de las fuerzas leales al Gobierno. El primero lo situó junto a la pequeña puerta que le dio acceso al ayuntamiento, desde donde dominaba toda la plaza sin que lo alcanzaran los tiradores de las azoteas, y apuntó hacia el hotel Inglaterra, el escudo del Gobierno civil. El segundo cañón lo emplazó en la puerta del Banco de España, hacia la Telefónica. Núñez ordenó a los soldados:

—Tres, dos, uno. ¡Fuego!

El primer disparo del primer cañón fue bajo y su impacto quedó visible en la fachada para la posteridad. Un segundo disparo acertó a un teniente de asalto, quien con una ametralladora en el balcón principal del edificio y a cuerpo descubierto había estado dominando la contienda, infalible y despiadado. Este teniente había disparado hacía unas horas a un coche lleno de falangistas envalentonados que llegaban para colaborar; esgrimían pistolas por las ventanillas y pedían a gritos a la gente de los bares y casinos que salieran a la calle en apoyo de los golpistas. El coche continuaba en medio de la vía junto al cuerpo de José Ignacio Benjumea Medina, de veinte años, vástago de dos familias de gente de bien.

El cañón que dirigía Núñez destrozó el balcón. El cuerpo del teniente cayó al suelo, al lado de dos de sus guardias, uno de ellos decapitado al caerle una piedra del dintel. En la plaza Nueva, los guardias de asalto quedaron horrorizados al perder a su líder y huyeron precipitadamente hacia el hotel Inglaterra. Los sublevados de Artillería, Ingenieros e Intendencia ocuparon la Telefónica y se hicieron con el control de las comunicaciones.

Le tocaba el turno al segundo cañón, situado en la calle Granada, que disparó contra el último de los blindados de asalto que defendía la puerta del hotel, y lo dejó fuera de combate. El cañón avanzó y eliminó por el camino a los defensores que pretendían refugiarse en el hotel Inglaterra. Los dos cañones se movieron a cada extremo de la plaza Nueva y realizaron catorce disparos. Se llevaron todo por delante, también la pantalla de un cine de verano que el alcalde había conseguido instalar pese a las reticencias de los vecinos y los hoteleros.

Para rematar la contienda, el comandante Núñez dispuso uno de los cañones justo frente al hotel y lo hizo disparar seis veces. Echaron abajo la puerta y el comandante ordenó la ocupación del hotel, al que entraron en tromba soldados, falangistas y requetés espontáneos. De los mil quinientos voluntarios que el torero «el Algabeño» había prometido a su amigo Queipo solo llegaron quince. Los rebeldes destrozaron los cables de los telégrafos del Gobierno civil para dejar incomunicado al gobernador, quien tuvo tiempo de hablar por última vez con los dirigentes del Gobierno en Madrid: el ministro de Hacienda le aseguró que una gran columna de guardias civiles y mineros cargados con dinamita marchaban desde la provincia de Huelva para derrotar a los rebeldes.

Varela Rendueles confió en esa solución, pero a corto plazo los enemigos de la República se encontraban a su espalda. Tenía una última esperanza depositada en las fuerzas de aviación, pero desde la mañana Tablada había sido un caos. Un capitán había saboteado con un mosquetón el motor de uno de los tres aparatos enviados desde el Gobierno para frenar la sublevación en Melilla. El comandante del aeródromo le detuvo a él y al resto de los conspiradores, incluido el conductor de Queipo, que había regresado a su puesto para captar adeptos. Pero, cuando el gobernador rogó al comandante de Tablada que atacara a Queipo en la Capitanía o bombardeara la plaza Nueva, el responsable de los aviadores se negó, por los daños que podía causar a la población civil. Sin esperanzas, el gobernador planteó la rendición: los cañones habían superado la plaza Nueva y entraban en la angosta calle del Gobierno civil, apuntándoles sin piedad.

—Huyamos de aquí —propuso Saturnino Barneto, el luchador comunista en quien el gobernador se había apoyado desde su llegada al ser la fuente más fiable de información—. Vamos a nuestros barrios. Gobernador, allí le esconderemos y podrá seguir dirigiendo la lucha.

—No, lo siento, mi lugar es este, el Gobierno —respondió Varela Rendueles desconfiado.

—Se dejará atrapar. Preso en un cuartel no ayudará en nada. Vamos a San Luis, a San Julián, a Santa Marina, a San Marcos…, será imposible que estos hijos de puta entren, los obreros lo impedirán.

—Le insisto, señor Barneto. Mi sitio es este. Voy a llamar a Queipo para pactar las condiciones de la rendición.

—Se equivoca y lo pagará toda su vida. Es un suicidio, yo me marcho. —El dirigente comunista salió del despacho y huyó para ponerse a salvo.

El gobernador llamó a Queipo.

7

—General, le habla el gobernador civil. Nos rendimos...

—A buena hora —replicó Queipo.

—... pero con condiciones.

—¡No hay condiciones! La rendición tiene que ser a discreción.

—Una al menos. Que nos perdone usted la vida —propuso Varela Rendueles.

—Le doy mi palabra de general español —aceptó Queipo sabiendo que la incumpliría.

Queipo ordenó a las autoridades que entregaran las armas y municiones y que los guardias esperasen en el patio a que llegara un nuevo gobernador, su amigo Perico Parias, compañero de aventuras desde los tiempos de la Academia de Caballería.

Mientras tanto, el comandante Núñez tomaba posesión del Gobierno civil junto a falangistas y requetés. El lugar estaba completamente bajo control de los rebeldes cuando llegó Perico Parias para ocupar su nuevo cargo. Lo acompañaba un pequeño séquito compuesto por sus cuatro hijos, con idénticas facciones, y el hijo del famoso alcalde de Cádiz Ramón de Carranza, que se llamaba igual que su padre y que ostentaba el título de marqués de Sotohermoso. También era marino de guerra y terrateniente agrario —noble, militar y

latifundista: la triada del perfecto enemigo de la República—.
Queipo lo había designado nuevo alcalde de Sevilla.

Tras producirse el forzoso cambio de poderes entre las autoridades locales, e investidos Parias y Carranza, los anteriores dirigentes fueron arrestados y llevados en presencia del general Queipo de Llano, el verdadero amo y señor de la ciudad.

Queipo recibió a los reos en la capitanía. Se encaró con Varela Rendueles con la arrogancia propia del vencedor:

—Puede usted estar contento. Ha llenado Sevilla de sangre.

—Creo que olvida que no soy yo, sino usted, el sublevado. Yo me he limitado a defenderme —replicó el defenestrado gobernador civil.

A continuación, el general le preguntó si era oficial de complemento. Varela respondió que no.

—Pues dé gracias a Dios, porque de haberlo sido lo hubiera fusilado en el acto.

Queipo ordenó a los guardias civiles vigilar a los detenidos y pegarles un tiro en la cabeza si alguno de ellos se movía un milímetro. El teniente coronel de los Regulares de Melilla aprovechó para informar al general de su deseo de cambiar de bando, pero Queipo, desconfiado, le mantuvo en la lista de ejecutables.

Hacia las nueve de la noche el control de los rebeldes era casi total: Queipo tenía dominado un círculo entre la plaza del Duque, la plaza Nueva, la avenida de la Libertad, la avenida de la Borbolla y el paseo de la Palmera. El cuartel de la Guardia de Asalto en la Alameda se había rendido sin dar un solo tiro tras recibir la orden del gobernador. Los vecinos habían comenzado a levantar barricadas en Triana y en los barrios rojos del Moscú sevillano, es decir, el perímetro entre la zona de la Macarena, San Julián y hasta San Román, donde se concentraban los sindicalistas, los anarquistas y los comunistas, que habían protagonizado los principales disturbios e incendios de iglesias y conventos antes y durante la República. Pero a Queipo la agitación social no le preocupaba; los moros estaban de camino y pensaba que en apenas unos días fulminaría a esa resistencia.

Queipo meditó si enviar a un escuadrón de hombres al barrio de Miraflores, donde se ubicaban los estudios y la antena de la radio. Prefería asentar el control sobre la zona conquistada y prevenir nuevos ataques, porque la huelga general seguía convocada y los rojos saldrían a darle la noche seguro. En esas cavilaciones se encontraba cuando uno de los amigos que habían llegado a la Capitanía para asesorarle, el abogado Adolfo Cuéllar, le dijo:

—General, proteja Radio Sevilla. Es una emisora con frecuencia para toda España y puede mandar un mensaje a miles de personas. Solo habría que instalarle un micrófono, aquí, en la División.

—Pero ¿qué podría decirle yo ahora a esta gente?

Finalmente le sedujo la idea: mandaría un mensaje a través de las ondas para que el último despistado de Sevilla, de España, del universo, conociera quién ejercía el mando, el general don Gonzalo Queipo de Llano y Sierra.

«Todas las autoridades que en Sevilla representaban al indigno Gobierno de Madrid, con las fuerzas que le prestaron obediencia, están en mi poder —tronó la voz del general a través de los aparatos de radio—: gobernador, presidente de la Diputación, alcalde, jefes, oficiales y guardias de asalto. Sometidas tan indignas autoridades a la ley marcial, les aplicaremos esta con la máxima severidad y rapidez. Dentro de un cuarto de hora a partir de esta orden deberán abrirse todos los portales para que las fuerzas del orden puedan despejar tejados y azoteas de francotiradores. A quien se coja con armas en la mano haciendo frente al Ejército se le ejecutará en el acto».

8

El orden necesitaba fuerza, no legalidad ni política. El gobernador se había rendido y el alcalde se había entregado sin resistencia, permitiendo el asalto final en la plaza Nueva. Para Queipo, ninguno de esos traidores merecía la pena y, en consecuencia, no se detendría un segundo en ocuparse de sus vidas.

En lo que quedó de verano, Queipo se ocupó de la conquista de los barrios obreros; de preparar sus charlas, de las que los propios rojos se quejaban de que eran más perjudiciales que los desembarcos de legionarios y regulares juntos; de devolver la normalidad a esta tierra, y de desplegar más de 255.000 hombres del Ejército del Sur por Badajoz y Andalucía con el objetivo de cumplir la orden del Comité —que había aupado al pusilánime de Francisco Franco— de seguir atacando sin piedad, a causa del fracaso absoluto del golpe en otras regiones.

Un día, a mediados de septiembre, su secretaria le avisó de una visita importante.

Queipo estaba harto de que mindundis de todo pelaje le solicitaran audiencia para pedirle que perdonase esta o aquella vida, asuntos del todo desagradables que había encomendado a un delegado de Orden Público, Manolo Díaz Criado, que se ocupaba de las listas negras, las delaciones y los ajusticiamientos. Manolo solucionaba la tarea de volver a dignificar la

Patria. Estuvo a punto de llamar la atención a su secretaria por la molestia causada cuando reparó en la identidad de los solicitantes. Eran dos cónsules, lo peor de la política, formales y diplomáticos, pero no les podía negar la audiencia. Necesitaba el respaldo extranjero. El hombre de más edad saludó con un repugnante acento francés. Llevaba la iniciativa y se presentó como cónsul de Bélgica. Se había hecho acompañar de un joven al que Queipo tomó por un agregado hasta que reparó en un distintivo cosido en la pechera, un águila posada sobre unos fasces y el lema *Anno XIV Era Fascio*.

—Ustedes dirán qué se les ofrece —preguntó Queipo.

—Mi nombre es Camilo Perreau, soy cónsul de la nación de Bélgica. Me acompaña el señor Ferdinando Wiel, cónsul de Italia, nombrado en designación directa por el general Benito Mussolini. Venimos a hablarle de don Horacio Hermoso Araujo.

—Señores, si hay algo que yo pueda hacer por ese hombre, tengan por seguro que lo haré. —Queipo, agradable, no dejaba de observar al joven, cuyo rostro, lejos de ser grave, le pareció afeminado para ser emisario del Duce.

—Mi general, el hombre del que ruego su liberación es inocente. Nada tiene que ver con los rojos o con los que desean mal a la Patria. Se trata, simplemente, de un contable, de un empleado de oficina, un hombre desafortunado al que engatusaron para la política e hicieron alcalde un mal día, para su desgracia. Se da la circunstancia de que este hombre forma parte de mi familia. Nos han comunicado que hace dos días le han enviado preso a la antigua residencia de los jesuitas en la calle del Gran Poder. Tememos que pueda sucederle algo.

—Si me permiten, ilustres cónsules, haré una llamada. Ruego me esperen un segundo.

Queipo salió de su despacho. Ordenó a su secretaria que le comunicara con Manolo, por si a esas horas estaba despierto. La primera respuesta fue que el delegado estaba muy ocupado. «Buscando dónde ha dejado la botella de aguardiente», murmuró Queipo. Le insistió a la secretaria que le hiciera saber que se trataba de una petición expresa del general, «que se ponga, que quiere saber si el alcalde, Carranza no, el de antes, está vivo o muerto». Al fin, el general consiguió la comunicación con su subordinado. Queipo asintió varias veces y concluyó con un «muy bien, todo de acuerdo, gracias, y a seguir con la causa mayor, que es la depuración de estos asquerosos y su estirpe». El general regresó a su despacho, donde le esperaban los cónsules. El belga, algo nervioso; el italiano, impertérrito. Queipo les hizo saber:

—Me he interesado por el hombre del que me hablan y no tengo nada que ver con su situación. Está vivo, me aseguran, pero la vida del alcalde depende del Palacio Arzobispal. Acudan al cardenal.

9

Tras la abrupta respuesta del general, Camilo Perreau acudió raudo a ver a Carlos Hermoso, el hermano del alcalde confinado. A ambos les unía un parentesco, ya que Camilo estaba casado con Victoria, una prima de la madre de Carlos y Horacio. Cuando el cónsul le narró los detalles de su audiencia con Queipo, Carlos, como era de esperar, se alteró mucho. Sin apenas dejar que Camilo terminara su historia, cogió su chaqueta y se encaminó hacia la calle.

—¿A dónde vas, Carlos?, es muy peligroso que salgas —le dijo su esposa. Él la ignoró. Se subió a la moto masticando su rabia, sin poder dejar de pensar en el destino de su «más que hermano» Horacio, y condujo hacia el centro de Sevilla, con destino a la antigua residencia de los jesuitas en la calle Jesús del Gran Poder. Los religiosos habían sido expulsados por la Ley de Confesiones Religiosas en el 32 y el edificio había servido primero como colegio y después, por mandato de Queipo, como comisaría central para los militares, la temida delegación de Orden Público. Desde el golpe los jesuitas habían comenzado a regresar. Los Hermoso habían entrado en pánico cuando Horacio fue trasladado allí desde la cárcel provincial a principios de mes y el pavor se había confirmado tras la visita de los cónsules a Queipo.

Carlos cruzó la Alameda y pasó por delante de la delegación de Orden Público como si le fuera ajeno el lugar. Algunas personas hacían cola con cestas de comida para sus familiares. Aparcó y preguntó a un señor mayor, padre de un detenido, si conocía el tiempo de espera. El hombre lanzó una carcajada inapropiada, fruto de la tristeza o la desesperación.

—Mira, hijo, los de las cestas nos ponemos aquí. Las recogen y las meten para dentro. Dicen que a uno le dieron un culatazo en la frente por preguntar por su hijo. A los que tienen una recomendación, o quieren hablar con el familiar, les piden un papel, pero, vamos, que he visto a algunos que han tenido que salir huyendo, no sé si porque eran falsos, yo no me meto. Las mujeres entran casi todas, pero no a esta hora, más tarde. Siento no poder ayudarte; sí te aconsejo que, siendo tan joven, no hables mucho, no vaya a preguntarte un policía, o peor, un guardia civil. Desde aquí se oyen los gritos.

Carlos dio una palmada al hombre en la espalda y se marchó. Condujo hacia la comisaría de la calle Monsalves, donde tenía un amigo policía, Gabriel. El 18 de julio le había salvado la vida cuando un vecino del Tiro de Línea le acusó de haber intentado quemar su casa. Cuando recibió la denuncia, Gabriel llamó a Carlos a declarar y, conocida su versión, la archivó.

—Gabriel, necesito tu ayuda. —Carlos no pudo reprimir la tensión y comenzó a llorar. El policía le tranquilizó—. Es mi hermano Horacio. Está preso y lo han llevado a los jesuitas. Sabes lo que dicen: al que entra no se le vuelve a ver.

—Bueno, eso son leyendas, están haciendo su trabajo —afirmo el policía incómodo.

—Sí, lo sé, lo sé… Pero no tengo ni idea de a dónde acudir. Me han comentado que hable con alguien del Arzobispado, pero no conozco a nadie. He pensado que igual tú sabrías aconsejarme.

—Me gustaría poder ayudarte, pero no creo que pueda. No tengo mucha relación con los curas.

—Gabriel, igual alguien…, no sé —Carlos miró a los ojos al policía, que reflexionó unos segundos.

—Mira, hablan de uno, amigo de los jesuitas, que está metido en todos los líos religiosos y académicos, y se deja ver por la calle con porte señorial, encantado de que le pidan favores. Es arisco y muy seco, desagradable en el trato, y monárquico como el que más porque es capellán de la familia real, pero por intentarlo no pasa nada. Su nombre es José Sebastián y Bandarán.

—¿Sabes por dónde se mueve?

—No le busques por la Catedral o por el Palacio. Se le ve mucho por la plaza del Museo, donde está la Academia de Bellas Artes, lleva algún tiempo de secretario. Tú eras un gran pintor, Carlos. Aprovéchalo con ese cura, dicen que tiene debilidad por las artes.

Carlos agradeció la ayuda y, sin tiempo que perder, salió de allí montado en la BSA. Al cabo de un rato aparcó en un bar frente al museo donde tenía perspectiva de la imponente plaza, pese a la enorme presencia de la estatua de uno de sus referentes artísticos, Bartolomé Esteban Murillo. Tomó un café tras otro, y luego un par de vinos, hasta que advirtió la presencia de un sacerdote con porte en las inmediaciones de la entrada del museo.

—Buenos días, disculpe mi atrevimiento, ¿es usted José Sebastián y Bandarán? —preguntó. El canónigo, complacido, asintió—. Mi nombre es Carlos Hermoso.

—Encantado, don Carlos, dígame qué desea.

—Quizá conozca algo de mi obra… Fui pintor ceramista en los buenos años. Dicen que se me daba bien. Mi especialidad eran los motivos religiosos. —Carlos comprobó el despertar del interés en su interlocutor—. ¿Ha estado usted en el colegio del Valle? En los jardines, el azulejo a Santa Rita de Casia.

—Sí, claro que he visitado a mis amigas las religiosas del Sagrado Corazón. ¿Se refiere al bonito retablo en el jardín?

—Exacto. Y quizá conoce el convento de María Auxiliadora de Jerez. La imagen de la fachada es mía.

—En las Angustias se refiere, sí. ¿Para quién trabajó usted?

—Para Mensaque, y otras firmas. He pintado azulejos, muchos, del Gran Poder; hay uno en la Casa de las Flores en Triana, en Brenes y Dos Hermanas; en Málaga de su patrona, en la primera vivienda de Ciudad Jardín; la Virgen de la Estrella en Valencina…, y la imagen de Jesús de la Pasión en la plaza del Pan es mía.

—¡Qué me dice usted! Mi abuela me llevaba a diario desde que nací a El Salvador. Soy hermano de la Hermandad de Pasión y camarero del Cristo. Ningún título, después del de ministro del Señor, me causa mayor afecto.

—Imagine el honor que supone para mí pasear por la plaza.

—Muy interesante, don Carlos, le agradezco que me haya facilitado tanta información. Me será muy grato a partir de ahora cruzarme con las imágenes y le dedicaré un tiempo a analizar sus trazos. Estoy convencido de que es un gran pintor. Si me lo permite, me retiro, tengo una reunión inaplazable en la academia.

—Verá, solo un segundo, señor. Tengo a un hermano en los jesuitas. —El rostro del canónigo cambió—. Nos han recomendado que hablemos con el cardenal y he pensado que usted puede aconsejarme cómo acceder a él.

Bandarán comenzó a andar, pero Carlos le agarró de la manga de la sotana.

—Le han debido a usted informar mal, muy mal. No puedo hacer nada por él.

—Es cuestión de vida o muerte, por favor, ayúdenos. Mi hermano era el alcalde de Sevilla —rogó Carlos.

—Lo siento, pero no puedo hacer nada. Déjeme, haga el favor.

El sacerdote se zafó de Carlos con un movimiento enérgico y se adentró en el museo a la carrera.

10

Carlos contempló desesperado cómo el sacerdote se escabullía de su alcance. Apenas daba crédito a aquella endiablada situación, ¿sería posible que la vida de su hermano, un alcalde elegido con plena legalidad, estuviera en manos de curas y cardenales?

No pudo evitar imaginarse lo que podrían hacerle a él mismo por aquella ocasión en la que llamó a un cura hijo de puta.

Era igual de absurdo que en este momento, porque sucedió en la infancia. La familia vivía en Sanlúcar de Barrameda. Su madre les mandó a él y a Horacio a la farmacia a comprar unas medicinas para la abuela. Su abuela Carmen era una de las mujeres más guapas de Sanlúcar y en el pueblo la conocían como la Loca porque vestía como le daba la gana, a veces llevaba pantalones y blusas, y leía libros a escondidas.

Cumplieron con el encargo, pero llegaron muy tarde a las clases y el cura, de sotana negra y babero blanco, les castigó contra la pared, con los brazos en cruz, sosteniendo varios libros apilados hasta que el esfuerzo les venciera. Carlos se mordió la lengua, pero su hermano Horacio, que siempre tuvo el don de la oratoria, trató de convencer al cura de los motivos de la tardanza. El cura accedió y le dio a Horacio la oportunidad de explicarse, y este dijo que cumplían con el encargo de la madre. El cura, desconfiado, preguntó por los males que afligían a la mujer, sin interés, solo por completar el interrogatorio, ya que así eran ese tipo de eclesiásticos, deseosos de demostrar autoridad. Horacio confesó lo primero que se le vino a la cabeza porque desconocía los males con exactitud: aquella molestia, que a él le sonaba a grave y que repetía mil veces su abuela, de que «todo le sudaba el chocho». El cura al escucharlo le dio una bofetada a Horacio que resonó en medio mundo. Carlos saltó en defensa de su hermano, le dio una patada en la espinilla al cura y le dijo: «Tú no le pegas a mi hermano, hijo de puta».

Los hermanos echaron a correr por los patios con el cura pisándoles los talones mientras se arremangaba el manteo con una mano y sostenía el solideo con la otra. Toda la chiquillada animaba a los niños, y en la escuela se lio la de Dios es Cristo. El director, el hermanito Ramón, les atrapó y, cuando le contaron lo sucedido, llamó a la madre.

A Carlos los maestros siempre le habían considerado como una especie de oveja negra de los Hermoso Araujo. El hermano mayor, Fernando, era un alumno sobresaliente. El mediano, Horacio, el único con ese nombre en toda Sanlúcar, destacaba en ciencias y, además, poseía una afinada declamación poética de la que se deleitaron en la gran fiesta de fin de curso cuando leyó *Apología del catecismo*. Pero Carlos, el más pequeño, era inquieto, malencarado y no destacaba en nada que no fuera el dibujo, algo que a juicio de los religiosos carecía de provecho.

Cuando don Ramón citó a la madre de los Hermoso Araujo para detallarle el negro relato de las andanzas de sus hijos, ella aguantó impertérrita. Una vez el maestro terminó, se levantó, tomó su bolso, y dijo:

—Bien, yo ya le he escuchado. Ahora me va a escuchar usted a mí. Sepa que desde este momento mis hijos ya no volverán nunca más a esta escuela. Y dígale al que le ha puesto la mano encima a mi hijo Horacio que, como le encuentre por la calle, se la corto y se la echo de comer a los perros.

Así era Adelaida María Nicolasa Araujo González. Detestaba muchas cosas: la mentira, la hipocresía, la cobardía…, pero, especialmente, tenía una profunda inquina hacia los curas. Nació en San Roque y procedía de las familias que fundaron el municipio tras ser expulsadas de Gibraltar por el Tratado de Utrecht. Presumía de tener espíritu británico; no en vano, sus padres y abuelos eran masones, lo cual no era extraño porque en el Campo de Gibraltar se encontraba una mayor cantidad de logias que en el resto de España. Adelaida estaba orgullosa de su *güey of laif*, que excluía costumbres típicas como tener un confesor en nómina o arrodillarse ante un reclinatorio en la iglesia parroquial. A sus hijos los había bautizado por la cabezonería del padre. Consintió que el primero llevara su nombre, Fernando, pero el segundo le cogió más despabilada, como decía ella, y eligió el nombre del *boy* de unos amigos a los que solía visitar en Gibraltar, Horace, nacido el 5 de diciembre de 1900. Tres años después se decidió por Carlos por varios motivos: en primer lugar, le encantaba el nombre de Charles; en segundo, odiaba el nombre de Isidro, exigencia de la familia de su marido desde que llegara en 1785 desde Roquetas de Mar, en Almería, el primero de los Hermoso sanluqueños; y, por último, no dio opción al padre porque este apareció al tercer día del nacimiento, pues estaba entretenido bebiendo, jugando a las cartas o pagando mancebía a cualquier gachí.

Fernando Hermoso Amate era uno de los cinco armadores de barcos de Sanlúcar de Barrameda, con seis naves de madera dispuestas en la arena de Bajo de Guía. El patrimonio se lo debía a su padre, Fernando Hermoso Bernal, quien había iniciado el negocio como contramaestre de unos barcos que pescaban en la modalidad de arrastre en pareja, una ingeniosa práctica en la que dos embarcaciones tiran al unísono de una gran red que barre el fondo marino. Esa pesca tenía un valor único en el mercado, al proveerlo de langostinos, gambas, cigalas, acedías, lenguados, merluzas, pijotas, bacaladillas, salmonetes... Su padre había sumado a este arte el de navegar hacia la bahía de Gibraltar y cargar fardos de tabaco para la reventa en los pueblos ribereños. Una noche, de vuelta de una de esas salidas, los marineros le llamaron para cenar y él prefirió quedarse apoyado en un lateral del barco donde decía ver las luces de la casa de su hermano Juan Isidro, con la mala suerte de que la nave golpeó contra una roca de la barra, cayó al mar y murió ahogado porque no sabía nadar. El cadáver lo devolvió el mar en la vecina playa de Rota, y le reconocieron porque llevaba un anillo con simbología masónica. Al ser el único hijo varón, con diecinueve años Fernando heredó los seis barcos de pesca; medio millón de pesetas, toda una fortuna para la época, y una casona en la calle de la Plata, que ahora llamaban Sagasta, número 36.

Para vigilar de cerca el negocio familiar, el veinteañero Fernando se mudó a La Línea, una barriada recién segregada de San Roque. El sanluqueño amenazaba con dilapidar el patrimonio de su padre en vino, langostinos y mujeres cuando se le cruzó Adelaida, una señorita de la burguesía local, alumna de guitarra clásica y piano y laboriosa en el arreglo de flores artificiales. La chica se dejó querer por el contrabandista hasta que su padre le avisó de la falta de exclusividad del joven picaflor. Adelaida quedó tan decepcionada que prometió no volver a echarse otro novio. Con treinta años, y a punto de convertirse en toda una solterona, en cuestión de semanas fallecieron sus padres, ambos enfermos, por lo que Adelaida y su hermana se mudaron a Sevilla. Allí vivía el tío Tomás, hermano de su madre que tenía dos hijas, Victoria y Marina, sus primas. «El mejor corte de capa española. Sevillano, abríguese», publicitaba la sastrería González Rojas en la calle Rioja, 7, la más distinguida de la ciudad.

Estaba Adelaida asomada al balcón de la casa de su tío, en la calle Sierpes, frente al cine Llorens, cuando distinguió abajo, en la acera, a su antiguo novio Fernando. No lo llamó, porque le dio mucho apuro, pero le susurró algo al joven, que de repente alzó la vista y se encontró con la mirada intrigante de su antigua novia Adelaida. Al día siguiente llamaron al timbre y un mozo entregó un canasto de langostinos frescos pescados esa misma noche, con unos bigotes tan largos que aún no habían terminado de subir las escaleras y cuyo destino habría sido el mercado de mayoristas del Barranco. El tío Tomás agradeció el regalo y, sobre todo, el interés por una de sus sobrinas casaderas, pero, ante las peticiones de boda de Fernando, le aconsejó que mejor hablase con ella.

A esas alturas el tío Tomás debía de estar un poco cansado de las mujeres. En especial porque un día descubrió que su esposa, hacendada y beata, le echaba algo en el café; en ese mismo momento dejó la bebida sobre la mesa, le dijo a la mujer que hiciera la maleta con su ropa para salir de viaje y la devolvió a la casa de sus padres, dejándola allí sin acuse de recibo.

Qué no lograría un canasto de langostinos de Sanlúcar que Adelaida terminó aceptando la propuesta de boda de Fernando, que le prometió que cambiaría y se olvidaría de las queridas. Entonces, la pareja se mudó a la casa de la calle de la Plata y, siendo ambos de la misma edad, tuvieron a sus tres hijos entre los treinta y cinco y los treinta y nueve años.

Así llegaron al mundo Fernando, Horacio y Carlos.

Parte II

1900 – 1936

1

Cuando sacó a sus hijos de la escuela, Adelaida tuvo que buscar una ocupación para cada uno de ellos. A Fernando, el mayor, lo colocó en un almacén, y a Horacio en una oficina de farmacia en la que buscaban mancebo. La mujer confió en sus hijos para contribuir a la economía familiar, porque el vivalavirgen de su marido le entregaba muy poco dinero.

—Horacio, te hará mucho bien conocer un oficio.

—Pero ¡mamá! Si sacaba buenas notas, no lo entiendo. Si trabajo no me dará tiempo a jugar —protestaba Horacio, de nueve años.

—Jugarás a la vuelta. El camino lo conoces de sobra porque la farmacia está a dos pasos del colegio, en el barrio Alto. Trabajarás con doña Tula, una eminencia. —Adelaida besó a su hijo en la cabeza.

La madre de Horacio Hermoso Araujo era sin duda la más entregada de la legión de admiradoras de doña Tula. Adelaida se dedicaba al gobierno de su casa —regencia que compartía con su suegra y su cuñada—, tal y como hacía el resto de mujeres de Sanlúcar, a excepción de quienes tenían propiedades y gestionaban sus rentas; de las monjas de los colegios de la Divina Pastora y de la Compañía de María, y de alguna profesora perdida en la escuela pública. En cambio, en un mundo de hombres, doña Tula era la única propietaria de una oficina de farmacia, con dos reboticas, en el número 7 de la calle San Agustín, al lado del colegio de los lasalianos. Para Horacio, trabajar con la mujer debería de ser un honor, y así se lo recordaba su madre.

—Horacio, ¿sabes que doña Tula se sacó los estudios de Bachillerato sin acudir ni una vez a clase?

—Sí, madre.

—¿Sabías que el instituto estaba aquí al lado, en Jerez, y ella quería asistir, pero no la dejaban porque las mujeres entonces no podían entrar en las aulas?

—Sí, madre, es una injusticia.

—Pues doña Tula fue la primera mujer, no solo de Jerez o de Sanlúcar, sino de toda la provincia, que aprobó el Bachillerato, y así consiguió estudiar en la universidad.

—Lo sé, madre.

—Ah, sí, ¿y dónde estudió, listo?

—En la Facultad de Farmacia de Granada, madre.

—La primera mujer que terminó esa carrera universitaria, Horacio, la primera, y con sobresaliente. Anda, corre, mi vida, no vayas a llegar tarde, que doña Tula te estará esperando.

Gertrudis Martínez Otero, doña Tula, correspondía a la perfección a la leyenda que había construido Adelaida, y es que Horacio entendía que, para alguien que a los trece años había entrado sobradamente en la universidad, los nueve años tenían que ser por necesidad la antesala de algún paso importante.

—Horacio, te lo digo por tu bien. Estudia y luego lo demás. No te entretengas con los juegos ni con tus hermanos. Lo que aprendas ahora lo aprovecharás para siempre —le aconsejaba doña Tula, que acababa de cumplir los treinta.

—Gracias, doña Tula. Le digo que de verdad me encanta este trabajo, estoy aprendiendo mucho sobre las mezclas y la química, me parece muy entretenido y necesario. En el colegio se me daban muy bien las ciencias —respondía Horacio sincero.

A Horacio le hubiese encantado desempeñarse el resto de su vida como mancebo o, mejor, como farmacéutico..., pero en otra farmacia. Debía ocultar ese deseo delante de doña Tula y, sobre todo, delante de su madre, porque Horacio fantaseaba con trabajar en la farmacia del doctor Rebollo. Manuel Amores Rebollo preparaba en su laboratorio unos vinos medicinales que curaban todos los males, y Horacio estaba convencido de las propiedades de los hálitos manzanilleros. El doctor Rebollo preparaba sus brebajes curalotodo, como el vino Yodo-Tánico, o «El titánico», para esas mujeres y niños a los que un día se les quitaba el hambre y se quedaban pálidos y raquíticos como una flauta; lo que la abuela Carmen llamaba *esmirriaos* o «que tenían menos fuerza que el *peo* de una puta». También estaba el vino Hemoglobina, que era un chute rojo como la grana que recomendaba contra la pobreza de sangre. El vino Febrífugo, su favorito, que combatía las fiebres intermitentes, inveteradas y rebeldes. El vino Generoso, para enfermos y convalecientes. Y el vino de mayor éxito, de venta en las principales farmacias y droguerías del país, el Antidiabético, que a partir de un jugo de manzanilla hacía desaparecer la glucosa de la orina y te quitaba esa enfermedad tan mala, a tan solo cinco pesetas la botella de tres cuartos y a dos pesetas con cincuenta las medias botellas. Eso sí, advertía el boticario, siempre había que utilizar el poderoso tónico junto al medicamento adecuado. Mal no hacía ninguno y siempre ayudaban, coincidía Horacio con su abuela Carmen, que a veces le enseñaba una media botella que había comprado de incógnito y guardaba con la mayor de las cautelas, no fuera a encontrarla Adelaida y se les cayera el pelo a ambos, porque ella sospechaba la admiración que despertaba en su hijo el frasquerío expuesto en el escaparate y los anuncios que salían en el periódico. Cada novedad elaborada con las plantas procedentes de las bodegas de Hidalgo descubría el remedio para una nueva enfermedad, y eso era siempre beneficioso, pensaba Horacio, que una vez mojó los labios en un vaso de un moscatel de pasas que le ofreció su padre y probó la sensación de felicidad que tenían los hombres de las tascas. ¡Qué no podrían conseguir los vinos de manzanilla sanluqueños, de los que el mundo entero estaba embriagado!

—Se trata del efecto placebo, Horacio —explicaba doña Tula cada vez que alguien llegaba a la farmacia y preguntaba si dispensaba alguno de aquellos vinos milagrosos. Horacio tenía el mandato de la propietaria de enviar al interesado en dirección contraria, hacia Trebujena.

—Sí, doña Tula, si esos vinos no son más que agua sucia —repetía Horacio lo que había escuchado decir a su madre.

—Peor que eso, Horacio, son una estafa a gente necesitada. Hay quien se cree que poniéndose una loncha de panceta en la cabeza se cura, y alguno con suerte se curará, pero la mayoría no. Eso que vende ese hombre tiene el mismo efecto que comerse un helado en La Ibense —decía doña Tula, siempre entregada a los libros y sus fórmulas. En el laboratorio contaba con cincuenta aparatos y los anaqueles sostenían más de quinientas drogas.

—Algunos dicen que cura, es de lo que habla la gente, doña Tula —la pinchaba Horacio, a quien de vez en cuando le gustaba irritar un poco a la señorita.

—Donde voy y vengo no se me olvida lo que tengo... Si ya me ha contado tu madre, ya... Horacio, la medicina está basada en la evidencia. Y los preparados que encuentras en estos libros, que su trabajito me ha costado estudiarlos, funcionan aquí y en Fernando Poo. Los inventos, con gaseosa, no con la salud. Ya llegará el día en que la verdad se imponga, verás; me vengaré de ese delincuente. Y tú sigue preparando frascos, que se está haciendo tarde —concluyó doña Tula.

Adelaida tenía motivos para estar hasta la coronilla de los vinos de Sanlúcar de los que su marido se había hecho fiel devoto. Nada más casarse y comenzar la convivencia, Fernando había vuelto a las andadas, se bebía hasta los charcos mientras esperaba a que regresaran los barcos al amanecer. Se jugaba su patrimonio a las cartas, escoltado por sus numerosos primos Hermoso, como los Bigote de Bajo de Guía. Desayunaba huevos fritos con jamón antes de regresar a casa y meterse en la cama a dormir la mona. Y eso cuando volvía, porque se había echado varias queridas a las que pagaba la mancebía completa y les ponía casas a su nombre. Con esas aficiones, Fernando, que presumía de ser «el más guapo de *toíta Zanluca*», no le daba ni una peseta a Adelaida, a quien sus primas Victoria y Marina aconsejaban que regresara a la casa del tío Tomás para dedicarse a lo que mejor se le daba, el arreglo de flores artificiales.

Adelaida, harta de asistir a la parroquia para el bautizo de niños que su marido apadrinaba; hasta el moño de los curas que se habían permitido la licencia de ponerle la mano encima a su criatura, y previendo que a sus hijos les aguardaba en el futuro una vida alcoholizada e inútil como la de su padre, sentó a Fernando en la mesa de la cocina y le dijo:

—Diles a tus queridas que me vuelvo a Sevilla, con mis hijos, y contigo.

Era 1914.

2

Los Hermoso Araujo alquilaron un piso en la segunda planta del número 24 de la calle Arfe, en el barrio sevillano del Arenal. La ubicación resultó perfecta porque Fernando, el padre de familia, entró a trabajar en el puerto con un tal Antonio Almendro, asentador de pescado y principal distribuidor del género que llegaba de Sanlúcar. El trabajo era el de listero: seleccionaba el género, negociaba los precios y distribuía las capturas en restaurantes y hoteles. Entre el dinero que conseguía y algún chanchullo de su etapa no olvidada en el contrabando —más la estrecha vigilancia en el gasto por parte de su mujer— la economía familiar tiraba.

Los hijos entraron en la adolescencia cada uno a su manera, porque «no hay dos hijos iguales, siendo del mismo padre y de la misma madre», decía Adelaida. Fernando, el mayor, se había desviado y utilizaba los libros para matar moscas, sin oficio ni beneficio; Carlos, el pequeño, se pasaba el día dibujando; Horacio, sin encomendarse a nadie más que a sí mismo, acordó con el dueño de una farmacia de su misma calle continuar el aprendizaje como mancebo.

La intención de Horacio seguía siendo ocuparse de una botica, aunque su nuevo empleador no le motivaba. Conservaba la afición por las plantas, las fragancias y los hechizos de los remedios sanluqueños, y fijó su atención en una fábrica de perfumería y cosmética llamada Instituto Español Químico-Farmacéutico, por cuya puerta pasaba cada día, en un callejón angosto típico de los barrios portuarios. La empresa fabricaba unos productos muy logrados, una conocida colonia de violetas y, sobre todo, el perfume Gotas de Oro. Horacio pidió ver al encargado y, gracias a su retórica («Una parla que es un don del cielo» para su madre), le convenció de la formación adquirida con doña Tula. Al final de la entrevista el encargado no tuvo más remedio que emplear a Horacio. No se equivocó, porque poco después recibió el reconocimiento del propietario y director del laboratorio químico, don Juan María Moreno Rodríguez, quien le hizo fijo en la empresa.

—Horacio, ¿a ti te interesa la política? Es muy divertida, créeme —le decía su jefe siempre de manera cariñosa, y le trataba como si fuera su hijo, del que Dios le había privado a él y a su mujer.

Hombre de derechas y muy religioso, don Juan María Moreno, además de dirigir su propia empresa, presidía la Unión Comercial, la organización empresarial que representaba los intereses de los industriales y comerciantes sevillanos incluso ante el rey Alfonso XIII. Moreno lideraba la entrada de los comerciantes en la política local, en abierta disputa con el gran cacique monárquico, Pedro Rodríguez de la Borbolla, «el Amo de Sevilla». Para la política Horacio se consideraba muy joven, pero siguiendo el consejo de su jefe, se afilió a la Unión de Empleados de Escritorio, una asociación que defendía los intereses de los más de cinco mil oficinistas y dependientes al servicio de industriales y comerciantes.

—Del enemigo, el consejo. Maldigo el día, de verdad —bromeaba Juan María Moreno cuando Horacio, con su buena parla, le perseguía por los pasillos para reclamar una mejora salarial y de horarios, para él o para alguno de los empleados de la fábrica.

—Don Juan, disculpe. Pero es que a estos compañeros míos no les es suficiente el sueldo para atender sus obligaciones del mes —se quejaba Horacio.

—Pero, hijo, ¿acaso crees que soy el rey de España? Hago lo que puedo para mantener el negocio.

—Don Juan, estos hombres no pueden pensar en los gastos de salud o botica para ellos o sus familias; ni en un socorro si se ponen enfermos o les despiden ni en un retiro plácido para su vejez ni en la compra de un buen inmueble. Todo son ilusiones de cambiar su situación precaria gracias a la lotería o al recibir alguna herencia quimérica, y pasan la mejor época de su vida sin provecho alguno y renegando de su suerte.

—Pues la única manera que conozco de seguir progresando en la vida es estudiar. Por cierto, ¿cómo llevas lo tuyo? —se zafaba el patrón.

—Pues he elegido contabilidad, don Juan. En la escuela de la asociación están dando clases gratuitas.

En secreto, a Horacio lo que le entusiasmaba realmente no era la contabilidad, sino el teatro. Tenía la misma pasión por el escenario que su hermano pequeño Carlos por las motos. La Unión de Empleados contaba con su propio grupo de aficionados, la Peña Bética. Ensayaban en el teatro Portela del Prado de San Sebastián, junto a la Estación de Cádiz y justo detrás del Equipo Quirúrgico. Gracias al teatro, Horacio conoció a sus primeros amigos, Juan de Mata Sancho y Manuel Quijada, que lideraban el grupo y elegían las piezas que representar, siempre juguetes cómicos, y a los primos Contreras, Andrés e Isacio, cuya familia regentaba varios comercios de tejidos, mercería y bisutería en el Arco del Postigo, en el Arenal, muy cerca de la casa de los Hermoso en Arfe.

Con sus nuevos compañeros Horacio repasaba los papeles, hablaban del mundo y de chicas, entre cigarrillo y cigarrillo.

En el teatro, Horacio se llevó sus primeras decepciones. La mayor de ellas fue un domingo, el 5 de junio de 1921. La Peña iba a representar *El tren rápido* en el Portela, en un acto a beneficio del Fondo de Socorro de la Unión en el teatro San Fernando. Horacio representaría un papel secundario porque en la obra escaseaban los papeles masculinos y los principales los habían reservado. Solo formar parte del reparto era un premio para él, y una muestra de confianza de sus amigos.

A medida que se acercaba la fecha, el evento fue creciendo en importancia hasta el punto de que los directores anunciaron, mientras descorchaban botellas de champán, que se había colgado el cartel de no hay billetes; habían completado el aforo de tres mil localidades y tenido que poner a la venta los antiguos sillones de orquesta. No solo eso. Sancho y Quijada habían invitado a la guarnición militar, que abarrotaría la segunda grada, y se llevaron la sorpresa de que habían confirmado su presencia nada menos que los infantes don Carlos y doña Luisa.

El día de la función, los infantes llegaron tarde y hubo que empezar desde el principio, tras ser recibidos a los acordes de la marcha real y entre una grande y prolongada ovación de los asistentes. Doña Luisa fue obsequiada con un buqué de claveles y rosas, y los infantes bajaron al escenario para saludar uno a uno a los actores antes de que estos volvieran a escena. Entre ellos no se encontraba Horacio, que esa misma mañana tuvo una fuerte fiebre que le impidió levantarse de la cama.

A Horacio le costaría recuperarse de la frustración por no haber podido actuar ante los infantes.

Leyó la crítica a la función en la revista semanal que editaba la Unión de Empleados de Escritorio, *Letras y números*. A pesar del regusto de tristeza, encontró un cierto atractivo en aquella crónica periodística. Tanto fue así que incluso se atrevió a enviar a la revista dos artículos bajo las siglas HH, en los que reivindicaba la utilidad de la Unión de Empleados.

Horacio estaba entregado a su trabajo y aficiones, como otros miles de jóvenes españoles, ajenos a que, ese verano, un hombre llamado Abd el-Karim El-Jattabi les daría un vuelco a sus vidas.

3

El líder del Rif llevaba años preparándose para la lucha contra la colonización española y francesa cuando, tras varias pequeñas victorias, el 21 de julio de 1921 respondió a la ofensiva del Ejército español, provocando el repliegue de los soldados españoles hasta las mismas puertas de Melilla. Por el camino, en toda la zona occidental de Marruecos las cabilas enemigas dejaron más de diez mil muertos, cientos de prisioneros que canjear y una derrota tan humillante que generó una grave crisis política para el rey Alfonso XIII. El monarca ordenó una extensa movilización militar con el fin de devolver el prestigio a su régimen, y convocó a todas las quintas de jóvenes disponibles para el servicio militar obligatorio. Los hermanos Hermoso también fueron llamados a filas, a pesar de que su padre había abonado las cuotas que les eximían de tal servicio.

—¡Qué demonios, yo he pagado quinientas pesetas por cada uno, tres meses de salario! —lo oía lamentarse Horacio a menudo—. Ahora dicen que hacen falta reemplazos por culpa de lo de Annual. Es por las apariencias, para que parezca que estamos en guerra contra los moros y que el rey quede bien.

Pero a Horacio estas justificaciones no le valían para nada. Y los continuos gimoteos de su padre le hacían perder la paciencia. A fin de cuentas, él era el más perjudicado.

—¿Que quede bien con quién? —se indignaba cuando las quejas de su padre le resultaban especialmente irritantes por repetitivas y estériles—. Conmigo desde luego no. ¡A África!

—Ya verás que no todo es tan malo... Tu hermano Fernando está encantado.

—Está encantado porque le han hablado de las mujeres, y cree que con un uniforme y dos pesetas conseguirá todo lo que se proponga.

—Bueno, hay que hacerlo por España. En esta casa no quiero ninguna falta de patriotismo, que las paredes oyen.

—Padre, usted mismo dijo que solo llaman a los hijos de los pobres. De los que tienen dinero, a aquellos que ingresan en una academia y quieren ganarse la vida como oficiales. Pero, pagando, fin del problema, eso dijo.

—¿Eso dije? No creo, yo he sido siempre muy español; habría bebido un par de vasos, sabes que a veces me entretengo más de la cuenta. Habla con tu patrón a ver si puede ayudarte.

—Padre, ¿me autoriza a firmar un manifiesto de los Empleados de Escritorio? —preguntó Horacio—. La campaña estaría a favor del movimiento patriótico, por supuesto..., lo único que pediríamos es que los comerciantes e industriales reserven los empleos a quienes tengan que acudir por imperativo a los campos africanos. También pediremos que se les abone a los familiares el dinero que vienen ingresando mensualmente estos hijos o hermanos hasta que regresen. Hay muchos hogares necesitados de pan.

—No es nuestro caso —zanjó su padre—. Y no quiero volver a oír hablar más de ese asunto del manifiesto, ¿estamos? Irás a África y cumplirás con tu deber. Ya te he dicho que no quiero líos.

Su madre, Adelaida, estaba *atacá*. Repetía continuamente que ella no había parido a sus hijos para que los matasen en la «aventura colonial» ni para «extender las fronteras de la

Patria». Sabía de lo que se hablaba por la calle y de lo que publicaban los periódicos, y no conocía a ninguna madre que no se inquietara cuando el hijo llegaba a la edad de quintas. Se trataba de un miedo atroz, animal, a la pérdida o invalidez de un ser querido; y odiaba a los de las compañías de seguros, que llamaban a su puerta de la calle Arfe conocedores de que allí vivían muchachos. Las semanas de ese verano estaban siendo terroríficas para Adelaida, pero no había mucho más que hacer.

Horacio y sus hermanos entraron en caja el 1 de agosto de 1921. En septiembre les concedieron destino: el regimiento de Infantería Granada número 34. A Horacio le mortificaba el optimismo del que su hermano mayor, Fernando, hacía gala siempre que tenía ocasión.

—Hermano, la Infantería es lo mejor. El soldado europeo siempre se descentra cuando tiene que combatir en metrópolis complicadas, como es el caso. Enfrente encuentra un territorio extraño, hostil siempre, con el enemigo al acecho, bravo, feroz… Hasta las tropas más distinguidas con la mejor preparación tienen que aclimatarse al terreno, y es normal que, en las primeras semanas, entre el entrenamiento y la adaptación, el soldado se agote y no rinda eficientemente. —En este punto de su perorata, Fernando solía coger un papel y un lápiz y dibujar una especie de montañas—. La falta de comunicaciones, la invisibilidad del enemigo, las condiciones climatológicas… impiden que las fuerzas de aviación o de artillería hagan su trabajo y es, en ese momento, cuando la Infantería entra para resolver el combate, y utilizamos nuestra superioridad táctica y numérica.

—Entonces ¿seremos los últimos en entrar en guerra? —preguntó Horacio. Fernando meditó unos segundos.

—¿Los últimos? Bueno, no lo sé, sería una pena. Lo que sí tienes que saber es que la principal misión de un infante debe ser protegerse de los pacos. Son esos que están escondidos, los francotiradores; les llaman así porque al salir la bala hace ese sonido de paaa y cuando está en el aire hace cooo. Están los pacos y sus primos hermanos, los pacopeña, que te esperan apostados en peñascos. Son tremendos estos moros, muy difíciles de matar. Los muy hijos de puta se mimetizan con el entorno, y pasan días así porque necesitan muy poco: un puñado de dátiles en la capucha de la chilaba, un viejo fusil y algo de munición. «Cada roca es un parapeto, cada quebradura una trinchera, cada herbal un cobijo, cada marisma un foso y cada llanura una huesa». Eso dicen.

La Escuela Oficial para la Instrucción Preparatoria Militar proporcionó a Horacio una formación complementaria a la de su hermano, cuya principal fuente de información consistía en los rumores y malentendidos de la calle, así como en los comentarios de jóvenes que se jactaban de hablar sobre matanzas, cantinas y burdeles. «*Paisa*, mierda, moro estar a tope, yo cortarte la *cabesa*», le había dado por decir a Fernando cada vez que Horacio pasaba por su lado, con el gesto del matarife que degüella a un pavo.

Horacio asistía a las clases cuando finalizaba la jornada en el Instituto Español, y eso que no había ni una sola asignatura que le convenciera. Teoría y Práctica de Tiro era la peor; en primer lugar, porque la teoría se resolvía en una hora sin necesidad de estar meses sentado, escuchando al teniente Palacios Arjona, y, en segundo lugar, porque en las clases prácticas era tal la carencia de munición que los alumnos más atrevidos, su hermano Fernando entre los elegidos, copaban los cuatro fusiles y las decenas de balas sin dar oportunidad a los otros alumnos. Nomenclatura del Fusil le iba a la zaga en inutilidad pasada la primera semana; Leyes Penales, bueno, era aburridísima, y además ponte tú a hablarle de leyes al enemigo; en la misma línea se encontraba el paquete de Táctica, Ordenanza, Honores y Tratamientos; Servicio de Guarnición y Servicio Interior de los Cuerpos entraban en el pensamiento castrense español de preocuparse más de cuestiones estéticas, como el saludo o el desfile, que de prepararte para un combate irregular a campo abierto contra un moro que viene con una gumía a cortarte el cuello y, claro, luego el español se quejaba de que esas no eran formas porque él se había preparado para un baile de salón; Gimnasia y Esgrima se quedó de aquellas generaciones que luchaban con espadas en Cuba y Filipinas; y en las restantes afloraba la otra gran preocupación de los militares: Conducta, Educación Moral, Disciplina, Comportamiento, y Espíritu Militar, es decir, que nadie se rebelase ni desertara, precisamente lo que habían hecho.

Justo cuando estaba inmerso en sus estudios, llegaron a España las primeras noticias del desastre de Annual.

4

Horacio leyó en el *ABC* una columna de Gregorio Corrochano:

> Hay en la entrada de Zeluán un cortijo blanco de líneas andaluzas (…). Para llegar al cortijo hay que cruzar un camino jalonado de cadáveres (…). Un poco más allá, en medio de la carretera, hay un montón de cráneos entre cenizas (…). Así avanzáis hasta Zeluán. Así, así entráis en el cortijo, y, a pesar de esta preparación del ánimo, el cortijo os espanta. Atravesado en la puerta, corta el paso un cadáver que tiene arrancadas en tiras las partes carnosas de las piernas (…). En su mayoría, los cuerpos presentan mutilaciones y muchos tienen la cabeza separada del tronco. Hoy no hemos tenido bajas. ¡Para qué más bajas que las que estamos teniendo!

Si las crónicas eran terroríficas, la llegada de las primeras imágenes impactó como nunca antes. ¿Cómo no desmoralizarse? En una de las fotografías el general Berenguer, máxima autoridad militar, tenía algodones en la nariz y se tapaba la boca ante el hedor de los cadáveres abandonados. Cuando las columnas de los generales Cabanellas y Sanjurjo entraron en Arruit, hallaron tres mil hombres momificados, carbonizados tras semanas al sol, sin recibir la piedad de unas paladas de tierra que les liberase de servir de alimento a las alimañas. Varios periódicos reprodujeron las fotos de Alfonso Sánchez Portela, en las que soldados recién llegados observaban sorprendidos cientos de cadáveres en el suelo y los cargaban en camiones para llevarlos a enterrar. El informe de más de cuatrocientas páginas del general Juan Picasso, hermano de un pintor que ya sorprendía en París, retrató la desatención de las autoridades a los soldados enviados al Protectorado. Los políticos en las Cortes desacreditaban a los militares y culpaban al propio monarca, a quien liberales y socialistas auguraban el fin de un periodo histórico, el de la Regeneración, iniciado en 1876. Acorralado, Alfonso XIII confió el Gobierno al ilustre y resabiado líder conservador Antonio Maura, quien decidió ir a por todas en África frente a quienes recomendaban la retirada tras doce años de fracasos.

La reconquista del Ejército español comenzó en otoño en la parte oriental, primero con la toma de Nador y, en octubre, del monte Gurugú, Zeluán y Monte Arruit. Contribuyeron las nuevas fuerzas de reemplazo, voluntarios y de quintas, si bien los generales se quejaban de que carecían de la formación necesaria. Con el susto en el cuerpo, desmoralizado, con el entrenamiento justo y con material deficiente, comenzaba la nueva aventura del soldado español.

Horacio partió el 1 de mayo de la primavera de 1922 hacia Melilla. Todo su ser se hallaba resumido en su ficha militar: varón de 1,67 metros, perímetro torácico normal de 85 centímetros, pelo claro, cejas al pelo, ojos pardos, barba creciente, nariz y boca regular, frente despejada, aire marcial, de oficio panadero. Marchó a África en calidad de cabo de complemento, porque sus notas, todas las asignaturas con calificación de buenas, y sus dotes de mando fueron valoradas por los oficiales, para decepción de su hermano Fernando, que ambicionaba el puesto.

El día de su partida, Adelaida lloraba como una Magdalena. De buena gana hubiera prendido al cuello de su hijo escapularios de todas las vírgenes y otra del Gran Poder, pero había dicho que no creía, y así era, aunque ahora le apetecía creer en Dios y en todos los obispos.

Adelaida ordenó a Horacio que llevase los mejores zapatos y la mejor ropa que tuviera, la del fondo del arcón sahumada de cortezas de membrillo, para el camino y le dio cien pesetas para tabaco o lo que necesitase. El último disgusto se lo llevó la mujer cuando el imbécil de Fernando desveló que el destino de Horacio, si bien lejos de Annual, se encontraba en las proximidades del Barranco del Lobo, donde habían perecido doscientos españoles en 1909 al principio de la guerra. Adelaida sintió un pinchazo porque se sabía decenas de coplas de la derrota: «En el Barranco del Lobo, hay una fuente que mana, sangre de los españoles, que murieron por España; pobrecitas madres, cuanto sufrirán, al ver que sus hijos, a la guerra van».

Horacio partió muy nervioso junto al resto de los soldados de reemplazo, pero también con una idea muy clara: sobrevivir. Decían que la misión de su regimiento era sencilla, que solo se trataba de reforzar los puestos que el Ejército había conquistado, que los rifeños ya apenas atacaban, que los movimientos de las guerras eran así, de toma y daca, que ahora por primavera hacía tanto calor que las partes se tomaban un respiro, que la situación estaba controlada… Bla, bla, bla, habladurías para Horacio, que para cumplir con el objetivo pensó en aprovechar su graduación y refugiarse en la oficina. Si no llegaba a ver la luz del sol, mejor. Sabía que era un plan complicado, más cuando le recibió un veterano teniente melillense de apellido Carbó y en sus ojos leyó la decepción: otro niño con más miedo que once viejas.

—Cabo Hermoso, bienvenido a Melilla. A ver, ¿usted qué sabe hacer?

—Escribir a máquina, señor, como los ángeles.

—Ya, entiendo, pero algo habrá aprendido en la academia, allí en Sevilla. Táctica, por ejemplo, o tiro, ¿cómo va de eso, cabo? Por algún motivo le habrán ascendido.

—Lo cierto, mi teniente, es que las instalaciones estaban muy lejos de ser las adecuadas, el campo de tiro se encontraba a decenas de kilómetros y apenas teníamos munición para los entrenos. Creo que en la instrucción habré disparado dos veces, como mucho. Y de otros artilugios…, pues imagine.

—¿Granadas?

—No llegaron, mi teniente. No llegó ni una. No sé si le he comentado que mi trabajo en la vida civil es el de contable, en el Instituto Español, una marca muy buena de productos de higiene, traigo algunos en el petate si los necesita. —El militar le miró fijamente, sin inmutarse.

—Ya veo, tiene usted vocación para ser un héroe de guerra, no cabe duda.

Horacio consiguió quedarse en la oficina para redactar informes, supervisar las cuentas y ordenar el número de efectivos, en definitiva, cambió la oficina civil en el Instituto Español por una militar en el Ejército español.

A media tarde, después de comer y echarse la siesta, los soldados salían un rato a caminar por la ciudad hasta las siete y media, porque a las ocho los mandaban a la piltra, y permanecían en las habitaciones aguardando el toque de corneta a las seis de la mañana. A Horacio esas salidas le permitieron descubrir un sentimiento latente: anhelaba estar enamorado. Eso o sería la nostalgia, el ardor guerrero, la castidad obligatoria del campamento, la fraternidad con otros reclutas que decían tener novia o lo que fuera. Ansiaba estar al lado de una chica y se quedaba absorto con los ojos de las moras de Melilla, que con desdén encaraban a los soldados españoles y bajaban la mirada como quien corre el visillo de una ventana. En ese escalofrío vaporoso se encontraba Horacio cuando el teniente melillense se acordó de él, para mal, porque había tenido la idea de enviarle a treinta kilómetros de distancia, al interior, a la pista de Zeluán, con la justificación de que sus conocimientos de contabilidad le podrían ser útiles al responsable del puesto, un amigo suyo. Justo en la mañana del 7 de mayo Horacio se subió al convoy con su petate, con el convencimiento de que el verdadero motivo del traslado era la intención del teniente de proporcionarle una experiencia de vida a ese joven con cuatro pelos en el bigote. Sus compañeros de misión, otros quintos, hablaban del destino durante el trayecto.

—En Zeluán tenemos que hacer aguadas, y hay pacos por todos lados, esperando a que salgamos.

—Pues es mejor morirse de sed a que te atrapen los moros. Eso seguro.

—Si a mí me pillan, que me maten. No quiero que mi pobre madre pida en una colecta para que me rescaten, llegue a casa con la hucha vacía y vuelta a empezar al día siguiente.

—Bueno, en mi pueblo, a la altura de Vizcaya, sí fuimos muy generosos: compraron un tanque gracias a las subastas. Estoy seguro de que mis amigos organizarían una corrida de toros, y ayudarían a la pobre mujer.

—No puedo imaginar por lo que han pasado estos. El calor, la falta de agua, la putrefacción de los cadáveres, los desechos del interior del blocao; eso unido a la alerta constante, a no dormir por la amenaza de un ataque nocturno y a saber que te vas a defender con un fusil cubano y cuatro balas…

—Yo escuché que se les acabó hasta el vino. Bebieron vinagre, petróleo, tinta de escribir, colonia, jugo de patatas machacadas, el propio orín mezclado con azúcar, chupaban piedras húmedas que extraían del suelo, lo que fuera.

Horacio divisó mulos, un acemilero, algunos soldados que caminaban hacia un puesto cercano... Dejaba atrás la inquietante majestuosidad del monte Gurugú, la línea divisoria entre Melilla y el resto del continente, y mientras escuchaba a los quintos se hizo el dormido al pasar por las proximidades del Barranco del Lobo.

5

Sus compañeros de armas tomaban fotos con su recién estrenada Kodak Vest Pocket, publicitada como «la Kodak del soldado». La comitiva llegó a un pueblo vacío, maloliente, apagado incluso en los días soleados, sin atractivos de interés a excepción de la alcazaba que servía de cuartel a la guarnición, con escasas unidades de infantería. Un teniente los esperaba y era cierto que tenía problemas con los materiales, los jornales y los contratos de obras, ya que además contaba con otra guarnición en el aeródromo. Horacio se metió entre papeles y números, y miró para otro lado cuando observó comisiones dudosas. A la hora de comer, el rancho, compuesto por garbanzos, patatas y tocino —o por tocino, patatas y garbanzos—, era bastante más flojo que en Melilla; un menú variado dentro de un orden. En otra olla servían solo garbanzos y patatas, y a ella se acercaban filas de moros aún fieles, a los que servían con desgana en latas vacías de conservas y quienes comían con las manos por costumbre o por ausencia de cucharas. Otros habían traicionado la confianza de los españoles en Annual y se contaba que ahora los soldados estaban autorizados a saquear los pueblos para reconquistar el territorio y a cortarles la cabeza o las orejas.

Poco después de su llegada, tras la comida, Horacio y sus compañeros recibieron la orden de formar. Saldrían del campamento a buscar agua. La expedición la formaban unos veinte soldados vestidos con harapos caqui. El sargento al mando había dudado si hacerse acompañar de ganado, como escudo, coartada o porque los animales necesitaran beber, pero finalmente decidió salir a cuerpo descubierto. Por su graduación, Horacio caminaba tras el sargento. Portaba el botiquín de primeros auxilios, tan desvalido que su apertura le hubiera provocado un síncope a doña Tula. El camino parecía más que despejado, si bien Horacio tenía presente las palabras de su hermano y escrutaba las peñas para ver si en ellas se guarecían guerreros de las cabilas de los benibuifrur o los mazuza. Llegarían en una escasa media hora a pie y, cuando estaban cerca, uno de los soldados se adelantó y le propuso a Horacio:

—Mi cabo, si usted no quiere mojarse o ensuciarse en el río, es costumbre montarse a hombros para cruzarlo a cambio de una pequeña propina. Puede contar conmigo.

La expedición llegó al río y, sin ni siquiera vadearlo, rellenaron las garrafas en la orilla. Horacio se apresuró a poner los tapones como uno más, y respiró aliviado cuando los soldados comenzaron a cargar, por parejas. Ni siquiera había advertido que eran nueve los bidones y tanto él como el sargento se libraban del esfuerzo a la vuelta. Existían esas notables diferencias de trato, no ya entre oficiales y soldados, sino entre los que tenían posibles y aquellos de origen modesto. Debido a que la opinión mayoritaria era favorable a la igualdad de clases, su quinta y él mismo se encontraban en un río sucio en Zeluán y no en cualquier tasca al fresco sevillano.

A salvo en el cuartel, Horacio se permitió el lujo de encenderse un puro. Chupó con fuerza, frenó la bocanada para que el humo no entrase en los pulmones, disfrutó del vapor en la boca y lo expulsó con placer. Para mayor deleite, se sirvió una copa de coñac de enjuague. El teniente tenía en su despacho todo tipo de licores porque decía que el agua daba palúdicas, razón por la cual había ordenado que los soldados desayunaran un vaso de aguardiente, nada de jugos o café con esa agua.

Horacio no encontró leche a la mañana siguiente y, cuando le comunicaron que se diese prisa para montarse en el convoy que marchaba de nuevo hacia el norte, para su alegría le entregaron una bolsa con la dieta prevista para los viajes, chorizo y sardinas, nada recomendable si se trataba de luchar contra la sed.

El quinto sevillano pensaba que Melilla sería su destino, pero el convoy se desvió hacia Nador, la primera ciudad que había sido reconquistada tras lo de Annual. Se hablaba de Nador como un sitio tranquilo, sin presencia de rifeños armados y cuya paz solo alteraban los pródigos y molestos bichos del Rif, entre los que se encontraban ratas que se te posaban en la cara mientras dormías, innumerables mosquitos, arañas, moscas, desagradables piojos y pulgas, siempre pegados a la ropa.

Horacio recibió autorización para trabajar en las oficinas. Los días pasaban sin más; los soldados salían a los locales donde se bebía té y se fumaba kif, a los casinos donde se jugaba a la ruleta y a las salas de fiesta donde las mujeres bailaban con los brazos en alto la música zarzuelera de moda en la Península que tanto le gustaba a Horacio. Ellas se lucían desafiando las miradas de los militares, vestidas de colores, a diferencia del traje primitivo de las mujeres de Zeluán, el caftán de tela oscura, ancha y tupida como una nube que amenaza tormenta.

Horacio comenzaba a acostumbrarse a esa vida cuando le notificaron el fin de su estancia en Nador tras solo dos días y su desplazamiento a un pequeño puesto muy cerca de Melilla, Camelloz, donde se aburrió enormemente, se hartó de dormir y de jugar a los naipes sin dejarse ganar y le escribió cartas a Adelaida con la fecha de su regreso, el día 13, apenas dos semanas después de su llegada. Su contribución a la defensa del litoral español finalizaba y en Melilla le esperaba, sin pasar por el cuartel, el Marqués del Campo, el navío que desplazaba a las tropas españolas.

Horacio volvió a Sevilla para felicidad de su madre sin un solo rasguño y sin pegar un solo tiro. Su padre se comprometió a pagar las cuotas que le quedasen, confiado en que los dieciocho años de servicio militar se reducirían a la mitad. Horacio cruzó los dedos para que la decadencia del reinado de Alfonso XIII librara a los jóvenes de más aventuras mortales en territorio extranjero, más cuando la población española sufría tantas penalidades.

Pasados unos dos meses tras su regreso, en agosto, llegó a su casa una carta con membrete del Ejército. Por la mente de Horacio pasó la reincorporación a filas porque el conflicto se mantenía abierto; sin embargo, la misiva le anunciaba su ascenso a sargento por «méritos de guerra».

Horacio contaba los días que quedaban para que su padre pagara la tercera cuota cuando el general jerezano Miguel Primo de Rivera dio un golpe militar en Cataluña, aceptado por el monarca para evitar una comisión sobre Annual, y para contrariedad de quienes reclamaban cambios políticos de calado ante el agotamiento del régimen estatal.

6

El nuevo dictador prometió liberar a la Patria de los profesionales de la política y acabar con la petición de responsabilidades a los militares tras lo sucedido en Marruecos; restablecer el orden tras los asesinatos de prelados, agentes de la autoridad, patronos y obreros; frenar la amenaza del comunismo y del separatismo, y perseguir con mayor celo el vicio del juego. Al menos el militar dejó en paz a los quintos, y el patriarca de los Hermoso pudo saldar las cuentas con el Estado.

Horacio gustaba de recordar en la mesa sus anécdotas africanas; los ojos de las moras eran los recuerdos favoritos para su padre, y hasta para su madre, a la que ahorraba truculencias de sobra conocidas. Fernando se levantaba de la mesa con ostentación, y Carlos se interesaba por los detalles, porque el más joven de los Hermoso se había librado por los pelos gracias a su edad y había participado en unas jornadas de instrucción militar, sustitutas del verdadero servicio.

En estas jornadas Carlos hizo una gran amistad con otro joven de su quinta, Vicente Serra Cubas, cuyo padre podía permitirse el pago de cuotas como pequeño burgués que era. Vicente tenía dos hermanos y cuatro hermanas, y Carlos estaba deseando conocer a la que fuera de ellas.

—Vamos, Vicentico, no seas malaje. Si sería un cuñao estupendo, ya sabes que a tu hermana no le iba a faltar nunca de na. Además, conduzco una motocicleta de las que no se ven en Sevilla. La invito a comer cigalas y lo que le apetezca, y por la tarde a primera hora está en tu casa.

—Eso te servirá, compadre, con las pelandruscas con las que tú te juntas, pero mis hermanas son muy listas como para fijarse en un truhan —le respondió Vicente dentro de la camaradería con un amigo gracioso de quien tiene hermanas en edad casadera.

—A ver, cuéntame, que ya está cerca la Semana Santa y me interesa. La mayor era Margarita, ¿no?

—Margarita, sí, pero esa se va a quedar soltera y entera. ¡Si tiene treinta años! Además, está siempre aquejada de males imaginarios, aburrirte no te ibas a aburrir.

—Mala venta haces de tu hermana, desgraciao. Venga, la segunda.

—Mercedes es muy seria, no te interesa, que tú eres muy golfo. A María Teresa sí que la veo sentada contigo en La Alicantina, dejándose invitar a cerveza y ensaladilla. Sí, esa es más Serra que Cubas, una vividora. Pero sigues siendo un pipiolo, mis hermanas son muy mayores, zagalico.

—Bueno, está la pequeña.

—De esa olvídate, es la reina de la casa. Cuando Pura falleció tan pequeñina mis padres se volcaron con ella. Luego tuvieron a David, pero somos Salvador y yo quienes hemos cuidado de él, porque mis padres estaban todo el día preocupados por si le pasaba algo a Concha. Desde que mi madre falleció hace ocho años, mi padre se desvive por Concha, y eso que tiene ya veinte años.

Carlos se las arregló para que Vicente le invitara a una reunión, que así se llamaba a las fiestas que se celebraban en las casas y eran la excusa perfecta para que los muchachos se conocieran sin esperar a Carnaval, Semana Santa o Feria; eran las ocasiones en las que las muchachas de bien salían en grupo y tenían oportunidad de echarse novio.

La fiestecilla se celebró en el piso de los Serra en la calle Gravina número 60. Carlos apareció vestido para la ocasión —porque, como decía su padre, «se lo podía permitir»—, con un traje de raya gris, mocasines a la moda y el pelo encerado hacia atrás. Parecía un galán de cine. Concha era mucho más guapa de lo que habría imaginado. Tenía el pelo corto, por encima del hombro, y desde el primer momento su sonrisa le cautivó. Carlos conocía a muchas chicas, a quienes invitaba a sus viajes en moto a Sanlúcar para contemplar su pasión, el océano. «Soy como las tortugas marinas, mi sentido de la vida siempre apunta al mar», decía lo que había leído en una revista en el barbero, y raramente no le funcionaba en las conquistas.

Carlos podía sentirse muy afortunado. Su afición al dibujo le permitía ganarse la vida con holgura. Le había dado algún disgusto de pequeño, cuando los curas la tomaron con él y quisieron que hiciera carrera de monaguillo, pero su madre le comprendió y a la primera de cambio le sacó del colegio religioso. «Si el comecome del niño es el dibujo, pues que dibuje», repetía Adelaida a quien quisiera escucharla. Ya en Sevilla Adelaida convenció a su hijo para que continuara sus estudios y, cuando llegó el momento, se matriculó en la Escuela de Bellas Artes y Oficios. Carlos aprobó ese plan de vida y no podía estar más satisfecho de su elección: modelo desnuda a la que dibujaba, modelo a la que invitaba a Sanlúcar.

La pintura de caballete era la modalidad predominante, pero los profesores apreciaron el buen pulso de Carlos y le encaminaron hacia el dibujo de cerámica, con tantísima demanda en las fábricas de Triana. La técnica era sencilla una vez dominada, y Carlos habló con la fábrica de Mensaque Rodríguez y Compañía, que valoraba a los dibujantes con grandes retribuciones que Carlos gastaba en viajes, comilonas y vida nocturna. Tan bien tratados estaban que incluso les ofrecían que otros empleados perforaran el estarcido sobre el azulejo o que unas mujeres aplicaran los polvos de colores, pero Carlos prefería dominar toda la obra. Le encantaba la magia del azulejo, cómo el dibujo y el colorido se vitrificaban al calor de los hornos.

Tanto trabajo existía para los dibujantes que las firmas no podían pedirles exclusividad. Carlos comenzó a colaborar con la fábrica de San José, en el Campo de Los Mártires, la única no trianera. El propietario acababa de fallecer, pero con el sello de Viuda de Tova Villalva producía a gran nivel gracias al nuevo director, nada menos que Enrique Orce. Nada más llegar, Orce le encargó un enorme zócalo que unos nobles querían para un palacio recién comprado en Ciudad Rodrigo, Salamanca, y aceptó el trabajo para dibujar el azulejo del bar Europa, en el barrio de la Alfalfa, con la esperanza de que las rondas nocturnas le salieran de balde.

Concha y Carlos se ennoviaron con la autorización del padre de la novia, que no tardó en llevarse otra sorpresa. Carlos invitó a una de las reuniones a Horacio, a quien le gustó la mayor de las hermanas, Mercedes.

7

Mercedes Serra Cubas había nacido el 24 de septiembre de 1896 en El Fresno, un pueblecito cercano a Zaragoza. Con ninguno de sus hermanos compartió lugar de nacimiento, y eso se debió al trabajo de su padre, Vicente Serra Lloret, constructor de carreteras y caminos vecinales. La itinerancia del trabajo de su padre solo le permitió a Mercedes ir al colegio en algunos periodos. A los diecinueve años falleció su madre y, ante la inutilidad de su hermana mayor, comenzó a hacerse cargo del resto de sus hermanos y de su padre, que decidió instalarse en Sevilla para intentar conocer a otras mujeres de alta estatura, su predilección. Al verle las orejas al lobo porque su padre gastaba muy por encima de sus rentas, Mercedes pensó en estudiar una carrera, la de Magisterio, y se preparó en la escuela que dirigía la maestra Josefa Reina Puerto. Al terminar los estudios no se presentó a las oposiciones ante el temor de que, de sacarlas, tuviera que trasladarse fuera y abandonar a sus hermanos y a su padre. Mercedes contestó a un anuncio de prensa que solicitaba una profesora de Gramática española en la Escuela Francesa, y allí ejercía cuando Horacio la invitó a salir.

—No entiendo una cosa: si todo el tiempo en la escuela se habla en francés, y enseñas Gramática española, ¿das las clases en francés porque los alumnos son franceses? —Horacio caminaba al lado de Mercedes por el parque de María Luisa, uno de sus rincones favoritos.

—No seas bobo, Horacio. —Mercedes rio con ganas—. La escuela es francesa, enseña en francés y es verdad que la mayoría de los alumnos son franceses. Pero sería imposible enseñar Gramática española en un idioma distinto al español, igual que sucedería con la Historia o la Geografía de España.

—*Oh là là!* Mi parlá francés gracias a vos —se divirtió Horacio—. Mercedes, permíteme que te diga que compartes con los franceses ese aire europeo tan dulce y elegante. Te favorece mucho. —Mercedes se ruborizó—. Lo siento si te he molestado, se trataba de un piropo. Lo retiro si me he sobrepasado.

—No, no te preocupes, no pasa nada.

—Cuéntame, por favor, ¿cuánto llevas trabajando allí? La escuela está en esa barreduela preciosa cerca del corral del rey, ¿verdad? Siempre he visto a muchos jóvenes entrando y saliendo.

—Bueno, ahora estamos en la plaza de Argüelles. La escuela estuvo a punto de cerrar con la Gran Guerra porque muchas familias francesas partieron. Fue horrible; muchos chicos de las clases superiores estaban asustados de pensar en ir al frente. La escuela se quedó con cincuenta alumnos, pero al terminar la guerra y volver los franceses se trasladó a un local más grande, llegamos más profesores y este curso los alumnos superan los doscientos. Madame y monsieur Courteilles están haciendo una labor ejemplar.

—Es fantástico, debes estar muy contenta. La mayoría de las personas tardamos mucho tiempo en saber lo que queremos, o para lo que servimos; en muchos casos, toda la vida. Nos ganamos el pan como mejor podemos, ocupados en empleos que quizá están alejados de nuestro carácter.

—Siempre tuve claro que quería ser profesora, desde que aprendí a leer en la casa de las piñas de Santa Olalla del Cala. Recuerdo mucho esa estancia.

—¿Y no te resulta extraño que todos los profesores sean varones menos tú?

—Bueno, son hombres agradables, se portan educadamente.

—Ahora comprendo por qué me extrañaba que la escuela estuviera en la antigua sede. Tiene un azulejo en la fachada que bien pudiera ser de mi hermano y dudo, con lo presumido que es, que no nos hubiéramos enterado al saber que trabajas allí —se burló Horacio de Carlos.

—Es muy buen chico, la fama que tiene no le hace justicia. Concha está muy enamorada, aunque igual me confundo, como tiene ese genio tan fuerte y es tan joven. No tengo mucha experiencia sobre eso.

—Sobre esto, dirás, Mercedes.

—Sí... bueno... No me pongas nerviosa.

—No es malo ponerse nervioso por... esto. Es un sentimiento. Estar bien al lado de otra persona, con la que compartes inquietudes, aficiones, paseos...

—Sí, tienes razón. Y, dime, ¿a ti qué te gusta, Horacio? —preguntó Mercedes.

—¿A mí? Las patatas fritas. En Melilla nos las ponían de comer todos los días. Y judías con chorizo, hasta aborrecerlas. Pero con las patatas fritas no lo consiguieron. Y, si le pones dos huevos bien fritos, ni te cuento. —Mercedes aceptó la broma y le preguntó a Horacio si le gustaba algo más que no fuese de comer—. La zarzuela me encanta. ¿Conoces *Luisa Fernanda*? Me río mucho con las chulaponas: «Hay sus ra-zo-nes, y es que te gus-tan mu-cho los pan-ta-lo-nes. ¿Lo di-ceusté conse-gun-da? Lo di-go-porques-ver-dad. No te sien-tas pu-di-bun-da. Se-ño-ra, es-toy en lae-dad».

—Jajaja. Seguro que te la sabes entera.

—Por supuesto. ¿Y esta canción la conoces? Dice: «¿Que de dónde, amiga, vengo? De una casita que tengo más abajo del trigal. De una casita chiquita, para una mujer bonita, que me quiera acompañaaar». —Mercedes aplaudió con ganas.

—Horacio, me encantaría que conocieras a mi padre, toca la guitarra. Y tú cantas muy bien.

—Pues no me has visto cantando y comiendo patatas fritas a la vez. Un primor.

Mercedes y Horacio se casaron el día de Navidad de 1926 en la parroquia de la Magdalena. Mercedes eligió un vestido negro para evitar que se polemizara sobre su virginidad. Tenía treinta años y no iba a debatir sobre eso con un cura. Sobre el resto del conjunto, la novia se adhirió a la tendencia de moda, un velo blanco tan largo que sirvió de cola, sostenido por una corona de flores blancas de azahar, símbolo de pureza. La corona la reforzó con un arreglo de las mismas flores que se colocó en el lado izquierdo del pecho y, como esto comenzaba a parecer anticuado, la novia incorporó la modernidad de un gran ramo de flores en las manos. Horacio prefirió un traje cómodo y un sombrero que ingresarían en el armario de su vestuario cotidiano, siempre que se moderara en la celebración porque el pantalón le quedaba ajustado. En el viaje de luna de miel a Madrid solo valía atiborrarse de zarzuelas y teatros.

Mercedes lo dejó todo para irse a vivir con Horacio: la vivienda familiar, su empleo en la Escuela Francesa y hasta las clases particulares que daba por las tardes y con las cuales había preparado su ajuar, porque su sueldo en la escuela se lo entregaba a su padre para los gastos de la familia.

La pareja alquiló un modesto piso en la calle Galera número 11, en Puerta Triana. Horacio había ascendido en el Instituto Español al puesto de jefe administrativo, retribuido con un sueldo mensual de quinientas pesetas. A Horacio y Mercedes les llegaba holgadamente para los dos, e incluso para alguien más…

El 15 de diciembre de 1927, a las tres de la tarde, Mercedes alumbró a su primer hijo. Mientras el pequeño Horacio veía la primera luz, las nuevas promesas de la poesía española —entre ellos, Federico García Lorca, el más universal de los poetas españoles y estandarte de la Generación del 27— llegaban en tren a Sevilla para reivindicar el legado de Luis de Góngora.

8

Mayo de 1929

La familia Hermoso Araujo caminaba exultante. Como otros miles de sevillanos tenían la ilusión de participar en un momento histórico, deseado desde hacía cinco lustros. Les diferenciaba del resto de vecinos que ellos, sin pertenecer a una clase social privilegiada, estaban invitados a la inauguración de la Exposición Iberoamericana. Al domicilio del Tiro de Línea habían llegado invitaciones a nombre de los padres y hermanos de Carlos, quien, según se enorgullecía, había trabajado en la plaza de España, el enclave principal del certamen. La definición le parecía algo exagerada al resto de la familia, pues se trataba de la construcción de un conjunto monumental de más de setecientas mil hectáreas a razón de más de quince millones de pesetas, pero Carlos replicaba que sus buenos sudores le había costado su aportación, y que menos cachondeíto, que si no a cuenta de qué unos catetos como ellos tendrían la oportunidad de codearse con infantes y reyes recién llegados desde Madrid. La razón de la invitación era que Carlos Hermoso había pintado uno de los bancos dedicados a las provincias españolas que, adosados al muro, recorrían la plaza de uno a otro extremo.

Los padres se sorprendieron cuando, a lo lejos, divisaron unas torres que rivalizaban en altura con la Giralda. Horacio y Mercedes estaban familiarizados con las obras, que en sus visitas al parque observaban tras vallas de control. Opinaban que la plaza era imponente, un espacio central semejante a un gran teatro griego, con una inigualable columnata que bien parecían palcos de espectadores, y bellos puentes ornamentados para franquear un canal destinado a la navegación con pequeñas barcas, como en El Retiro de Madrid, ciudad que les fascinaba y que visitaban en cuanto podían, con entrada obligada al Museo del Prado.

Fernando y su mujer, Carmela, tenían bastante con los tormentos de la corbata y los tacones esa mañana de la primavera sevillana, veraniega en cualquier otra ciudad del mundo. Carlos caminaba junto a su novia, Concha, que conocía la solución del misterio porque había visto a Carlos trabajar en los talleres de Mensaque donde el dibujante estaba empleado. «Me gusta, no tiene mujeres desnudas», fue la única pista que Concha facilitó.

Cuando los Hermoso llegaron a su destino contemplaron la primera torre de setenta y cuatro metros de altura. Estaban a punto de subir los escalones de la galería para adentrarse en la plaza cuando Carlos les hizo caminar unos metros hacia el centro para disfrutar de la magnitud del espacio en perspectiva. Horacio y Mercedes se disculparon para acercarse un segundo a la glorieta de Bécquer, donde el monumento del poeta romántico tenía fascinados a los enamorados de Sevilla, pero Carlos lo impidió. Alcanzaron la torre sur y la expedición al fin entró, admirando el gran peatón central, los edificios engalanados con banderas y el canal con sus barcas preparadas para remar.

Carlos desveló que los había dirigido al sur de la plaza porque los bancos de las provincias estaban ordenados alfabéticamente. Los Hermoso, incluido el pequeño Horacio que ya correteaba, se acercaron entre otros curiosos a examinar cada uno de ellos, en la búsqueda de trazos que les permitieran identificar a Carlos. Los padres vagaban quejosos; Fernando y Carmela caminaban ajenos al juego; solo Horacio y Mercedes se tomaron muy en serio el reto, compitieron y demostraron sus conocimientos sobre la historia antigua de España, y consultaron los libros y guías que cada provincia había dejado en unos anaqueles anexos al banco. Cuando la pareja había escrutado más de cuarenta azulejos, no solo de provincias, sino de motivos folclóricos con los que los organizadores decidieron retratar a la provincia de Sevilla, desvelaron el misterio.

Era claramente su estilo. Cualquiera que le hubiese visto dibujar desde niño habría descubierto su lápiz en el respaldo de Valladolid. El azulejo representaba el casamiento de los Reyes Católicos. En los laterales de la escena, otro pintor de Mensaque, Francisco Morilla, había pintado a un lado el monumento a Cristóbal Colón y al otro la fachada del colegio de San Gregorio, además de los escudos de la ciudad, el nacional y otros blasones de municipios vallisoletanos.

—Bueno, aquí lo tenéis, ¿qué os parece? —preguntó Carlos a Horacio y Mercedes, completado el pasatiempo.

—Es un dibujo precioso, Carlos, de verdad —respondió Mercedes.

—A mí me parece muy significativo que le hayan encargado el dibujo de una boda a uno al que no son capaces de casar ni a tiros —bromeó Horacio, que se ganó la mirada asesina de Concha.

—El momento histórico estaba decidido, hermano. He tenido suerte porque a otros pintores les han cambiado el motivo cuando habían acabado el trabajo, porque los organizadores preguntaron a ayuntamientos y diputaciones el año pasado, como si fuéramos sobrados de tiempo. Hemos llegado de chiripa.

—Sí, leí en el periódico que ha habido un poco de descontrol —lamentó Mercedes.

—¿Un poco? El banco de Córdoba se montó hace tres años, y muchas piezas se han deteriorado durante la obra y

97

han tenido que reemplazarlas. Por suerte los de Mensaque son unos fenómenos y dejaron mi trabajo casi para el final, llegaron a tiempo y luce bien el horneado. Mirad, está nuevo.

—Carlos, has estado dos años casi, al menos eso me dijiste a mí —protestó Concha.

—¡Y es verdad! Primero tuve que hacer el dibujo y enviarlo al gobernador civil. Le gustó mucho. Otros pintores solo han tenido que copiar algún cuadro famoso, pero el mío es original. Auténtico. He tenido que leer libros de la Reconquista para saber qué dibujaba. Por cierto, metí bien la pata...

—¿Sí? ¿Y eso? —preguntó Horacio.

—Nada, una tontería. Tenía ya picado el azulejo cuando llamaron porque a este heraldo que ves le puse en el pecho el escudo de los cuatro reinos agrupados, y eso no pasó hasta décadas más tarde. ¡Qué iba a saber yo! Bueno, no ha sido de las peores pifias, cambié un par de azulejos y listo; otros la han liado bien, pero bien —se rio Carlos.

—Bueno, aquí sí te has pasado de la raya, hermano —le contrarió Horacio, que señalaba uno de los blasones dibujados, el de Medina del Campo, y el lema: «Ni el rey oficio ni el papa beneficio»—. Montan este sarao para mayor gloria del monarca, que al menos la mitad de los bancos están dedicados a hitos de reyes, y tú le encajas un mensaje subliminal. No me extrañaría que te pudras en la cárcel, so subversivo —se rio con fuerza Horacio, mientras que Carlos se quedó blanco. Mercedes intervino.

—Horacio, por favor, deja en paz a tu hermano. Carlos, has hecho un trabajo fantástico. Es mi favorito de todos, sin duda. Has conseguido que presencie la boda como una invitada más. Mira, si hasta parece que el rey me está mirando.

—Bueno, yo solo digo que, si queda alguna duda de su autoría, no sería difícil descubrir de quién se trata. Aquí está la firma de don Carlos Hermoso —señaló Horacio el espacio donde el autor imprimió su huella—. Sin bromas, hermano.

Estoy muy orgulloso de ti. El apellido Hermoso quedará grabado para la posteridad. Tienes mucha carrera por delante y te deseo lo mejor.

Horacio le dio un abrazo a Carlos, seguido de un beso en la mejilla. Continuaron contemplando el azulejo mientras otros turistas curioseaban. Fernando y Adelaida llegaron al fin y se pusieron muy contentos del resultado de la obra y de la firma. Cuando llevaban un rato aburridos y el pequeño Horacio amenazaba con tirarse de cabeza al estanque, lo que arruinaría el día, Horacio propuso tomar un aperitivo en el nuevo casino antes de regresar a casa.

9

La familia residía en una vivienda del Tiro de Línea. Desde antes de su boda con Mercedes, Horacio presidía una cooperativa proyectada por la Unión de Empleados de Escritorio, que había conseguido del Ayuntamiento un terreno que utilizaban los militares para maniobras de tiros con cañones.

Horacio ofreció a sus padres la compra de una de las viviendas para que dejaran el alquiler de la calle Arfe. Cuando Adelaida entró por primera vez en la enorme casa, le sobrevino la edad y las enfermedades.

—Madre, pero si la casa está aquí al lado. Es preciosa —dijo Horacio.

—Nada, nada, me vengo del Arenal aquí al campo, tan lejos de todo, para quedarme sola en otra casa, con tu padre siempre en la calle. De eso nada, nos mudamos con vosotros, hijo, así estoy más tiempo con el pequeño Horacio y ayudo a Mercedes, que las mujeres preñadas necesitan descansar, más si traen hembra —le contestó Adelaida.

Fernando, el hijo mayor, aprovechó la oportunidad y ocupó la casa vacía de los padres. A la vivienda de Horacio y Mercedes no tardaron en incorporarse Carlos y Concha. El azulejo del banco de Valladolid de la plaza de España fue el último que Carlos cobró en un buen tiempo, porque, iniciada la Exposición Iberoamericana, concluyó el trabajo de los ceramistas sevillanos. Carlos se encontró de un día para otro sin dinero ni patrimonio, con los ahorros de los años felices gastados, y, lo que era peor, con una insoportable Concha, a la que sin dinero se le comenzó a agriar el carácter.

Horacio estaba feliz. Ganaba lo suficiente como jefe administrativo en el Instituto Español para mantener a su familia. Convivía con sus padres y con su hermano Carlos, con quien compartía confidencias y preocupaciones. Mercedes parecía conforme, pese a renunciar a su empleo y ocuparse casi en solitario de las tareas domésticas. Y, si bien estaban algo desplazados del centro, sin conexiones de transporte público, los jornaleros de la anexa huerta de los Negros proveían a la familia de la mejor leche y verduras.

Pero, un día, Juan María Moreno pidió a Horacio que fuera a su despacho.

—Horacio, siéntate por favor —solicitó el patrón.

—Don Juan María, le veo el rostro muy serio. ¿Ha pasado algo grave? —se inquietó Horacio.

—Nada, bueno sí, todo, ya sabes. La gestión de un negocio es muy complicada. Seguro que conoces lo que ha pasado en los Estados Unidos. Los analistas dicen que la caída de la bolsa de valores de Nueva York va a suponer un quebranto en las economías mundiales que se extenderá rápido al resto del mundo. Hay que adelantarse y protegerse, Horacio.

—Sí, claro, he leído algo en los periódicos, las personas que se han tirado de los rascacielos, pero eso está muy lejos, no veo cómo puede afectarnos, sinceramente.

—Cualquier movimiento de la economía tiene consecuencias, Horacio, efectos encadenados. ¿Acaso crees que el fracaso de la Exposición Iberoamericana ha sido una casualidad? Solo un jefe de Estado ha venido, uno, el de Portugal, que está aquí al lado.

—No sé, don Juan María. Usted tiene más conocimiento sobre la economía y la política. Si usted lo dice…

—Está comprobado, Horacio. Algo está pasando. Lo cierto es que llevaba tiempo rondando esta idea, pero creo que supone una obligación diversificar el negocio.

—Don Juan María, el volumen de ventas es correcto; las cuentas dan superávit año tras año; hemos invertido en publicidad; los productos son conocidos, y la clientela valora los perfumes. El Gotas de Oro ha sido premiado en Francia. Entiendo que le preocupen los acontecimientos, pero la empresa va razonablemente bien. No entiendo a qué se refiere.

—Ni tienes por qué entenderlo, Horacio. Valoro tu trabajo, pero quien tiene que pensar en el futuro de esta empresa es el propietario.

—Por supuesto, don Juan María, no me atrevería a...

—No te preocupes. Te he llamado para hablar contigo porque tengo una propuesta de un importante grupo financiero e industrial. Me ha ofrecido producir y comercializar nuestros productos en otro país, en Argentina.

—Parece un plan interesante —contestó Horacio—. Argentina tiene muy buen mercado en relación calidad-precio. Una diversificación de nuestra oferta hacia territorios hispanoamericanos sería una oportunidad que pondría a esta empresa en...

—Horacio, lo agradezco, pero no necesito tu opinión. Lo que quiero es afrontar este proyecto y que salga bien. Por eso te propongo que seas tú quien lo lidere. Necesito a alguien de mi máxima confianza porque comprometo el futuro de la empresa. Si me dices que sí, le contesto a ese grupo que acepto la oferta —le dijo el dueño del Instituto Español. Horacio se quedó de piedra.

—Don Juan María, agradezco la confianza, pero... Argentina, yo...

—Piénsalo, Horacio. No tenemos mucho tiempo. Habla con Mercedes y le contestamos la próxima semana.

A punto de estrenarse la década de los treinta, a semanas de cumplir los treinta años, Horacio Hermoso Araujo meditaba si iniciar un nuevo ciclo en su vida y emigrar a Argentina como responsable de la empresa sevillana Instituto Español Químico-Farmacéutico. Le consultó a Mercedes, a quien le encantó la propuesta. Su ideal era París, pero Buenos Aires, quién sabía, pudiera ser un puente para Francia una vez Horacio se asentara en el nuevo grupo comercial. La mujer estaba convencida de que Horacio se ganaría la consideración y el afecto de sus compañeros; tenía don de gentes y una oratoria excelente, los argentinos quedarían encantados con su trabajo, estaba segura, y así se lo transmitió a su marido, que comenzó a entusiasmarse con la idea hasta que una noche les sorprendieron hablando en la cocina.

—Horacio, no me puedo creer que estés pensando en marcharte —le censuró su madre cuando escuchó la conversación a media voz—. Esas oportunidades vuelven, ahora tienes un niño pequeño y otra en camino —rompió a llorar Adelaida.

—Madre, es una decisión que tenemos que tomar Mercedes y yo. Sería una gran oportunidad para la educación de Horacio y Merceditas.

—¡No quiero ni escucharlo! Hijo, sería la última vez que os viéramos, a ti y a mis nietos —dijo la madre rompiendo a llorar.

—No exageres, madre. Vendremos cuando podamos, las vacaciones de verano, por ejemplo. Aunque allí son desde diciembre hasta principios de marzo, la verdad es que no sé ahora mismo cómo se organiza eso, pero…

—¡Lo ves, hijo! No volveremos a vernos.

—Lo dispondré todo, madre.

—No, hijo, no. Estoy enferma. Será la última vez que nos veamos. Soy tu madre y quiero lo mejor para ti. Solo te pido que pienses esa decisión. Eres muy joven, tus hijos son muy pequeños, tienes tu casa para disfrutarla, cumples con tu trabajo, tu hermano Carlos te quiere mucho y será un palo para él… Medítalo, siempre hay tiempo. El futuro te traerá algo mejor.

Horacio respondió al propietario del Instituto Español que rehusaba la propuesta. Don Juan María Moreno declinó la oferta del grupo financiero para fabricar los productos de su empresa en Argentina. Adelaida falleció poco después por unas complicaciones de la bronquitis crónica asmática que padecía.

10

Horacio cruzó la puerta de su casa junto a otros cooperativistas, subió por las escaleras que daban a los dormitorios y les invitó a sentarse en el sofá, en alguna de las seis sillas de rejilla o en las dos mecedoras de la habilitada sala de visitas, a salvo de intromisiones de otros miembros de la casa. Horacio tenía preparada una carta para la prensa en la que reivindicaba mejoras urbanas para la barriada. Desafiaría al alcalde, Antonio Halcón y Vinent, el primer conde de Halcón.

—¿Cuánto tiempo más podremos aguantar sin que vengan los carros de limpieza? ¿Y sin que nos amplíen la red de alcantarillado? ¿Acaso no pagamos los mismos impuestos que otros vecinos de Sevilla? —les preguntó Horacio. Algunos de los presentes le dieron la razón.

—Vino al barrio de visita sin un técnico municipal al lado —dijo uno de ellos—. Lo hizo para amedrentarnos y dejarnos claro que no iba a hacer nada de nada.

—Al menos cuando teníamos un carro, el barrio no parecía un vaciadero. Vino y de seguido nos lo quitó, para invitarnos a que volviéramos a protestar —secundó otro.

—A mí lo que me preocupa es que, si se siguen construyendo nuevas casas sin pozo negro, todo acabará en el campo, y tendremos graves problemas de salud —remató un tercero.

—Es la única herramienta que tenemos. Nos quejaremos en la prensa, y que se entere todo el mundo de quién nos gobierna —los animó Horacio deseoso por rememorar sus tiempos como columnista de la revista de la Unión de Empleados.

—Se defenderá, siempre lo hace. Si fue capaz de derribar los Caños de Carmona, que era el único acueducto romano del mundo que había sobrevivido al completo, y no se le cayó la cara de vergüenza, imaginad el caso que nos va a hacer a nosotros. Nos quieren en el olvido. Ese es mi miedo. No viene ni el cartero. No existimos.

—Oficialmente yo sigo viviendo en la casa de mi jefe en Sánchez Bedoya. Menos mal que don Juan se porta conmigo como si fuera mi padre —dijo Horacio.

—Bueno, por intentarlo, nada se pierde. A ver si el alcalde palanqueta se deja caer por aquí con operarios y deja en paz los asfaltados de los barrios de la gente de bien, como el Porvenir, que a nosotros sí que buena falta nos hace.

—Me gustaría someter el texto a aprobación. Aunque lo firme yo, quiero que estéis todos comprometidos con él —pidió Horacio.

Los vecinos solo discutieron el final de la carta, pero el texto contó con la aprobación mayoritaria. Decía:

> Es hora de que el Ayuntamiento de María Santísima se ocupe de algo más que del ornato del centro y de estudiar ciertas solicitudes de subvenciones que, aun si se destinan a fines para nosotros muy respetados, no tienen razón de ser en tanto que los vecinos claman por mejoras tan necesarias como las que aspiramos para hacer habitables estas barriadas obreras, que debieran ser el orgullo de la ciudad por cuanto que cobijan no a los zánganos de las colmenas, sino a las la-

boriosas abejas que con su trabajo hacen posible el crecimiento de la urbe.

¡Que no tengamos que señalar la anomalía de que al Ayuntamiento le preocupan más las instalaciones de fuentes, monu-
mentos, etc., (muy digno de elogio cuando sobra dinero para
todo) que las condiciones en que viven sus administrados!

Invertir cantidades en presentar el centro de la ciudad con
un sello de ostentación mientras estas barriadas obreras care-
cen no solo de los servicios más indispensables, sino hasta de
sus vías de acceso, significa un desinterés marcado por la clase obrera y arraiga la creencia de que no todos somos considerados iguales, sino que, por el contrario, siguen en pie las
diferencias de castas.

HORACIO HERMOSO

11

El lugar de toda Sevilla donde se hizo más evidente la llegada del nuevo régimen no fue en el centro de la ciudad, sino en el Tiro de Línea. El nomenclátor pasó a denominar esta manzana, de la noche a la mañana, Barriada de la República. Horacio vivía en la calle principal, llamada Estanislao Figueras.

Horacio Hermoso celebró la llegada de la Segunda República española con esperanza e incertidumbre, como el resto del país, entusiasmado con la irrupción del sistema político más revestido de legitimidad hasta la fecha, sin guerras, sin pronunciamientos militares y sin búsqueda de monarcas de otros países europeos.

El rey Alfonso XIII había convocado elecciones para revocar el golpe de Estado que consintió a Primo de Rivera, pero, para sorpresa del monarca, el movimiento estratégico acabó en plebiscito. Los partidos republicanos ganaron de manera aplastante en Madrid, Barcelona o Valencia; lograron la victoria en cuarenta y una de las cincuenta capitales. También en Sevilla, donde la victoria fue indiscutible: treinta y tres republicanos por diecisiete monárquicos. A Horacio le pareció muy elocuente la respuesta del almirante Juan Bautista

Aznar, presidente del Consejo de Ministros, cuando le preguntaron si había crisis: «¿Qué más crisis quieren ustedes que la de un país que se acuesta monárquico y se levanta republicano?». Dos días costó que se enterara el rey Alfonso XIII, que intentó aferrarse al trono hasta que aceptó la realidad, abdicó y se exilió. Horacio leyó en los periódicos que «Es el momento de confiar el Gobierno a otro tipo de hombres, honrados, que llegan al poder sin haberlo deseado, acaso sin haberlo esperado siquiera, y que proclaman legislar atenidos a normas estrictamente morales, sin revanchas ni revoluciones, llenos de respeto, mesura y tolerancia, sin atropellar derecho alguno ni desertar de sus deberes».

Nada más confirmarse el cambio, Horacio y Mercedes corrieron hacia la plaza Nueva para saludar al primer alcalde republicano, el socialista Hermenegildo Casas, quien desde el balcón proclamó la República ante miles de personas, momento que inmortalizó uno de los pintores favoritos de Carlos Hermoso, Gustavo Bacarisas. Cuatro días después, a Casas le sustituyó Rodrigo Fernández y García de la Villa, del Partido Republicano Radical de Lerroux y Martínez Barrio, y quien tras salir elegido diputado en las elecciones generales de junio le cedió el Gobierno a José González y Fernández de la Bandera. Apenas asumió el Gobierno, a este alcalde le sobrevino el primer gran desafío de la República.

—Si ya lo decía yo. Los anarquistas son el auténtico cáncer —zanjó Horacio la discusión política en casa, donde cada miembro de los Hermoso tenía su particular pronóstico sobre la verdadera amenaza.

En julio del 31 los anarquistas dieron forma a los temores de Horacio. Tras la muerte de un obrero cenetista por disparos de la Guardia Civil en un choque entre huelguistas y esquiroles en la fábrica de Osborne de la Cruz del Campo, se produjo una batalla campal en el entierro, con tres guardias civiles y cuatro obreros muertos. La huelga se declaró general y el Gobierno activó el estado de guerra tras sofocar tiroteos en la plaza de San Francisco y en otros puntos, con un recuento de veinte muertos, doscientos heridos y dos mil detenidos. A los barrios de San Julián, San Román o La Macarena se los comenzó a conocer como Sevilla la Roja, el Moscú sevillano o el Leningrado andaluz. El colofón lo puso el Ministerio del Interior cuando, para acabar con la Semana Sangrienta o Semana Roja sevillana, ordenó la destrucción de la taberna Casa Cornelio que frecuentaban anarquistas, socialistas y comunistas.

—¡Pero qué barbaridad! Más de una tarde he ido a tomar unas cervezas allí, son buena gente todos, Cornelio, sus hijos, los parroquianos... —dijo Carlos.

—Esos serán los que gobiernen, los revolucionarios de Moscú, el Imperio rojo —pronosticó su hermano Fernando—. Aniquilarán la civilización occidental, todo lo que conocemos. Los comunistas no quieren la República y la destruirán poco a poco. Al menos los anarquistas van de frente, pero los rojos están agazapados para dar la estocada definitiva cuando menos lo esperemos.

La Guardia Civil cortó la circulación en los alrededores de la Macarena a las cuatro de la tarde. A las cinco y veinticinco se disparó el primer cañonazo contra la Casa Cornelio, al que siguieron veintidós disparos con granadas rompedoras hasta que quedó el edificio totalmente en ruinas, y con cuidado de no ocasionar daños a las casas adyacentes. A las seis y cuatro se restableció la circulación.

—Republicanos y socialistas se han pasado de la raya al tomarse la justicia por su mano, es inaceptable —censuró Carlos la acción del Gobierno.

—Es la única posibilidad, hermano. La conjunción de los partidos republicanos y socialistas supone ahora mismo la única oportunidad de que la República crezca; tienen que demostrar autoridad —opinó Horacio.

—No van a conseguir nada. Los anarcosindicalistas se alejarán de Sevilla porque estarán controlados, pero continuarán la lucha en los pueblos —dijo Carlos.

—La Guardia Civil les contendrá. De todos modos, no me parece poca cosa librarse de ellos y de sus huelgas salvajes —le reconvino Horacio.

—Pues yo sigo pensando que serán los militares quienes se subleven —opinó Mercedes.

—Eso es imposible, ¿cuál es la alternativa a la República? ¿Otra dictadura como la que puso el rey o volver él mismo? Nadie le soporta, y ya está haciendo su vida en el extranjero —afirmó Carlos.

—Una monarquía es imposible de nuevo en España —compartió Horacio—. Ningún país de los que ha instaurado el sistema republicano ha vuelto atrás, y hemos sido de los últimos en Europa. El tiempo de los monarcas es agua pasada.

—No me fío. Siguen teniendo el apoyo del Ejército y de la Iglesia —mantuvo Mercedes.

—¿La Iglesia?, pero ¿qué dices, mujer? Si hasta el cardenal ha ido a casa de un masón para ponerse de rodillas y declarar fidelidad a la República —dijo Carlos.

—Es un poder tradicional, por eso lo decía, ojalá me equivoque.

—Tampoco tiene el favor del Ejército —añadió Horacio—. No queda ni un general monárquico, todos le han dado la espalda al rey. Hasta los más mimados, Franco y sobre todo Sanjurjo, al frente de la Guardia Civil, le han traicionado.

No falló la intuición de Mercedes porque el general José Sanjurjo dio un golpe de Estado en Sevilla al verano siguiente. Sanjurjo era uno de los favoritos del rey, quien le había concedido el título de marqués del Rif por su destacada actuación en el desembarco de Alhucemas, clave para poner fin al conflicto rifeño. Sin embargo, Sanjurjo convocó a los periodistas al chalé Casablanca de la avenida de La Palmera, su centro de operaciones, para aclararles que su movimiento golpista no era monárquico. Uno de los periodistas favoritos de Horacio, Manuel Chaves Nogales, contó en el diario madrileño *Ahora* que Sanjurjo y otros militares africanistas pretendían «hacerse con la República para luego poder gobernar desde ella» y explicaba que Sanjurjo actuaba «contra el actual Gobierno, por entender que las Cortes son facciosas y que se ha insultado al Ejército». Chaves Nogales relató que Sanjurjo se dirigió al aeródromo de Tablada y, ante las fuerzas de aviación, justificó el golpe con otro argumento: «El Estatuto de Cataluña divide a España de forma peligrosa y por ello es necesario convocar unas elecciones para que el país decida su actitud ante el problema de Cataluña». Los soldados de aviación se negaron a rendirle honores y rechazaron la sublevación. Sanjurjo se retiró humillado y, tras comprobar el nulo seguimiento en Madrid y la respuesta de los sindicatos, con la convocatoria urgente de una huelga general, abandonó la conspiración y comenzó la huida. Sanjurjo se vistió de paisano y, con las prisas, dejó tirado su fajín en el suelo de la plaza de España. Los soldados lo recuperaron y lo entregaron a la única autoridad, el alcalde Fernández de la Bandera, liberado tras ser hecho preso por los rebeldes.

—Mercedes, a punto has estado de ganar la apuesta —dijo Horacio aliviado.

—No es ninguna apuesta, es un asunto muy serio. ¿Te imaginas otra dictadura?

—El pueblo no lo consentirá. Ni dictadura republicana ni monárquica como la de Berenguer.

—Yo seguiría teniendo respeto a los militares. No es tan fácil cambiarles de la noche a la mañana. Están resentidos.

Sanjurjo fue detenido antes de llegar a la frontera con Portugal, juzgado, condenado a muerte e indultado por el Gobierno de Azaña, que conmutó la pena por condena perpetua. «Nosotros no matamos», dijo el jefe del Gobierno. El fracaso de la Sanjurjada dio alas a Azaña para impulsar las reformas prometidas: en primer lugar, la que más dolores de cabeza le daba, el Estatuto de Cataluña y, ese mismo otoño, la Ley de Reforma Agraria pendiente prácticamente desde la Revolución francesa. Continuó con el divorcio, las reformas militares, la legislación laboral, la aprobación del sufragio femenino y la separación de la Iglesia y el Estado. Como temía Horacio, a Azaña no le dio tiempo a mucho más porque, de nuevo, irrumpieron los anarquistas.

12

En enero del 33 la Confederación Nacional del Trabajo (CNT) convocó una huelga general que tuvo escaso eco, salvo en una muy pequeña localidad de la sierra gaditana, Casas Viejas. Un enfrentamiento entre algunos vecinos armados y miembros de la Guardia Civil hostigados en el cuartel desembocó en una desmedida represión gubernamental, con ejecuciones arbitrarias y veintiséis muertos. El Gobierno de Azaña ignoró la masacre hasta donde pudo, y el Partido Republicano Radical de Lerroux solicitó al presidente de la República, Niceto Alcalá Zamora, la retirada de la confianza a Azaña. El Partido Republicano Radical Socialista, que había sido la tercera fuerza más votada, se resquebrajó entre aquellos que secundaban la estrategia de Lerroux y la minoría que seguía ofreciendo su apoyo a Azaña.

—La coalición republicano-socialista no aguanta más, se va a romper. ¿Lo veis? Son los anarquistas de nuevo —lamentó Horacio.

—El contexto tampoco ayuda: el paro de los obreros es insoportable, cada día hay más huelgas de la CNT y de la FAI; los jornaleros dicen que la reforma agraria es muy poca cosa para lo que esperaban —dijo Mercedes.

—Es un hecho —leyó Carlos el periódico—. Alcalá Zamora le ha retirado la confianza a Azaña y le ha encargado la formación de un nuevo Gobierno a Lerroux. Pero, como no ha conseguido los suficientes apoyos parlamentarios, le ha encomendado a Martínez Barrio un Gobierno provisional que disuelva las Cortes y convoque elecciones.

—Bueno, a mí no me parece mal. Ahora por lo menos voy a poder votar —se congratuló Mercedes.

—Eso no va a salir bien —dijo Horacio.

—¿A ver, por qué no va a salir bien, listo?

—Las mujeres deben tener los mismos derechos que los hombres, pero no en este momento. Entre las mujeres hay un nivel alto de analfabetismo y, sobre todo, porque hay una mayoría que está sometida a la Iglesia y eso puede derechizar el voto hasta el punto de poner en peligro la República. Sometidas a la Iglesia, y a los maridos.

—Si te escuchara tu madre, que en paz descanse, qué vergüenza. Que sepas que conmigo no va ni una cosa ni la otra. Hoy la cena la preparas tú. Buenas noches.

Mercedes compartía los argumentos de Clara Campoamor frente a los de Victoria Kent, las dos primeras diputadas de la historia de España, y con posiciones distintas en cuanto al sufragio femenino. Victoria Kent consideraba que las mujeres no habían interiorizado los valores que la República representaba y temía que, con sus votos, favorecieran a los partidos conservadores y monárquicos. Clara Campoamor impuso su tesis de que, sobre todas las cosas, primaba el derecho de la mujer a decidir en igualdad de condiciones sobre los asuntos públicos, por lo que la Constitución española de la República introdujo por primera vez el voto de las mujeres. Como decía la propia Clara, «merezco votar con mi capacidad masculina igual que vosotros votáis con vuestra incapacidad femenina». Mercedes destacaba el sentido común de Clara: ¿cómo se construiría una república democrática sin la mitad de la ciudadanía, si ni siquiera se permitía votar a esas dos mujeres que eran diputadas? ¿Por qué iban a votar su marido, sus cuñados, incluso hombres analfabetos y no Clara, que era licenciada en Derecho, o doña Tula, farmacéutica? Sobre la influencia de la Iglesia, ¿acaso los hombres no desfilaban en las procesiones? Ella los había visto, a muchos, ¿y estaban influenciados por la Iglesia? Ya estaba bien.

En el mes de noviembre la coalición española de partidos católicos y de derechas ganó las elecciones. El líder de la CEDA, José María Gil Robles, aglutinó el voto católico, el conservador, el no marxista y el antirrepublicano, y repitió victoria en la segunda ronda de diciembre. Sin embargo, Alcalá Zamora no confió en la lealtad republicana de Gil Robles y le encargó la formación de Gobierno al Partido Radical de Lerroux.

Lerroux se vio maniatado y solo sacó adelante las iniciativas que consintió Gil Robles. Aprobó una ley de amnistía que benefició tanto a los colaboradores de la dictadura de Primo de Rivera —incursos en procesos por corrupción o abusos como el diputado monárquico José Calvo Sotelo— como a los implicados en la Sanjurjada, incluido el propio Sanjurjo, a quien se le reintegró la paga y los derechos por su rango. La Ley de Amnistía se aprobó pese a la oposición del propio presidente de la República y fue la causante del abandono de doce diputados del Partido Radical, entre ellos su número dos, el sevillano Diego Martínez Barrio, quien dijo: «Las derechas tratan de introducirse en el Régimen para hacerse con los mandos y dar un golpe cuando estimen el momento oportuno».

Apenas un año después Lerroux acabó dándole la razón al incorporar al Gobierno a tres ministros de la CEDA, en quienes las izquierdas veían la encarnación del fascismo español. La reacción fue inmediata. Luis Companys proclamó la República de Cataluña. La UGT y el PSOE convocaron una huelga general que derivó en revueltas e insurrecciones, una revolución que fracasó en casi toda España, salvo en Asturias, donde el general Francisco Franco Bahamonde fue el encargado de sofocar la rebelión. Fallecieron 855 civiles y 229 miembros del Ejército y las diferentes policías, si bien a Franco le valió la actuación para ser nombrado jefe del Estado Mayor. En Sevilla la revuelta fue un fracaso. Los socialistas sevillanos habían convocado tres meses antes una huelga general campesina y estaban exhaustos; los comunistas y los anarcosindicalistas apenas participaron salvo en algunos pueblos; y las izquierdas se habían quedado sin gobiernos locales para organizar acciones por el desmoche, una práctica heredada de la dictadura por la cual el poder central dictaminaba la representación local.

—Me parece fatal, es saltarse a la torera el resultado de las urnas —lamentó Mercedes.

—Estoy de acuerdo, pero es preciso renovar las corporaciones, porque en tres años cambian mucho las circunstancias —opinó Horacio.

—No estoy de acuerdo. Los concejales que ganaron su acta en el 31 tienen que continuar —dijo Fernando.

—Pero no lo hacen, muchos abandonan y otros comprueban que no les gusta la política. Además de otros líos varios. Por ejemplo, unos informes han declarado incompatible como alcalde al médico Emilio Muñoz Rivero por ser profesor de universidad. Ahora no saben a quién poner —lamentó Horacio.

—Pues se habla de alguien que conoces muy bien —le informó Carlos.

—Sí, he oído rumores. Siempre le gustó la política desde joven, y parece que Lerroux le tiene mucho aprecio. Por el bien de todos, confío en que lo haga bien.

Isacio Contreras, amigo de Horacio desde los tiempos del teatro Portela, fue elegido alcalde de Sevilla. Isacio alentó la cara tradicional de la ciudad, en consonancia con el viraje del propio Lerroux hacia posiciones conservadoras, con la religión, la familia y la propiedad como enseñas. Los radicales estaban desarmando las reformas del bienio de Azaña cuando sufrieron dos fuertes impactos consecutivos.

La prensa informó de que dos extranjeros de origen holandés, Strauss y Perlowitz, habían patentado una ruleta de trece números con una particularidad: mediante el cálculo se podía adivinar en qué lugar caería la bola. A ese juego lo llamaron Straperlo —acrónimo obtenido de Strauss y Perlowitz—. Con la excusa del cálculo frente a la suerte, los holandeses pretendieron sortear la legislación republicana que prohibía los juegos de azar. Además, se ocultó que la persona que dirigía el invento podía manipular el destino de la bola. Tras pasar por Cataluña, sin que el Gobierno de Companys permitiera su explotación, Strauss lo intentó con la Administración General del Estado, haciendo uso de sus contactos con el Partido Radical. Tras varias pruebas frustradas, escribió al propio Lerroux, quien se desentendió. Strauss denunció a varios miembros del partido y el escándalo terminó en una comisión parlamentaria en la que fueron inculpados ocho miembros del Partido Radical. Lerroux negó su participación, pero se vio obligado a salir del Gobierno.

Pocos días después de la dimisión de Lerroux se conoció un segundo escándalo del Partido Republicano Radical. El laureado aviador y ahora inspector general de Colonias, Antonio Nombela, acusó a varios dirigentes del partido y, sobre todo, al subsecretario de la Presidencia del Gobierno, el sevillano Guillermo Moreno Calvo, de un caso de corrupción colonial: habían indemnizado de manera injusta a una compañía naviera por el súbito hundimiento de dos buques en Guinea. El funcionario Nombela fue cesado, pero este llevó el asunto a las Cortes. Lerroux había firmado personalmente el expediente y en el debate parlamentario fue incapaz de dar unas explicaciones convincentes. La mayoría parlamentaria le salvó, pero el caso derivó en la ruptura del Gobierno de coalición de derechas y, en definitiva, en una crisis que obligó al presidente de la República, Niceto Alcalá Zamora, a elegir entre dos opciones: o accedía a la presión de Gil Robles y le encargaba el Gobierno —pese a las sospechas sobre su lealtad a la República— o convocaba nuevas elecciones, lo que finalmente hizo en febrero del 36.

13

Las derechas le habían hecho la vida imposible a Manuel Azaña. Habían logrado que ingresara en prisión como implicado en la proclamación del Estado catalán y, tras noventa días en la cárcel, le buscaron otro encausamiento por participar en la adquisición de armas para los revolucionarios de «Octubre». La criminalización de Azaña consiguió el efecto contrario en numerosos simpatizantes, entre ellos un bisoño Horacio Hermoso Araujo, que se había afiliado a la nueva marca de Azaña, Izquierda Republicana.

Al frente del partido estaba Juan María Aguilar, americanista y catedrático de la Facultad de Filosofía y Letras, y como vicepresidente Pascual García Santos, director del colegio del barrio del Fontanal. Horacio Hermoso Araujo fue elegido secretario de la agrupación en noviembre del 34. A la cualidad de saber llevar las cuentas de un partido político y de una empresa de colonias sumaba el liderazgo vecinal en el Tiro de Línea, además de una fluida oratoria y el don de gentes. Estas eran sus credenciales, pero Horacio Hermoso quiso añadir otra.

Horacio levantaba los brazos con parsimonia, como si reprodujera la gestualidad de una ceremonia.

—No puedo contarte nada más, Carlos. Levantan las espadas de esta manera al final, y listo.

—Todavía no me lo puedo creer, de verdad. Como padre se entere...

—Si se entera, le pediré que se lo calle. Solo yo puedo revelarlo, no quien me conozca. No te puedes imaginar, cuando me quitaron la venda, quién estaba allí —dijo Horacio en confidencia.

—Cuenta, cuenta, que eso solo pasa una vez en la vida. Soy mudo, sordo y ciego para tus cosas.

—No seas morboso, que no puedo hablar, hombre... Había gente del barrio, maestros, periodistas, algún comerciante, patronos, algunos me sonaban que eran jornaleros, pero también algún médico, un escritor, varios militares..., y políticos republicanos también, claro.

—¿Por eso te has hecho masón, Horacio, por los contactos?

—No, eso es lo que dice la gente. Lo he hecho porque creo en el progreso, la libertad y la igualdad entre los seres vivos, los mismos ideales que defiendo en la política. El divorcio, el matrimonio civil, el aborto, que se reglamente la mendicidad en la calle, acabar con el maltrato a los animales, discutir la propiedad de la tierra, cómo posicionarse ante las organizaciones obreras... y, sobre todo, el laicismo, porque la Iglesia produce ignorantes y analfabetos. Esas son las preocupaciones de los masones y, sí, muchas son políticas.

—¿Cómo dices que se llama la logia? —preguntó Carlos.

—España y Trabajo número 42.

España y Trabajo número 42 fue la pujante logia formada por la unión de Trabajo 12 y España 22, ambas nacidas a su vez de Isis y Osiris, la logia madre fundada por Diego Martínez Barrio.

—Añade que no te bastaban los hermanos que tienes y has ido a por más —se rio Carlos.

—Calla, no vaya a enterarse Fernando, o padre, y les dé algo. Son sociedades de prestigio, dicen que es más fácil que te expulsen a que te ingresen. Hice la solicitud hace dos años y mira cuánto han tardado.

—¿Has elegido un nombre?

—No, aún no tengo simbólico. ¿Se te ocurre alguno?

—«Babia» es posible que siga libre. Porque estás en Babia todo el tiempo, la verdad —dijo Carlos con sorna.

—Me gustaría encontrar uno. Preguntaron en la ceremonia, y contesté que aún no.

—Horacio, ¿y no puedes contar nada? ¿Qué pasó?

—Bueno, promete que te lo llevarás a la tumba.

—Prometido.

—Tienes que ir vestido de negro o de oscuro. Me esperaba el hermano experto que responde de mí, que ese sí que no te voy a revelar quién es; si él te lo comenta alguna vez, lo hablamos. Entré en una especie de recepción y me quitó todo lo material, porque son elementos de vanidad. Abrió una de las puertas, como un armario profundo, y dijo que me quedaba a solas para escribir sobre lo que me sugerían los objetos sobre la mesa. Al rato regresó, me volvió a vendar los ojos y me acompañó al templo. Primero tocó la puerta y esperamos hasta que los hermanos me dejaron entrar. A ciegas, me hicieron agacharme para pasar por debajo de algo que parecía un palo y a continuación tuve que sortear piedras que habían tirado por el suelo, como símbolos de los obstáculos de la vida. Es todo muy simbólico, de gestos, como los choques de espadas, que rememoran las luchas de los hombres para defender la virtud y proteger al débil. Comencé a experimentar sensaciones de todo tipo con el olor de las velas y el incienso; la música que tocaban los hermanos con sus instrumentos; la purificación, primero con agua y después con fuego; la voz del maestro mientras leía los textos antiguos de la francmasonería… te hacen sentir que formas parte de tiempos augustos, desde el principio de la existencia humana. Esa sensación es irrepetible.

—Así contado dan ganas de llamar a la puerta.

—No puedes decir nada, Carlos, de verdad, con lo que me ha costado entrar. Me han hecho tres entrevistas personales con siete maestros. Escribí un testamento filosófico, que leí a todos. Eso solo para entrar y, si das muestras de fe y amor a la institución, te suben de salario, así se llama, ¡y existen treinta y tres grados hasta el de maestro!

Horacio había entrado a formar parte de un grupo elegido de hombres que en toda la ciudad apenas superaban los doscientos en el 36. Atrás quedaban otras décadas gloriosas de la masonería sevillana, cuando en la dictadura de Primo de Rivera alcanzaron el doble.

—Pensándolo bien no me interesa, demasiado esfuerzo eso de ser libre, honrado y de buenas costumbres —dijo Carlos.

—Bueno, termino. Te estoy haciendo un resumen porque han sido cinco horas, fíjate qué gratitud de los hermanos con un iniciado. Cuando me quitaron la venda de los ojos, los vi a todos, sentados muy ordenados y mirándome sonrientes, fue bastante intimidante. Votaron, me aceptaron, y el maestro me ciñó a la cintura un mandil, símbolo del trabajo. Los hermanos formaron un corro en forma de triángulo y comenzaron con el baile de las espadas y otras danzas, conmigo en medio de la reunión. Es todo muy inocente, fraternal.

—Pero solo para vosotros los eminentes, como algo secreto.

—Creo que finalizada la ceremonia se acabó el misterio, porque lo publican todo en revistas internas de las logias. Quiénes somos, lo que hacemos... otra cosa es que a los profanos os interese.

—Y, una vez dentro, ¿qué haces? ¿Coméis gatos? —bromeó Carlos.

—Lo veo muy parecido a la Peña Bética de la Unión de Empleados, prácticamente igual. Se organizan excursiones y giras; celebramos banquetes en coincidencia con los solsticios; organizamos pequeñas bibliotecas; pedimos fondos para fines humanitarios y para impulsar las escuelas laicas; visitamos a familiares de los hermanos enfermos o fallecidos; organizamos conferencias, veladas científicas, concursos literarios, pequeñas obras benéficas… Es como un Ateneo, o como la Peña, pero algo más serio, que tengo treinta y cinco años.

—Y rezar, ¿no? Que te has olvidado.

—Pues creo que no. Hay masones que creen en Dios, o en una divinidad, pero hay otras logias de ateos. Procedemos del Gran Arquitecto del Universo, de ahí los triángulos y el compás, en eso estamos de acuerdo. Pero lo que importa es la solidaridad y la ayuda al prójimo, a otro ser humano que lo pase mal.

Ese mismo febrero el padre de los Hermoso Araujo agonizaba en la cama por las complicaciones respiratorias causadas por un cáncer de pulmón. Desde que se mudaron al Tiro de Línea, Fernando Hermoso Amate había dejado el trabajo en el puerto pesquero y se había empeñado en que Horacio le pusiera un estanco en el barrio. Horacio se lo puso, y Fernando se lo fumó entero.

Los hijos le acompañaban por turnos. Horacio estuvo con su padre todo lo que pudo, ajetreado como estaba con el trabajo en el Instituto Español, las tenidas en la logia y los mítines de su partido ante las inminentes elecciones. Horacio había ocultado a su padre no solo su ingreso en la masonería, sino que, para evitarle un disgusto, tampoco le habló de que su partido se había aliado con los socialistas y hasta con los comunistas en una conjunción política llamada Frente Popular. En el lecho de muerte, mientras estrechaba la mano de su hijo Carlos, Fernando Hermoso Amate le advirtió:

—Carlos, ten cuidado con tu hermano Horacio, que le van a matar. Le van a matar…

Parte III

Enero – julio de 1936

1

Enero de 1936

Horacio Hermoso preparaba la campaña electoral del Frente Popular como secretario del partido de Azaña. En la calle Albareda, el centro de Izquierda Republicana, Horacio escribió en una pizarra cuáles debían ser las motivaciones electorales de acuerdo a las declaraciones de los líderes frentepopulistas. En primer lugar, incentivar la participación, para lo que contaba con la energía de las fuerzas obreras. En segundo lugar, la defensa de un programa republicano basado en el respeto y la lealtad a la Constitución, sin ínfulas revolucionarias. La acogida era favorable incluso entre personalidades conservadoras. Miguel Maura, el jefe del Partido Republicano Conservador, dijo que el programa «no podía ser más moderado de lo que es», y el jefe del Gobierno radical, Manuel Portela Valladares, opinó que «el manifiesto de los republicanos no ha caído mal. Para la izquierda de la República, el programa que se traza en ese documento no es para asustar». Horacio no podía entender que la CEDA se presentara como el Frente de la Contrarrevolución, cuando ni siquiera ellos mismos coaligaban con otras fuerzas como el partido agrario o como los grupos monárquicos, ni con los alfonsinos de la Renovación Española de Calvo Sotelo ni con los carlistas de la Comunión Tradicionalista.

Las derechas católicas estaban tan crecidas que rechazaron integrar hasta a la Falange española. José Antonio Primo de Rivera, primogénito del que fuera dictador con la monarquía, se quedó sin la plataforma que le hubiera asegurado el escaño, de nuevo en el alambre tras conseguirlo en Cádiz en el 33 gracias a las relaciones de sus familiares jerezanos.

A Horacio le quemaba la sangre con los de Falange. Un enorme cartel en los mítines recordaba los nombres solo de los falangistas muertos y, cuando José Antonio los pronunciaba, el auditorio clamaba «¡Presente!». Escucharlo en la radio era un horror, porque a Horacio le parecía evidente el engaño: la mayoría de los falangistas eran niños bien, pero José Antonio se dirigía a los obreros para espantarles con la desindustrialización, la automatización e incluso la inmigración, y solo les ofrecía críticas a las élites educadas y urbanas envueltas en la bandera de España.

Para Horacio el verdadero peligro era José María Gil Robles, a quien en la CEDA llamaban el Jefe. Gil Robles alentaba a la movilización con miedos y amenazas, y prescindía de un programa electoral, solo proponía consignas «anti». La CEDA controlaba los medios de propaganda y comunicación; conocía sus posibilidades en cada municipio gracias a un análisis pormenorizado, y forzaba a su favor la intervención de afiliados influyentes. El ánimo se le cayó al suelo cuando Gil Robles desplegó en la madrileña Puerta del Sol, entre la calle Mayor y Arenal, una enorme lona, iluminada por la noche con reflectores, con su lema electoral: «Estos son mis poderes». Era un ejercicio de hegemonía inasumible para los recursos de las izquierdas, una exuberancia tal que el caudillo se atrevió a reclamar trescientos diputados cuando la mayoría absoluta estaba fijada en doscientos treinta y siete. «España, una; España, justa; España, imperio».

—La propaganda del Frente Popular no puede ser tan gris, limitarse a insistir una y otra vez en el carácter reaccionario de la derecha católica —censuró a Horacio su auténtico jefe, Juan María Moreno—. Y me parece insuficiente volcarse solo en la personalidad de Azaña. Lo siento, Horacio, sé que lo admiras, pero la sociedad está cambiando y las formas de hacer política también. El partido en el Gobierno os lleva mucha ventaja.

—Comparto que la campaña esté siendo un tanto gris por nuestra parte, pero confío en la movilización de las bases de los partidos obreros ante la escasez de recursos financieros frente a la CEDA.

—Solo proponéis expulsar a la CEDA del Gobierno, como si eso solucionara todos los males de la República. Y ya se comprobó en Octubre que los socialistas confiaron demasiado en su fuerza para nada, porque a cambio solo consiguieron miles de muertos. ¡Me río yo de que planteen una verdadera revolución! Ahora lo único que quieren es comulgar sus pecados sacando a sus dirigentes de las cárceles. Ese es su objetivo, no creen ni en la República ni en los republicanos —insistió Moreno.

—Gracias al levantamiento del 34 se logró un mejor trato para la clase obrera, imagine qué hubiese sucedido de lo contrario. La CEDA habría matado la República. El objetivo sigue siendo sustituir el régimen democrático y parlamentario del 31 por uno parecido al de Italia o por la ficción republicana del Portugal vecino.

—Dos que duermen en el colchón se vuelven de la misma opinión, pero no hace falta que hables como ellos. Horacio, te aprecio, pero no comulgues con ruedas de molino.

—Siento si le he decepcionado, señor Moreno. —El patrón negó con la cabeza—. Creo en la democracia y el señor Gil Robles camina hacia el fascismo.

—Horacio, tampoco es santo de mi devoción Gil Robles. Ha sido incapaz de provocar una alianza con las fuerzas vivas de este país, ni con la propiedad agraria ni con la oligarquía industrial y financiera ni con los monárquicos… únicamente con la Iglesia. Pero tengo la convicción de que unos años más de gobierno de las derechas asentaría la República frente a la bolchevización. Los socialistas y comunistas aceptan aliarse con vosotros, con los pequeños burgueses, no para cerrar el paso al fascismo, sino para liquidar una fase democrática que los lleve a la revolución socialista. ¡Mira los comunistas lo calladitos que están, los muy zorros!

—Estamos perdidos entonces, porque Gil Robles también está camuflando su discurso. Ya no habla de construir un estado nuevo y de erradicar a socialistas, masones y judíos como en el 33, pero sí de que haya una represión implacable contra la lucha de clases y las ambiciones de autonomía de los pueblos, lo que llama separatismos. Eso supone un retroceso y una amenaza para España. Ni siquiera es una opción política, no podemos confundirnos.

—Horacio, ¿quién quiere revolución, masonería, separatismo o comunismo en España? Eso no pertenece a nuestra identidad ni a nuestra tradición.

—Eso solo son lemas electorales, don Juan María. El manifiesto del Frente Popular no debe asustar ni a los conservadores ni a los católicos ni a nadie, porque en el mismo no se consigna nada que pueda dañar a ninguna clase del país. Haremos escuchar nuestra voz y, si bien no llegaremos a equilibrar la propaganda adversaria, también tenemos nuestras armas. Los carteles que estamos haciendo son cada vez mejores y los líderes van a multiplicarse por las provincias.

—Suerte, Horacio, te deseo lo mejor, aunque sea lo peor para España. De todas maneras, nos vemos mañana, que nadie va a venir a trabajar por nosotros. Y suerte con los preparativos del mitin, es evidente que te estás esforzando mucho —se despidió afectuoso el patrón.

Horacio se dedicó a la preparación del mitin del Frente Popular el domingo previo a las elecciones en el Monumental

Cinema, en el barrio de San Bernardo, para presentar a sus candidatos.

—Míralo en la foto. Un auténtico revolucionario —se burló su hermano Carlos cuando los periódicos del día siguiente reprodujeron la fotografía en la que Horacio, muy serio, figuraba en la mesa presidencial rodeado de una concurrida chavalería con los puños en alto.

—Es imposible pasar desapercibido porque la mirada se va directa a estas dos muchachas —compartió Horacio la socarronería de Carlos.

—Si llego a saber que te rodeas de mujeres tan guapas, lo mismo te acompaño al mitin. Oye, Horacio, ¿por qué levanta una de ellas la mano izquierda y la otra la derecha?

—Porque la primera será comunista y la segunda, socialista, así es el saludo.

—Pues las dos parecen idénticas. Es curioso.

—Sí, sí que lo parece. Pero anda que te fijas en unas cosas…

—No me voy a fijar en ti, que te tengo muy visto.

El mitin apenas recibió una columna en los periódicos locales, volcados con los prolegómenos de un acto de Gil Robles previsto para el martes previo a la cita electoral. El líder de la CEDA llenó el Frontón Betis, y no solo eso: acudió tanta gente a verle a Sevilla que se agotaron las provisiones en los restaurantes del centro, sobre todo el pan, la cerveza y hasta el vino. Dos horas antes estaba el Frontón lleno y los seguidores echaron abajo una puerta. Como no había sitio, se auparon a las columnas o a las balaustradas, y se arrinconaron en los pasillos asomando la cabeza, una avalancha humana nunca antes vista según las crónicas.

Gil Robles introdujo una novedosa técnica que consistía en aumentar el impacto de un *meeting* con la retransmisión del evento a través de la red telefónica, de manera que se podían abarrotar otros locales e igualar las fuerzas con los mítines a campo abierto de Azaña. Los seguidores que se quedaron fuera sin ver al líder canjearon su entrada en el casino de la Exposición, y cuando Gil Robles terminó su discurso en el Frontón, acompañado a la carrera por las Juventudes de Acción Popular y por una sección de requetés, se dirigió al casino. La voz de Gil Robles también llegó radiada a Écija y a Málaga.

Esa misma semana Horacio estaba encantado de que el cierre de la campaña del Frente Popular se celebrase también en el Frontón Betis, adonde acudía a veces a ver partidos y veladas de *catch as catch can*. El Frontón se llenó, las gradas, los palcos y los pasillos estaban abarrotados, hasta la cancha, donde el gentío, apiñado y de pie, pugnaba por acercarse a la tribuna presidencial. Decenas de jóvenes con camisas rojas y azules, socialistas y comunistas, cuidaban del orden, así como otros de los partidos republicanos marcados con brazaletes.

El recinto atronó cuando compareció el primero de los oradores, el republicano Martínez Barrio, pero este mudó el gesto cuando escuchó lo que le exigía la marabunta: que devolviera el saludo con el puño en alto. El expresidente del Consejo intentó hablar varias veces, pero el público insistía en su petición. Martínez Barrio permaneció con las manos en los bolsillos, aguantando el clamor, mientras Miguel Mendiola, el jefe local de su partido, agitaba una campanilla inútilmente. El dirigente comunista Antonio Mije se levantó en actitud de mediar con el público, pero Martínez Barrio le apartó con un gesto enérgico y dijo:

«Me explico perfectamente el impulso interior que os lleva a levantar los brazos, porque esto en vosotros es el rendimiento a vuestra idealidad y a vuestra ilusión; pero yo he aprendido, precisamente entre la democracia de Sevilla, que hay algo más vil que adular a los poderosos, y es entregarse inerme a los movimientos pasionales del pueblo. Cuando os veo levantar los brazos en señal de amenaza, mi alma entera va hacia donde la República no ha podido aún llenar las aspiraciones de mi país».

En ningún momento los asistentes bajaron los puños. Cuando Martínez Barrio concluyó su discurso con la promesa de que «sabremos corresponder a vuestra lealtad, aunque la elevéis a la altura de los cielos», las masas le ovacionaron y comenzaron a cantar «La Internacional».

2

—¿Habéis visto lo que dicen los periódicos? —preguntó
Horacio—. El Frontón estaba completamente lleno, y el Monumental para escucharnos en la radio también. Si conseguimos que todas esas personas que se sienten excluidas de la
política vayan hoy a votar, la victoria será nuestra —dijo Horacio esperanzado.

—He estado por San Luis y veo a los comunistas muy
movilizados. Ha sido un gran acierto meterles en las listas,
darles su sitio, porque están convocando a muchas personas
para que voten. Ya no están en el mismo bando que los anarquistas —comentó su hermano Carlos de regreso a la vivienda familiar.

—Creo que la fórmula se ha acogido bien. Los socialistas
han vuelto a la normalidad política. A nadie le interesaba este
partido fuera del sistema, y en la misma jugada se ha colocado
en la corriente legal a los comunistas y a los sindicalistas con
idéntico fin: trabajar dentro de la ley y restablecer ordenada
y pacíficamente los principios de la República. Los años del
nerviosismo han acabado; ahora toca fortalecer este sistema y
trabajar por la paz.

—A saber las cláusulas secretas que se han pactado con los
rojos —dijo Fernando, que parecía ajeno al debate entre sus
hermanos—. A mí no me engañan. No me creo que hayan

dejado la lucha para abrazarse a los republicanos de izquierda como corderitos. Es el abrazo del oso.

—A mí me parece que se han dado cuenta de que les supone una necesidad política y moral, porque los partidos de derechas les quieren echar fuera, a un terreno ilegal, y eso les traería un desastre idéntico al que han tenido las clases trabajadoras en Italia, Alemania y Austria. La única salida es este pacto. ¿Y si conseguimos incorporar a las masas obreras en la gobernación del Estado, sin violencia y sin una continua extorsión?

—Te digo que a mí no me engañas. Os votaré o no, pero esos son lobos con piel de cordero. Y ya se lo ha advertido Gil Robles a Azaña: «Una vez ganadas las elecciones, piensen bien si han de salirse o no del camino de la legalidad, porque, si así lo hicieran, les aplicaremos la ley de un modo que no tendrán nunca ocasión de reincidir». A ver cómo vuestros amiguitos se toman la derrota, porque os va a tocar gestionarlo.

—Ganaremos, ten la seguridad, hermano. Y conseguiremos que respeten la Constitución como el código fundamental de convivencia, para que no sea un montón de papeles sin valor ni eficacia como quiere Gil Robles. La República no se regirá por motivos de clase, sino por interés público y progreso social. Los obreros tienen que confiar y ser pacientes.

Los resultados de las elecciones del 16 de febrero contentaron, sobre todo, a Horacio, porque el Frente Popular fue el vencedor. Sin duda, la victoria se debía a una elevada participación: el 73 por ciento de los votantes. Las derechas aprovecharon el escaso margen en los resultados, 4,6 frente a 4,5 millones, para denunciar fraudes en las urnas, con la intención de repetir las elecciones. Incluso se quejaban ahora del sistema electoral vigente, porque en la traslación a escaños el Frente Popular obtuvo doscientos sesenta y tres diputados frente a los ciento cincuenta y seis del bloque conservador. La CEDA de Gil Robles descendió de ciento quince a ochenta y ocho; el Partido Agrario de treinta y uno a once; los monárquicos alfonsinos solo consiguieron trece escaños, y quince los carlistas, mientras que la Falange apenas obtuvo seis mil votos.

Todos los hermanos Hermoso estaban contentos por la desaparición del partido de Lerroux, de ciento cuatro a solo cinco diputados. A Carlos le satisfacían especialmente los resultados de los socialistas —el partido más votado con noventa y nueve diputados— y, sobre todo, por las amistades que frecuentaba, la irrupción de los comunistas, que, de un único escaño —el de José Díaz, el panadero del barrio de San Luis—, pasaba a diecisiete. Horacio estaba muy satisfecho con los ochenta y siete escaños de la Izquierda Republicana de Azaña, el doble de los treinta y siete de Unión Republicana, a los que había que sumar los del partido hermano Esquerra Republicana de Cataluña, con veintiuno. Y Horacio estaba especialmente exultante por los resultados en Sevilla, 298.830 votos del Frente Popular contra los 111.400 de las derechas.

—Horacio, enhorabuena. Sin que sirva de precedente, puedes fumarte un puro en tu puesto de trabajo —bromeó su patrón. Horacio le agradeció el gesto, pero rechazó la invitación.

—¿Sabe qué, don Juan María? Estoy muy contento. Este país ha salvado un gran desafío, pero a la vez tengo una gran tristeza. Mi padre falleció hace unos días sin que lo haya visto.

—¿Era comunista su padre, acaso?

—No, no le interesaba la política. La gente de la mar de Sanlúcar sí está muy concienciada, pero él prefería el vino, las cartas y las mujeres, no sé si en ese orden. Perdí a mi madre y lo lamenté, por supuesto, ella siempre confió en mí. Si mi padre lo hizo en alguna ocasión, nunca lo sabré; me hubiese gustado demostrarle que esta vez no me equivoqué.

—No he tenido descendencia, pero esa exigencia es natural en los hijos. Tú tienes a tus pequeños, ahora tendrás la oportunidad de construir el país que quieres para ellos. Refúgiate en la familia, Horacio. Lamento el fallecimiento de tu padre.

—Don Juan, usted ha sido como un padre para mí. —Horacio se acercó a Juan María Moreno y le abrazó. El industrial se emocionó.

La victoria del Frente Popular agitó al país. El general Franco preguntó a Gil Robles si procedía un levantamiento militar, pero el líder de las derechas rechazó el ofrecimiento. Los gobernadores civiles y hasta el propio presidente del Consejo, Portela Valladares, dimitieron al instante de sus puestos, sin esperar al mes de la formación del nuevo Gobierno. El presidente de la República llamó a consultas a Azaña, el favorito para formar Gobierno, y este aceptó, no sin reproches por haber hecho caso omiso de sus advertencias de que la victoria del Frente Popular desembocaría en algaradas si no se tomaban precauciones.

A Azaña le llegaban noticias sobre cientos de desórdenes públicos, muchos de los cuales eran invenciones. Sí que era cierto que los jornaleros habían empezado a ocupar tierras; había motines en las cárceles, porque nadie esperaría un mes para aplicar la amnistía y liberar a los presos políticos; y existía un temor popular a que se asaltasen las casas de los ayuntamientos, pues todos los concejales estaban suspendidos por mandato del Gobierno. Azaña dio la orden de proceder a la renovación de los estamentos civiles. Convocaría elecciones en primavera, pero resultaba necesario republicanizar los órganos del Estado tras el bienio negro, y lo haría recurriendo de nuevo al desmoche.

Horacio participó en las negociaciones como responsable de su partido. Los distintos representantes de las minorías del Frente Popular hicieron cuentas y calcularon que era necesario sustituir a una veintena de ediles para tener mayoría en el pleno.

Se logró un reparto ajustado que satisfizo a todos los miembros de la coalición. Algo más difícil fue ponerse de acuerdo sobre quién ostentaría la alcaldía. Se decidió ofrecerla a un concejal de la Izquierda Republicana para evitar que los socialistas aglutinaran demasiado poder.

Tan solo quedaba nombrar a la persona que llevaría la vara del alcalde durante toda la legislatura.

3

—Señor Hermoso Araujo, ¿cómo está usted? Le habla el presidente de la Izquierda Republicana, don Manuel Azaña.

—Es... Es todo un honor, señor presidente.

—Seguramente le sorprenda mi llamada, señor Hermoso. Es cierto que mis deberes con el Gobierno me restan tiempo para ocuparme de las cuestiones del partido, pero en ocasiones el deber no encuentra excusas. Necesitamos que nos aconseje nombres que puedan estar preparados para el gobierno de Sevilla.

—Hay grandes políticos en la Izquierda Republicana de Sevilla, señor. Tiene a Aguilar, a Pérez Jofre, a Pascual García Santos, que es profesor...

—Sí, sí, sí, conozco a alguno de ellos. En esta nueva etapa necesito a gente joven que esté preparada e ilusionada. Usted, por ejemplo, ¿a qué dedica su vida?

—Soy contable de una empresa de perfumería. Pero, sin ánimo de importunar, ¿me puede decir qué perfil estamos buscando y para qué cometido? Así podré precisar...

—He hablado con varias personas del partido, también con el señor Aguilar. Coinciden en que es usted una persona trabajadora, honesta y con una inequívoca reputación de servicio público... En resumen: ¿le gustaría ser el próximo alcalde de Sevilla?

Apenas se hubo despedido de Azaña, Horacio, aún aturdido por la noticia, llamó al presidente local de su partido para confirmar la oferta que acababan de hacerle. A sus treinta y cinco años, el partido le consideraba un joven con arrojo, decidido, bien formado, con buena oratoria... Todas las cualidades de un republicano de nuevo cuño. Lo que en la antigua Roma se conocía como *homus novus:* los primeros sin tradición familiar en acceder a un cargo político para elevar el nombre de su clan hasta la posteridad.

—Acepta, Horacio. Tienes preparación para eso y para más —le animó Mercedes, su mujer.

—Mercedes, será un sacrificio para todos —dijo Horacio.

—Y un honor también, amor, representar a tu ciudad, defender sus intereses, proyectarla hacia el futuro. No estarás solo, tienes buenos compañeros en el partido.

—Hermano, un consejo —intervino Carlos sentado en la amplia salita de la casa del Tiro de Línea—. No le digas nunca que no a nadie. Las promesas quedan en el aire, no están supeditadas en el tiempo, pero, por el contrario, las negativas te provocan muchas enemistades. Es preferible que, de vez en cuando, unos pocos se enfaden contigo, pero tú les dices que no has podido ayudarles por algún motivo importante, pero que, si de algún modo pudieras, cumplirías gustosamente con la promesa.

—Qué bien te está haciendo el trabajo en la perfumería, Carlos. ¿Eso se lo dices a tus clientes cuando te quedas sin colonias? ¿Les prometes que la remesa llegará esa misma semana? —bromeó Horacio.

—Tú prueba a decirle que no al hombre con más poder del país, a ver dónde acabas —le contestó Carlos.

—A ver, no se trata de decir que sí o que no —les interrumpió Mercedes—. Horacio, ¿tú para qué te metiste en política, cuál es tu objetivo?

—Mejorar la vida de los sevillanos, de vosotros, de Horacio y de Merceditas —contestó Horacio.

—Entonces, lo tienes claro. —Mercedes le dio un abrazo.

—Padre y madre estarían orgullosos de ti. —También le abrazó Carlos.

Apenas unos días después, Horacio entraba acompañado de Mercedes y de su hermano Carlos en el salón capitular del ayuntamiento de Sevilla donde esa misma mañana del 26 de febrero saldría investido como alcalde.

Antes de prestar el juramento más importante de su vida, Horacio se ajustó un brazalete negro al brazo en señal de duelo por su padre. No lo necesitaba, porque era invierno y la chaqueta del traje ocultaba la señal de recuerdo y respeto, pero eligió llevarlo para tenerle presente. Su familia, sus ancestros, le habían conformado como persona. Horacio sentía la presión de elevar el apellido Hermoso con dignidad y humildad.

La sala estaba abarrotada de público, en su mayoría simpatizantes de las fuerzas obreras. Se escucharon algunos silbidos cuando tomó la palabra el alcalde saliente, su amigo de la juventud Isacio Contreras, quien brindó su agradecimiento a todos los políticos y funcionarios que lo habían acompañado durante su mandato.

—Si me he equivocado alguna vez, pido perdón; pero tengo la conciencia tranquila. Tal vez a alguien le parezca un puro desacierto mi actuación, pero siempre me inspiré en el bien de Sevilla.

Con estas palabras, puso fin a su discurso de despedida como alcalde.

Horacio estaba muy nervioso. El pacto entre los partidos del Frente Popular estaba firmado, pero seguía temiendo un plantón. Miraba a la cara de los líderes obreros y le transmitían desconfianza. A su lado, un concejal de su partido estaba más nervioso que él. Curiosamente, eso le tranquilizó.

—¿Se puede saber qué te pasa, hombre? —le preguntó Horacio.

—Nada, que me he llevado toda la mañana sin orinar, y ahora me han venido las ganas de pronto. No me aguanto —le contestó José Antonio Magadán de Juan.

Los concejales se acercaban a la urna. En el recuento, Horacio Hermoso Araujo obtuvo treinta y dos votos a favor, treinta y uno de los concejales del Frente Popular más el del concejal independiente Manuel Jiménez Tirado, socialista de la primera hornada republicana ahora enfrentado a la dirección. Los ediles de las derechas que asistieron votaron en blanco.

—Viva el Frente Popular.

—Viva Azaña.

—Viva Barneto.

—¡UHP!

—Viva el socialismo.

Los asistentes en el salón de plenos cesaron su entusiasmo cuando comprobaron que se acercaba de nuevo al estrado el alcalde saliente.

—Saludo al nuevo alcalde popular, tan democráticamente elegido y con arreglo a la ley. Le felicito no solo por ser mi sucesor, sino por conocerlo personalmente. Se trata de un modesto empleado, honrado y trabajador, que estoy seguro hará resplandecer las inmejorables dotes de que hace gala. Le deseó sinceramente que su paso por la alcaldía sea fructífero para el bien de Sevilla, procurando que la política quede a puerta.

Horacio dio unos primeros pasos hacia el estrado mientras era aclamado por los asistentes. Sonreía porque al otro lado veía la cara alucinada de su mujer y de su hermano Carlos, apabullados por el estruendo de aquellas voces que exigían la revolución. Horacio saludó en primer lugar al pueblo; luego, al alcalde cesante y a los concejales, a quienes dio la mano uno por uno, con especial entusiasmo a los del Frente.

—Son momentos de poco hablar, pero solo quiero recordar que llego con un mandato expreso del Frente Popular, al cual me ajustaré en todo instante. Trabajaré con fe y entusiasmo, pues el pueblo es un hermano al que hay que atender en sus necesidades; y así lo haré por unanimidad, por Sevilla y por el bien de la República. ¡Viva la República!

—¡Viva la República!

—¡Viva la República! —gritó Horacio más fuerte.

—¡Viva la República! —clamó el salón.

Tras los obligados discursos de salutación pronunciados por cada uno de los líderes de los partidos representados en el ayuntamiento, los concejales se levantaron de los bancos y se rodearon de familiares y amigos. Todos menos los comunistas. Delicado y Barneto abrazaron a los otros concejales de su partido y juntos se encaminaron a los balcones del ayuntamiento que dan a la plaza Nueva. Abrieron la puerta y salieron a saludar a la multitud de simpatizantes que les jaleaban, sin importarles que para algunos periódicos al día siguiente fuera esta la noticia, la constitución de un ayuntamiento comunistoide.

Como no había tiempo que perder, Horacio reanudó la sesión esa misma noche para organizar el gobierno. Unión Republicana optó por situar como número dos de Horacio al joven abogado Fernando García y García de Leániz, con quien la había tomado el anterior gobernador civil. García de Leániz estaba suspendido como concejal de elección popular por una acusación insospechada para cualquiera que le conociera: habría autorizado depósitos clandestinos de armas y explosivos en una finca de su propiedad. Como segundo y tercer teniente de alcalde se nombró al comunista Delicado y al socialista Estrada, que serían el nuevo núcleo duro del Frente Popular en el Ayuntamiento.

La próxima noticia le aguardaba a Horacio en casa. Su hermano Fernando le esperaba para felicitarle por su nombramiento con la mejor de las sonrisas, e incluso se precipitó a abrazarle antes de que Horacio pudiera hacerlo con sus hijos pequeños.

—Hermano, tenemos que hablar. Sabes que mi trabajo no me gusta nada, todo el día de arriba abajo de representante de productos químicos que yo no me atrevería a usar.

—Lo entiendo, hermano.

—Estaba pensando que podría trabajar contigo en el Ayuntamiento, como ayudante. ¿Quién mejor que tu hermano mayor, que no va a buscar ningún infortunio para ti?

—No sé qué decirte, Fernando, la verdad es que no sé si hace falta una preparación específica o algo similar —respondió Horacio queriendo escabullirse.

—Es lo más justo. Vuestro programa habla de republicanizar los cargos públicos, de colocar a personas de confianza, fieles, y dime, ¿quién existe que te dé más confianza que alguien de tu misma sangre? Piénsalo, Horacio, nuestros padres desde el cielo estarían muy orgullosos de nosotros, sobre todo de ti si lo haces.

Horacio nombró a su hermano Fernando su secretario particular para que callase de una vez.

4

Manuel Blasco Garzón conoció a Horacio el mismo día de su investidura. Le pareció un «hombre modesto, pero un nuevo valor, que las actuales circunstancias han permitido destacar dentro de la vida sevillana». Quien ya era harto destacado era el propio Blasco: ministro del Frente Popular por el partido de Martínez Barrio, su amigo y compañero de pupitre en el colegio. Abogado defensor de anarquistas, se introdujo en la política primero como monárquico y, a continuación, de la izquierda liberal dinástica; fue elegido concejal y llegó a ser alcalde accidental a inicios de los años veinte. Apartado de la política en la dictadura de Primo de Rivera, Blasco Garzón se adentró de lleno en la vida social y cultural alternando presidencias en el Colegio de Abogados, el Círculo Mercantil, el Club Rotario —del que fue fundador—, el Aeroclub de Tablada, la Sociedad Económica de Amigos del País, la Academia Sevillana de Buenas Letras, el equipo de fútbol del Sevilla, la Federación de Fútbol y el Ateneo, donde en la época más gloriosa organizó la famosa reunión de poetas del 27. Difícil encontrarse a alguien que fuera tantas cosas, porque, por ser, había sido masón sin abandonar su devoción por la hermandad del Silencio.

—Don Horacio, encantado de saludarle, es para mí un honor. Reconozco en usted los mismos orígenes humildes que en mi persona, labrados gracias a la educación que nos concedieron padres y maestros, y una aspiración de mejorar la sociedad dentro de un reformismo burgués de izquierdas —le saludó Blasco.

—Conozco su amor a la ciudad y a España, el honor es mutuo. Aspiro a hacer un buen trabajo, señor. Usted tiene una amplia trayectoria, y yo acabo de empezar como quien dice —respondió Horacio.

—Hace falta sangre nueva y que los veteranos vayamos dando pasos atrás. Las reformas mejoran el conjunto una vez los pilares sean firmes. Cuente con mi absoluta disposición, sabe que tuve el honor de ser alcalde a principios de los veinte. Tengo cincuenta años, he hecho de todo.

—Lo agradezco. Conocí el hospital de sangre que dispuso en el palacio de San Telmo para los heridos que llegaban de la guerra de Marruecos. A las pocas semanas marché para Melilla tras lo de Annual.

—Siento que tuviese usted que vivir esa experiencia; yo no serví al monarca, y solo viajé en misión político-cultural. —Blasco se detuvo unos segundos, parecía estar reflexionando—. Es cierto que las guerras siempre las pierde el pueblo. Por suerte aquellos días del rey pasaron. Don Horacio, logremos que República y Guerra sean términos disonantes, que jamás vayan unidos.

Tras asistir a la investidura de Horacio en el ayuntamiento, Blasco almorzó en el hotel Cristina con los miembros del club Rotario. Luego acudió a Triana, donde comprobó las consecuencias del temporal. El río Guadalquivir, como acostumbraba, había aumentado su caudal más de diez metros. El agua había barrido las mercancías apiladas en el puerto y llegó al barrio, superando la boca del león junto al puente, el temido notario de las inundaciones. El Ayuntamiento había tenido que instalar bombas para extraer agua frente a la Torre del Oro y en la Alameda. Hubo más de diez mil desalojados, idéntico número de comidas que se repartieron entre los trianeros. Y otras ocho mil en Amate, el barrio chabolista de los obreros que habían llegado para trabajar en la Exposición del 29, terreno que había quedado encharcado.

A la mañana siguiente, Horacio había previsto un recibimiento oficial para el ministro. El Regimiento de Granada y una banda de música interpretaron el «Himno de Riego» nada más advertir su presencia.

—Saludo al alcalde y a la corporación municipal. Recuerdo aquellos años en los que fui concejal de este Ayuntamiento. Les exhorto a realizar una labor moderna y republicana, siempre amoldándose a las tradiciones sevillanas —pidió Blasco.

El ministro de Comunicaciones conversó con los funcionarios de Correos y Telégrafos; tomó un aperitivo con sus antiguos colegas de la Asociación de la Prensa; habló en los estudios de Unión Radio, cuya difusión alcanzaba a todo el país; visitó el Círculo de Labradores; asistió a un discurso en la Academia de Buenas Letras; y devolvió la visita en el Palacio Arzobispal al cardenal Ilundáin, quien siempre buscaba a los dirigentes republicanos en sus domicilios particulares y nunca les encontraba.

—Le devuelvo el saludo, eminencia. La situación que he encontrado en Triana y Amate es infrahumana, con criaturas hacinadas como seres inferiores expuestas a todas las epidemias. Nadie debería vivir así en este mundo.

—No son los barrios más católicos, he de decir, señor Blasco. Conozca que en la medida de mis posibilidades contribuiré a paliar el drama. Acudiré a entregar al alcalde un tercer donativo de cinco mil pesetas. De mi bolsillo. La situación de la Iglesia es paupérrima.

—Tienen ustedes patrimonio para estar exentos de penurias económicas. En cualquier caso, como ministro del Frente Popular agradezco el donativo. El alcalde sabrá darle uso.

—Entenderá usted mi inquietud hacia el nuevo Gobierno. No se trataba de mi opción preferida. —Blasco Garzón le dirigió un gesto de respeto—. ¿Conoce usted al nuevo alcalde? —preguntó Ilundáin.

—Esta misma mañana, efectivamente. Es del partido de Azaña.

—Bueno, republicano, habría sido mucho peor un socialista. ¿Sabe si está casado por la Iglesia? Si es sevillano, será hermano de alguna de nuestras hermandades, ¿le ha preguntado? —inquirió el cardenal. A Blasco le sorprendió la insistencia del religioso, al que tenía por hombre moderado, y lo achacó al interés natural de los sacerdotes por controlar la información.

El ministro partió en el expreso a Madrid, donde le habían convocado a un Consejo de Ministros. En la estación de tren de Plaza de Armas, ante un numeroso público que le ovacionaba, Blasco entregó a Horacio cuarenta y cuatro mil pesetas que se sumaban a otras seis mil ya enviadas de parte del Gobierno para los damnificados por el temporal de lluvias. Elevaría a Martínez Barrio un informe sobre el estado de Sevilla, y del nuevo alcalde, al que habían aupado. Don Diego le había encomendado que viajara con la mayor frecuencia posible a Sevilla para controlar la política local; había que aprovechar un perfil tan bien relacionado como Blasco para los intereses electorales de Unión Republicana. El presidente del Consejo, Manuel Azaña, había visto la jugada y también le hizo un encargo a Blasco: le pidió al ministro sevillano que brindara su experiencia al nuevo alcalde frentepopulista para la reestructuración de la plantilla municipal. No quedaba lugar para los enemigos de la República.

—Quiero dar un aviso. Los que sean adeptos al régimen deben laborar con todo entusiasmo; quienes no sientan estos fervores habrán de hacerlo con entera lealtad, y aquellos que no se sientan impulsados por este sentimiento, que el Estado debe exigir a sus servidores, deberán escoger entre la jubilación o la excedencia —dijo Blasco junto a Horacio.

Horacio Hermoso tenía clara su primera actuación como alcalde. La economía del Ayuntamiento era ruinosa y el ejemplo comenzaría en la propia Casa Consistorial. El alcalde convocó a dos concejales de confianza, Álvarez Gómez, al que apodaban Er Niño Sabio, a Magadán de Juan, y a un socialista, Emilio Piqueras, médico del Equipo Quirúrgico y buen amigo.

—El problema es el siguiente —comentó Piqueras, que presidía la comisión de personal—: tras el golpe de Sanjurjo, la represión pretendió ser ejemplar, y el Ayuntamiento trató de depurar a los funcionarios y obreros municipales que hubieran realizado actos contra la República sin importar si habían logrado su plaza por el procedimiento previsto. Sin embargo, un fallo administrativo al presentar el expediente como colectivo en lugar de individual como exigía la ley ha provocado que, de cuarenta y cinco expedientes, treinta y ocho fueran sobreseídos, por lo que incluso reconocidos falangistas han continuado trabajando en el Ayuntamiento.

—Pero ¿eso cómo va a ser? Es intolerable —dijo Magadán.

—Pues siéntate en una silla que viene lo mejor —continuó Piqueras—. Al año siguiente, cuando llegaron los conservadores a la alcaldía, hicieron una purga y echaron a la calle a todo el que consideraron que no les era afín. Así han metido a más elementos peligrosos.

—¿Estás diciendo que tenemos al enemigo dentro de casa y encima les estamos pagando a final de mes? —lamentó Horacio.

—Tenemos sobre la mesa más solicitudes de restituciones que capacidad de echar a quienes sabemos que no son fieles a la República —dijo Piqueras.

—Pero algo se podrá hacer, ¿no? —preguntó Álvarez Gómez.

—Legalmente, no hay manera de expulsarlos. Y aquí todos conocemos de qué pie cojea cada uno. Le prepararon el golpe a Sanjurjo, así que más nos vale estar atentos.

—Pues mi primera medida será un estudio independiente que analice el historial de cada uno de los empleados públicos para comprobar a quiénes se ha nombrado ilegalmente o ha ascendido sin procedimiento. Otorgaré las vacantes a quienes justamente corresponda. No voy a consentir que nos traicione por la espalda alguien sentado a nuestro lado.

5

Entre los empleos municipales había uno que cualquiera ambicionaría, incluso el propio alcalde: el de director-conservador del Alcázar. Quien lo ocupara disfrutaría de una generosa retribución y de vivienda gratuita, además de recibir la denominación de alcaide, pero sobre todo experimentaría la sensación de vivir cada día entre palacios, jardines y fuentes de otro mundo, a la altura de un rey. El alcalde Isacio sustituyó al primer responsable nombrado tras la transferencia del recinto al Ayuntamiento y eligió a un funcionario municipal, un simple auxiliar de escribiente, pero hijo de un destacado dirigente del Partido Liberal, ya fallecido, que llegó a ser presidente de la Diputación durante el reinado de Alfonso XIII. El beneficiado se llamaba Joaquín Romero Murube. A nadie le extrañó el nombramiento, porque era una persona muy bien relacionada, con algún libro local publicado y un gran agitador cultural: fue impulsor de la revista *Mediodía*; secretario de los Amigos de Bécquer y miembro, entre otras entidades, de la Sociedad Económica de Amigos del País, de la que su padre había sido director. Murube había ejercido de anfitrión del grupo de poetas del 27 y aprovechó su nombramiento para convertir el Alcázar en un espacio de encuentro literario. Era amigo de juventud de Luis Cernuda; comenzaba a estrechar lazos con Vicente Aleixandre, Gerardo Diego y Dámaso Alonso; y cumplimentaba a los afianzados Jorge Guillén y Pedro Salinas, que daban clases en Sevilla. Murube hizo amistad con Federico García Lorca, a quien había invitado a la Semana Santa y la Feria del 35. Lorca estaba encantado de volver porque solo había visitado Sevilla en una ocasión, siendo un veinteañero junto a Manuel de Falla, el gran compositor, con quien estaba explorando en Granada nuevas creaciones y mezclas de cante jondo. García Lorca disfrutó de la estancia en su particular Alhambra junto a Murube y se divirtió leyendo poemas a las hermanas y tías de su amigo, todas embelesadas. Una noche, en la confortable sala china, bajo la arcada del chorrón, García Lorca reunió a unos amigos y, entre raciones de pescado frito, torrijas y manzanilla, leyó el poema que acababa de componer, *Llanto por la muerte de Ignacio Sánchez Mejías*, en homenaje al amigo común, corneado por un toro.

A nadie parecía estorbar Romero Murube en el Alcázar, salvo a uno, no precisamente cualquiera: Diego Martínez Barrio.

—Don Diego, he tratado a Don Joaquín. Es un hombre complejo, sevillano, difícil de arrancarle una sonrisa, pero está haciendo el trabajo que le encargaron —le dijo Blasco a su jefe de filas.

—Nuestro deber es el de republicanizar todos los órganos de la Administración municipal. No hay ninguna prueba de que ese hombre sea fiel a la República, todo lo contrario; mis informantes dicen que se ha convertido en un virrey, una especie de monarquillo, un segundo alcalde con sus propios aposentos —insistió Martínez Barrio.

Unión Republicana presentó una moción urgente para eliminar el cargo de director del Alcázar en la primera sesión, algo que a Horacio le pareció de una premura exagerada.

—Es necesaria la republicanización de todos los órganos de la Administración municipal. Además, se traduciría en un considerable ahorro para las arcas municipales prescindir tanto del sueldo del director como de la gratificación de vivienda —razonó el ponente de la moción, José Aceituno, de Unión Republicana.

—La labor que realiza es admirable. Solicito que este asunto se estudie en la comisión correspondiente —intervino Isacio Contreras, promotor del nombramiento cuando fue alcalde.

—Esta moción es urgente. No se trata de juzgar la labor del funcionario, sino tan solo de suprimir la plaza que él mismo ocupa, lo cual no es nada arbitrario porque se estima que ese puesto no es preciso —respondió Aceituno.

—La propuesta se basa solo en razones económicas, pues el actual empleado es quizá, técnicamente, el mejor que puede haber —amplió el independiente Jiménez Tirado.

—Señor Contreras, usted quiere que su amigo continúe en el cargo porque pertenece a su misma hermandad. Que ya nos conocemos todos y sabemos cómo funcionan las cosas en la Sevilla de la idiosincrasia y la *esensia* pura —alzó la voz el comunista Delicado.

—Eso es una insidia que no le voy a consentir —protestó Isacio Contreras—. El aludido es de la Soleá y yo del Gran Poder, se equivoca.

—Ambas de la misma plaza de San Lorenzo. Si ya sabemos cómo deciden ustedes las cualidades para desempeñar los cargos públicos… ¡Sevilla no se gestiona como una hermandad religiosa! —exclamó el concejal comunista.

—Lo que ustedes quieren es meter a uno de los suyos, no lo camuflen. Señor Delicado, no le vendría mal conocernos mejor. Una junta directiva es una gran escuela política. El señor Romero Murube es un buen sevillano y, como tal, pertenece a una hermandad —señaló Contreras para enfado de socialistas y comunistas.

—Creo que lo mejor es que este nombramiento se revise en la comisión de personal —solicitó Álvarez Gómez, de Izquierda Republicana, que siguió la instrucción del alcalde.

Horacio habló con Blasco. La decisión de prescindir de Romero Murube sin darle al menos una oportunidad le parecía equivocada. No conocía al escritor, pero Isacio intercedía en su favor y a Horacio le pareció que la cuestión de mantener o no la confianza en él era competencia exclusiva del alcalde.

—Don Horacio, comparto con usted que el hombre no ha hecho nada contraproducente. Es un buen sevillano, amante de sus tradiciones —dijo Blasco.

—A mí eso me da igual. La cuestión es si es eficiente o no en su puesto. Lidiaría con eso de las tradiciones si lo plantean los socialistas o los comunistas, pero es que lo estáis pidiendo vosotros y vais a echarnos encima a mucha gente. Una de las personas de mi confianza, José Antonio Magadán, es empleado del Alcázar y dice que Murube es duro y fuerte de carácter, que podría mejorar ese pronto si no estuviese todo el día tomando mazagrán, pero que cumple con su labor.

—A don Diego le están llegando cartas en las que pide que reconsidere su situación, de Guillén, de Vila…

—A eso me refiero. Isacio me contó que a este hombre lo recomendó Juan Talavera y Heredia, ya sabes, el jefe de los arquitectos municipales, discípulo de Aníbal González, todos ultracatólicos y con unos caracteres de perros dispuestos a hacerme la vida imposible. Este Talavera le cogió afecto a Murube porque conoció a su padre y porque el muchacho era muy aficionado a la arquitectura. Me hice amigo de otro arquitecto, Aurelio Gómez Millán, cuando nos construyó las casas del Tiro de Línea, y dice que Talavera nos llama a los del Frente Popular ineducados y mandones.

—Cuando a uno le ponen una etiqueta ya no hay manera de quitársela —dijo Blasco.

—Son republicanos de derechas y están enfadados porque jamás comprenderán que nos hayamos atrevido a aliarnos con los comunistas, el terror rojo de Moscú. Por eso entiendo que debemos dar ejemplo y no ser sectarios. Nos jugamos mucho con el Alcázar, hay muchas miradas puestas en nosotros, y tenemos que evitar las polémicas todo lo posible.

—Le entiendo, don Horacio, pero don Diego...

—Exprese de mi parte a don Diego que en esta primera decisión vamos a sentar precedente. El alcalde del Frente Popular va a eludir los conflictos y la polaridad. Además, es hora de acostumbrarse a que los asuntos municipales tienen su propio órgano de gestión, y el Alcázar es competencia del Ayuntamiento por convicción de la República. Gracias por su tiempo, don Manuel.

Republicanos de izquierda, socialistas y comunistas obligaron a Unión Republicana a retirar la propuesta. Romero Murube envió una carta al concejal Magadán de Juan en agradecimiento como gestor que se opuso a su cese, «por su gran ponderación y respeto para las personas que ostentan filiación política distinta a la suya», y para ofrecerse en cuanto pudiera servirle. También escribió a Martínez Barrio para mostrarle sus respetos. No tuvo ningún gesto con Horacio, a cuyos oídos llegó que Murube comenzó a decir de él «que tiene toda la cara del sayón del paso de la Paloma». Sin merecerlo, Horacio se había ganado su primer enemigo.

6

Como alcalde, Horacio tenía poco tiempo para pensar en filias y fobias. Contable en el Instituto Español, se había marcado como meta equilibrar las finanzas de un Ayuntamiento en ruina. Se sabía un alcalde de transición, en medio de una jauría de intereses políticos; el caso de Romero Murube solo era la primera prueba. El alcalde cogió el expreso a Madrid para convencer al Banco de Crédito Local de que levantara el embargo sobre las cuentas del Ayuntamiento, vigente desde septiembre del 34, cuando el alcalde Labandera decidió no pagar las amortizaciones del crédito concedido para las obras de la Exposición. A la vuelta, el alcalde aseguró a los periodistas que «este asunto no es difícil, solo que está mal enfocado».

—Horacio, ¡no me habías dicho que aquí no se cobra! La gente desde que se ha enterado de que trabajo en el Ayuntamiento me para en la calle para decirme que haga todo lo posible por pagar, y yo no sé qué contestarles —exclamó airado su secretario particular, su hermano Fernando.

—¿Tú también? —Horacio levantó la cara de unos papeles mientras cenaba ante la llegada imprevista de su hermano mayor—. Estoy en ello, acabo de volver de Madrid.

—Lo sé. Me ofrecí a acompañarte como secretario tuyo que soy.

—Te dije que no era necesario, con el interventor me apaño. Vamos a dejar de ir con gastos a la carta. Tendremos una dieta de doscientas cincuenta pesetas para dos personas, y los billetes de ferrocarril, doscientas veintiséis pesetas, nada más.

—Nosotros sí que cobramos, ¿no? De eso no me advertiste —le reprochó Fernando.

—Se me había olvidado comentártelo. Este trabajo es en beneficio de la comunidad —respondió con ironía Horacio, fatigado—. Mira, sigo tratando de solucionarlo. Los gestores que hayan tenido que suspender sus empleos tendrán una asignación, pero nada más. Tenemos que apretarnos el cinturón. ¡Yo ya estoy perdiendo algún agujero, mírame!

—Horacio, que yo ganaba bastante dinero con las representaciones. Me tenías que haber avisado de que el Ayuntamiento está en la ruina.

—Cada uno tiene que saber en qué se mete, pero no te preocupes. En cuanto los funcionarios estén al día con sus retribuciones, comenzamos nosotros.

—Pero ¿qué dices? ¿No vamos a cobrar este mes? —se indignó Fernando. Horacio le invitó a sentarse en la mesa para que revisara con él unos papeles—. Yo antes me voy, presento mi dimisión.

—En eso mismo estaba pensando. Pero no va a ser necesario que lo hagas, porque antes dimito yo. Lo anunciaré mañana en el pleno. O el banco nos levanta el embargo o renuncio. Es imposible seguir en unas circunstancias como estas.

—¿Estamos muy mal? —se interesó Fernando.

—Estaba preparando unas cuartillas para dirigirme mañana a los sevillanos en Unión Radio. En la caja quedan 20.003 pesetas. Esto lo tienen que saber. Es el dinero con el que contamos desde que llegué. Las cuentas son sencillas de comprender: teníamos 1,64 millones en el presupuesto ordinario y 1,62 están embargados. A los funcionarios les debemos los meses de enero y febrero. Adeudamos también a los abastecedores. Necesitamos incluir los fondos del asilo municipal, calculo que unas trescientas veinte mil pesetas con carácter inmediato.

Horacio Hermoso inundó las casas de los sevillanos de números y pagarés en su primera intervención radiada. Los concejales de su grupo le comentaron que les había parecido algo catastrofista, y Horacio se mantuvo firme en que los hogares sevillanos tenían que conocer la herencia que habían recibido como gobernantes y la necesidad de mantener la calma para que el nuevo gobierno se cohesionara. Los concejales azañistas sonrieron. Horacio demostraba ser más que un simple contable.

—El paro de los obreros es una necesidad apremiante. Han depositado las esperanzas en el gobierno del Frente Popular y están viendo cómo se malogran sus expectativas —reclamó el concejal comunista Saturnino Barneto en el pleno municipal.

—Lamento decirle que esas reivindicaciones están muy relacionadas con las promesas realizadas a los obreros. La situación del Ayuntamiento es delicada, pero tengo el firme propósito de atraer inversiones y obras públicas que palien este problema, el principal de este mandato —contestó Horacio.

—Nos permitirá avanzar el principio de acuerdo para levantar el embargo municipal y dejar de estar bloqueados. El alcalde ha informado de importantes avances en las gestiones para obtener un pronto éxito —dijo el concejal de su partido Álvarez Gómez. Unión Republicana y los socialistas apoyaron la gestión de Horacio.

—La minoría comunista está satisfecha por lo conseguido, aunque no satisfechísima —matizó Manuel Delicado, el dirigente comunista.

—Y no se olvide de los pobres desamparados de Amate, señor alcalde. Ni de la reducción urgente de los alquileres de viviendas para los obreros y para todos los afectados por la riada —reclamó el concejal socialista Pepe Estrada.

—En este punto me gustaría sacar a colación la Ley de Auxilio Económico del 34, que obliga al Estado a resarcir esta deuda con el municipio —intervino Isacio Contreras.

—Le respeto, señor Contreras, usted lo sabe —intervino Horacio—. Tengo que decirle que esta ley, si bien quitó de los presupuestos ordinarios la losa que suponía la amortización del crédito, evidentemente no es la panacea que esperábamos. Supone muchos esfuerzos y la pérdida de mucha autonomía para el municipio, así como el cumplimiento de una dura disciplina hacendística que nos aleja de alcanzar nuestras pretensiones político-sociales. Pero somos un gobierno que sobre todas las cosas cumple con la ley y con la palabra dada. Y así seguiremos hasta que se acabe esta encomienda.

Horacio pensaba a corto plazo, pero sus planes se alteraron por culpa de las circunstancias. O de Azaña, que de una u otra manera intervenía en todo. El presidente del Consejo anunció la convocatoria de las elecciones municipales que esperaban miles de ayuntamientos en España, cuyos representantes habían sido elegidos en los comicios anteriores a la proclamación de la República.

—Don Horacio, ¿cómo está usted? Ya habrá calor por Sevilla, confío; de lo contrario, el tiempo está cada día más loco.

—Esto… bueno, es muy pronto, señor Azaña.

—Me puede llamar Manuel, hay confianza. Mientras no me llame Verrugas, como aquellos que dicen tenerme aprecio…

—Por favor, don Manuel, conoce mi admiración.

—Le he llamado para anunciarle que convocaré elecciones municipales para el próximo 12 de abril, prerrogativa que me faculta la presidencia del Consejo de Ministros y con la antelación prevista en la Constitución de la Segunda República. He dado orden para publicar la llamada a las urnas en *La Gaceta*.

—Estoy organizando las cuentas del Ayuntamiento para que mi sucesor conozca la situación real de las mismas. Soy muy consciente de que mi nombramiento es interino.

—De interino nada. Es usted el alcalde de Sevilla de pleno derecho —le corrigió Azaña.

—Sí, me refiero a que era provisional, a la espera de unas elecciones. En cuanto a mi persona, estoy muy orgulloso de haber tenido la oportunidad de representar a la ciudad en la que vive mi familia. No se vea usted obligado a dar explicación alguna ni nada semejante.

—Ni es mi intención —le interrumpió Azaña—. Le conozco, le podría decir que le tengo afecto, a usted y a la ciudad, por supuesto. La llamada la hago por otra cuestión: le anuncio que convocaré elecciones municipales, pero no en Sevilla.

—Disculpe, no le entiendo.

—¿Acaso usted no es sevillano? No me diga que no sabe la coincidencia de la fecha electoral. Don Horacio, el 12 de abril es Domingo de Resurrección.

—Lo desconocía, lo siento.

—Compruebo que no es usted de los que cuentan los días que restan hasta la primera salida —dijo Azaña—. Le tengo que confesar que yo tampoco estoy muy versado en estas cuestiones, la cabeza no me alcanza para más. ¡Solo me faltaría algo así, presidir el órgano rector de una hermandad! Por suerte, Blasco, que ya sabe que es un capillita, como dicen ustedes, me ha advertido; también sobre la feria, que les sirve como una especie de reconstituyente. He sido instruido en dejar las fiestas de primavera en paz. En fin, señor Hermoso, pasemos estas travesías del calendario con tranquilidad. Siga usted siendo el alcalde.

—Me parece muy amable de su parte que haya tenido esta consideración. Le estoy muy agradecido en nombre del pueblo de Sevilla —dijo Horacio.

—Es la respuesta que esperaba de su parte, ahora viene lo difícil. El señor Martínez Barrio ha secundado la propuesta de retrasar las elecciones municipales en Sevilla, pero quiere conocer ya una fecha. Le encuentro un poco nervioso, ¿sabe usted algo?

—No, don Manuel —negó Horacio.

—Es un hombre fiable. Dicen de él que es de derechas porque los de derechas piensan que solo ellos son serios y formales. Don Diego es cumplidor como el que más, trabajador y serio, con un futuro prometedor, y no sabría decirle quién es más de derechas, si él o yo. La verdad es que ambos somos las derechas del Frente Popular en contraste con las izquierdas utópicas. En mi opinión, la definición debiera ser «progresista» o «conservador» porque, si se fija, lo que quieren los conservadores es mantener lo suyo, que ellos se queden como están y los demás no progresen, no vayan a amenazarles su posición privilegiada.

—Entiendo, señor Azaña, no soy ajeno a ese debate. A mí las fuerzas obreras también me acusan de ser de derechas cuando solo pretendo poner cordura y sensatez en mi trabajo.

—Y lo tiene de sobra, don Horacio, que nunca le falte. Por eso también confío en usted para fijar una fecha en el calendario y tranquilizar al líder de Unión Republicana.

7

Horacio comenzó a sondear la opinión de distintos ambientes, y concluyó que en ese momento las elecciones no le interesaban a ninguna persona ni de la calle ni de su familia. Acababan de votar y aún no habían digerido los resultados, sobre todo, aquellos a quienes les daría un soponcio solo de pensar que en las decisiones públicas participaban los hijos de Lenin. Horacio compartió la opinión de los comerciantes de retrasar la fecha todo lo posible para que remontara la economía, y pensó en el 3 de mayo, pasadas las Fiestas de Primavera. Azaña aceptó.

Horacio tenía tiempo para dejar bien organizadas las cuentas y perfilar el primer gobierno del Frente Popular. Seguía inquieto con Martínez Barrio, pues no sabía cómo se tomaría su decisión sobre la fecha electoral tras el pacto para aplazar la entrada de su protegido, Mendiola; ni el rechazo a la sustitución de Murube en el Alcázar. Poco le importaba. Se le presentó la ocasión propicia al confirmarse el nombramiento por unanimidad como presidente de las Cortes. Formal como siempre, Martínez Barrio envió un telegrama.

Profundamente emocionado por el honor de que se me ha hecho objeto, mi primer pensamiento dirígese a la ciudad donde nací, dignísimamente representada por V. E. en su primer magistrado. Saludos a todos.

MARTÍNEZ BARRIO

En su respuesta, Horacio Hermoso escribió:

Sevilla recibe con emocionada alegría justa designación recaída en V. E. y envía por mi conducto un abrazo, con el aliento de todos los corazones sevillanos, al hijo querido que la honró y enalteció siempre.

HORACIO HERMOSO

Horacio agradeció la posibilidad de trabajar a corto plazo, sin mayor preocupación por las previsiones electorales. Seguía interesado en hacer una radiografía de las necesidades de la ciudad, más allá de si llegaba o no alguna ayuda del Gobierno, reclamación para la que seguiría acosando a Azaña. Horacio confiaba en que fuese remitiendo el nerviosismo de hablar con alguien a quien tanto admiraba, porque a veces ni le salían las palabras.

—Debemos saber cuáles son, con precisión, las necesidades y las urgencias —dijo Horacio emulando la frase de su jefe de filas en una reunión para coordinar las acciones del Frente Popular.

El comunista Barneto saltó como un gato.

—Si esta reunión trata de descubrir cuál es el tema más importante que tenemos sobre la mesa, la podemos dar por acabada. Consiste en uno solo: el inasumible paro obrero no admite espera y hay que resolverlo con rapidez y energía.

—El temporal ha agravado las perspectivas que teníamos, a lo que se suma la previsión de un mal año agrícola, que no es una preocupación, sino una pesadilla, una tragedia de cuya magnitud pronto nos vamos a dar cuenta —amplió su compañero Delicado.

—Agradezco sus aportaciones. Saben de mi interés por atraer inversiones que redunden en contrataciones. Muy interesante también el análisis del campo: si esos jornaleros no tienen jornales, acaban en Sevilla de albañiles en paro —dijo Horacio Hermoso a los concejales del PCE—. Sería interesante para crear un clima de tranquilidad que disminuyan las convocatorias de huelgas. Un voto de confianza nos vendría muy bien. Señor Barneto, conozco su liderazgo no solo entre los obreros del puerto, sino entre toda la clase obrera. Nuestros ideales son distintos, y a veces nos miraremos con desconfianza. No me importa si esa desconfianza no es sectaria. Mi mano la tiene tendida sin conflicto de clase alguno.

—Necesitamos acciones, no buenas palabras, señor alcalde.

—Las palabras son necesarias, señor Barneto, nos permiten comunicarnos y entendernos, sobre todo si tenemos prejuicios los unos sobre los otros. Le aseguro que cuando termine mi mandato, que no será dentro de mucho, opinará de mí que soy una persona honesta, trabajadora y cumplidora, no un charlatán. Tarea no nos falta, pero recuerden que no vamos a cambiar Sevilla de un día para otro —apostilló Horacio Hermoso.

—Y sus mentalidades, no lo olvide —le interrumpió Delicado.

—Pongámonos a ello, y a ver hasta dónde llegamos. Seguro que muy lejos. Siempre desde el respeto al acuerdo que hemos contraído como fuerzas políticas a las que les está permitido el disenso, pero nunca la traición. ¡Viva la República!

—¡Viva la República! —respondieron.

Horacio era muy positivo sobre la reunión. La distancia con respecto a unas inmediatas elecciones le había tranquilizado. Albergaba pocos motivos para la queja, e incluso el periódico carlista *La Unión*, antirrepublicano, hablaba de «paz horaciana». Decían de él que era hombre «de pocas palabras» y «aún más que taciturno, hermético», aunque siempre contestaba a las preguntas de los periodistas que le esperaban en la plaza de la República «con semblante sonriente».

8

Horacio estaba de enhorabuena y acudió encantado con sus hermanos a la invitación que la Unión de Empleados de Escritorio celebró en honor de su miembro más ilustre: él mismo. Carlos había colaborado en la organización y eligió el establecimiento en el que los cooperativistas brindaron un vino de honor a Horacio con motivo de su llegada a la alcaldía, el Mesón Raimundo. El restaurante estaba decorado con azulejos y entre los mismos se encontraban unas escenas flamencas que había pintado Carlos. Al vino acudieron todos los invitados, algún que otro periodista de libranza y el arquitecto de la promoción.

—Viva Horacio Hermoso.

—Viva el alcalde del Tiro de Línea.

Horacio estaba en una nube acompañado de sus vecinos, y de buenos amigos entre ellos.

—Has escupido para arriba. Todo lo que como líder vecinal has reclamado al alcalde supone ahora tu lista de obligaciones con la barriada —le dijo medio en serio medio en broma un vecino, también empleado en el Instituto Español.

—Ojalá tenga tiempo suficiente para atender las demandas del barrio y de las demás barriadas. Me reuní con los partidos y las reivindicaciones prioritarias eran para el centro. Me encargaré de que sean atendidas las reclamaciones de los barrios. Se me puede subir el vino a la cabeza, pero no el poder, amigo.

—¡Viva el alcalde de los barrios!

Un joven vecino de nombre Emilio Lemos, al que Horacio conocía porque era seguidor del andalucismo, llamó la atención de los reunidos y anunció que iba a leer unas cuartillas.

—Modesto en su prestancia, efusivo y cariñoso por natural nativo, prontamente se hace estimar y querer de cuantos le rodean, que ven subyugada su voluntad por la afabilidad de su trato y la ejemplaridad de su conducta. De una capacidad de trabajo extraordinaria y de una inteligencia nada común, atiende cuantos problemas le interesa resolver al municipio con un celo y un interés dignos de la importancia de aquellos y con una certera vislumbre merecedora de todos los encomios.

Horacio le agradeció los cumplidos y se emocionó. Le pareció una adecuada despedida cuando los vecinos, sin prisa alguna, comenzaron a sentarse en sillas que Horacio no supo bien de dónde habían salido y se prodigaron al cante. Como estaban en vísperas de la Semana Mayor, se arrancaron por saetas.

—Hermano, creo que están esperando que les invites a comer. No se marcharán fácilmente ni puedes escaparte a la francesa. El tiempo no acompaña, sigue lloviendo afuera.

—Es mi único día libre, Carlos. Apenas veo a Mercedes y a los niños durante la semana, y esta ha sido especialmente intensa. Pensaba tomar el aperitivo y comer en casa. ¿Qué hago?

—Avisé a Raimundo de que dispusiera una paella valenciana, le falta echar el arroz y el caldo, lo que tú me digas.

—Gracias, Carlos, por ocuparte. Y si tiene algunos otros empapantes que los ponga, que el cante se ha desbocado.

Pasaban las ocho de la tarde cuando Horacio, que había bebido más que comido, distinguió entre los vapores del bar cómo se le acercaba uno de sus concejales, Magadán, a quien pensó en invitar a un vino hasta que comprobó la gravedad en su rostro.

—Señor Hermoso, el Guadalquivir de nuevo.

—Dígame, ¿cómo está el asunto? —Horacio intentó despejar la nube de polvo que llevaba en lo alto.

—El río se ha vuelto a desbordar, alcalde, como el mes pasado. ¡Qué añito estamos teniendo! Cualquiera diría que los enemigos del Régimen nos han echado un maleficio, una desgracia tras otra.

—Habrá quien diga que es un castigo divino —bromeó Horacio—. Podemos culpar a la herencia recibida y a los enemigos que nos acechan, José Antonio, pero lo que nos toca ahora es trabajar.

El alcalde buscó su abrigo, le dio un beso a su hermano Carlos y se despidió de los vecinos menos embriagados que seguían despiertos. Les anunció que acudía a los lugares desbordados por el río y, a continuación, a la emisora de Unión Radio:

«Sevillanos, los elementos vuelven a castigar a Sevilla de nuevo. Las lluvias de estos últimos días han recrudecido el gran problema de las inundaciones de los terrenos bajos de la Vega. Con ello, los que son nuestros hermanos, a quienes debemos una sagradísima solidaridad en estos momentos de angustia y de dolor, tornan a verse envueltos en la tragedia que supone perder sus miserables viviendas. En este cuadro de desgracia destacan los más pequeños: niños a los que la vida viene castigando desde su primer llanto con la falta de pan, de abrigo y de casa. Sus carnes tiemblan bajo los harapos que las cubren; sus pies están morados por el frío, que se acentúa al posarlos, mojados, sobre las losas de mármol de los locales donde son recogidos junto a sus padres; sus caritas reflejan el hambre de muchos días, y su estado lastimoso acusa a una sociedad que, insensible, no siente las heridas en la carne de sus hermanos. Esto no puede continuar. No podemos eludir los deberes que tenemos para con la sociedad, no podemos ampararnos cómodamente en la confianza de que este Estado atenderá esta calamidad. No puede hacerlo en la medida que requieren las regiones españolas damnificadas; es, pues, preciso, y vuestro alcalde así lo exige, que todos los sevillanos sientan la necesidad de cumplir sus deberes como ciudadanos y colaboren con el Ayuntamiento para que estos dolores sean remediados. Esos niños y sus padres son españoles. Sientan todos sus obligaciones de patriotas de un modo efectivo y valoricemos así tal título al demostrar que somos merecedores del mismo. Así tiene derecho la ciudad a esperarlo de sus hijos».

Mientras el alcalde hablaba en los estudios, sus concejales más próximos acudieron a los domicilios de los principales comerciantes para convocarles a una reunión de urgencia. Horacio les ordenó que no aceptaran una negativa por respuesta y que dejaran muy claro que era el propio alcalde quien les mandaba de inmediato quitarse el pijama y desplazarse al ayuntamiento.

A las once de la noche el chófer del alcalde le propuso regresar a casa, pero Horacio le dijo que fuera a anunciarle a Mercedes que pasaría la noche fuera. «Dile que no se preocupe, que mañana a primera hora desayuno con ella y los niños. Llevaré calentitos». Horacio permaneció en el despacho de la alcaldía. No tenía hambre ni sueño, solo ganas de ponerse a trabajar.

Al cabo de unas horas, decidió acercarse con los concejales Hipólito Pavón, Amado Peña y Castro Rosa al puente de Triana. Allí fueron testigos de la voracidad del río, que comía leños y tablas que desaparecían en sus fondos. Caminaron por la calle San Jacinto hasta parar en un local que desbordaba actividad. Decenas de mujeres ordenaban ropas, mantas y toallas.

—Alcalde, gracias por venir. Me llamo Pilar Hernández de Laforet y estas señoritas Rosario Contreras y Pepita García. Somos todas del Frente Popular. Estamos ordenando el material para cuando lleguen los camiones del Ejército.

—No sabe cómo me complace conocerlas. Le confieso que no sabía a dónde acudir.

—Ha venido usted a buen sitio. Sobre todo, no se quede mirando, hay mucha ropa que doblar.

Esa misma noche comenzaron a llegar paquetes de algunos de los comerciantes con los que el alcalde se había reunido antes de medianoche. Los voluntarios llegaron a compilar doscientos treinta y dos equipos de ropa limpia que recogieron los camiones del Ejército a las cinco de la mañana. Sin que parase de llover, Horacio volvió solo a la plaza Nueva, donde le esperaba su chófer. Compraron los churros y Horacio volvió a su casa del Tiro de Línea.

9

A la mañana siguiente continuó lloviendo torrencialmente. Las aguas del Guadalquivir cubrían el muelle grande. La Alameda de Hércules amaneció cubierta de agua. El Gobierno civil interrumpió la circulación de tranvías y estableció un servicio de lanchas para facilitar el acceso a las casas que se hallaban bloqueadas. Horacio descansó en casa todo el día. Magadán de Juan acudió a la noche al Tiro de Línea y le informó de que se habían distribuido todos los equipos.

—Ojalá deje de llover, pero tengo los peores augurios —dijo su compañero de partido.

—Sí, este viento racheado amenaza con lo peor. Descansa, Juan, mañana hablamos.

—Gracias, alcalde, hasta mañana.

Horacio apenas concilió el sueño mientras escuchaba si regresaba la tormenta, así que llamó a su chófer y volvió a San Jacinto, donde seguían Laforet y su equipo como abejas obreras, ordenando y distribuyendo materiales. Laforet saludó a Horacio como a uno más, y este se acercó a un grupo de militares sin saber si le reconocerían. Estaban organizando las lanchas que saldrían de reparto por el barrio. Horacio iría en la número seis.

—Un momento, este señor es el alcalde. Es Horacio Hermoso —dijo uno de los hombres respetuoso. El militar que estaba al mando le hizo el saludo militar con elegancia, sin ponerse firme.

—Señor alcalde, mis disculpas, estamos organizando los grupos de rescate, saldremos en breve.

—Me gustaría unirme si no supone una molestia —pidió Horacio.

—Al contrario, todos los voluntarios son bienvenidos. Solo sea precavido, yo me ocuparé personalmente de que su lancha tenga el equipamiento necesario —respondió el militar.

Horacio se puso el chaleco salvavidas y subió a la lancha. Su equipo se pasó toda la noche repartiendo ropas en viviendas de Triana que se encontraban incomunicadas por el agua. Algunos vecinos agradecieron que el alcalde les llevara las mantas hasta sus casas.

A la mañana, en la plaza Nueva, los periodistas esperaban a Horacio. El alcalde lamentó las proporciones que estaba tomando el temporal de lluvias y habló de «catástrofe». Había dos puntos preocupantes: el primero, los márgenes del río. Las aguas seguían cubriendo por completo los muelles y habían llegado hasta el malecón por el paseo de Colón y el paseo de las Delicias. Se esperaba que subieran de nuevo y a mediodía la amenaza de que las aguas penetrasen por la calle Betis impacientaba a los vecinos de Triana. Por la orilla inversa, las aguas de la dársena habían vuelto a inundar los terrenos de la Vega y los vecinos de estas zonas corrían a refugiarse a Triana junto a los del Charco de la Pava, la Haza del Huesero y las Erillas. La Alameda de Hércules seguía inundada, y en la calle Trajano, por donde no podían pasar los automóviles, el agua alcanzó su altura máxima.

El segundo aspecto preocupante eran las barriadas externas, San Jerónimo, Juncal, Heliópolis, Cerro del Águila y, sobre todo, Amate, donde se volvían a hundir las chozas recién levantadas. Horacio ordenó dar prioridad absoluta al envío de materiales a esas barriadas si quedaban vecinos en ellas. Los técnicos le hicieron ver que era mejor acudir con ropas al Matadero y al pabellón de México, lugares de refugio. Como si se tratase de una maldición, las lluvias se recrudecieron. Sería cuestión de horas que el Guadalquivir se desbordase de nuevo.

—Las aguas de esta madrugada han provocado que el nivel del río esté diez metros por encima de su caudal ordinario. Estamos a una sola mano de que la corriente llegue a la cabeza de león del puente —informó Horacio al gobernador civil, Ricardo Corro.

—¿Y eso qué supone? Usted, que es sevillano, dígame qué significa —pidió Corro, natural de Granada.

—Triana se anega. Tendremos que desalojar a todos los vecinos del arrabal, a los que están en sus casas y a los que han acudido a buscar refugio de otras zonas colindantes. Gobernador, le pido que prepare a todos los efectivos de los que disponga.

—Así lo ordenaré, señor alcalde —confirmó el gobernador.

Cientos de trianeros comenzaron a abandonar sus casas. Caminaban alicaídos por el puente hacia Sevilla y miraban la crecida cuando los niños se lo pedían, impresionados con los animales muertos, los árboles, las maderas y otros efectos que el caudal arrastraba de la lluvia caída en los pueblos. Los buques reforzaron sus amarras. La Vega de Triana parecía un mar cuya longitud se perdía más allá del pueblo de los Jerónimos, que distaba de Sevilla seis kilómetros. En el resto de la ciudad los guardias civiles requisaban automóviles para trasladar a los vecinos, más de tres mil quinientos, a los pabellones en los palacios de la Exposición. Todas las fábricas de ladrillos de Triana estaban inundadas, igual que las casas del lado derecho de la carretera de Camas y cinco calles en Heliópolis. En el Cerro del Águila volvía a reproducirse el drama de febrero. En el Arenal, grupos de mujeres y niños recorrían las calles pidiendo auxilio; en un establecimiento de la calle Gamazo se presentó uno de estos grupos, el dueño pensó que se trataba de un asalto y avisó a la policía.

El alcalde convocó a las personas pudientes para que acudiesen en socorro de los damnificados. Luego volvió a los lugares siniestrados, que recorrió de hora en hora, y a las ocho de la mañana, junto a su hermano Fernando y Castro Rosa, hizo una última visita a la fábrica de vidrio de la Trinidad, en la avenida de Miraflores, la única explotada por los propios obreros. Estaba inundada y los trabajadores temían que las aguas apagasen los hornos, lo que mandaría a unos trescientos empleados al paro forzoso unos dos meses.

Cuando salieron de la fábrica, Magadán le trajo los periódicos del día. El *ABC* recogía que «se elogia calurosamente la labor del alcalde señor Hermoso Araujo, que no descansa un momento en la defensa de los intereses de los damnificados, a los que socorre personal y solícitamente». *El Liberal* se preguntaba por qué, justo la semana anterior, Mendiola había liquidado la comisión prodamnificados creada por el Ayuntamiento en febrero para organizar los trabajos de socorro, dejando ahora al alcalde en solitario en la tarea.

El miércoles, al fin, la lluvia concedió una tregua. El nivel del río comenzó a descender; los lugares bajos de la ciudad y las barriadas externas tenían menos agua encharcada; no así Triana, que seguía esperando el descenso de la dársena. Las familias de los barrios humildes vivían situaciones trágicas y las autoridades continuaban pidiendo donativos en una cuenta, pero la situación comenzaba a normalizarse. El alcalde informó de que el Ayuntamiento había facilitado 10.160 ranchos de comida a las familias entre febrero y marzo.

Horacio aprovechó la visita a Madrid para solicitar más fondos de ayuda a los damnificados. Entregó al ministro de Hacienda un inventario de los gastos realizados, y prometió hacer lo mismo con las doscientas cincuenta mil pesetas enviadas por el Gobierno. Cuando Horacio regresó en tren, traía dos grandes noticias: la primera, el Banco de España le garantizó que contribuiría a la cuenta de los damnificados con otras cincuenta mil pesetas; la segunda, el Banco de Crédito Local prometió que el embargo sobre las cuentas del Ayuntamiento sevillano se levantaría en la primera quincena de abril. Además, el Consejo de Ministros había aprobado las obras para toda la provincia que aliviarían el paro obrero. Horacio estaba radiante, pero la cara de Magadán de Juan al recibirle era un poema.

—Don Horacio, nos han pillado, no lo he visto venir —dijo Magadán.

—¿Qué dice, don Juan?, no me asuste —respondió Horacio mientras escuchaba a usuarios y espontáneos saludarle en el andén.

—Que nos han pillado. *La Unión* lo ha publicado esta mañana. Mire, lea usted mismo.

Horacio agarró el periódico con algo de temblor, y leyó la página que le señalaba su compañero de partido.

> También hubo anoche en el Ateneo otro acto, pero, como se celebró a cencerros tapados, o por lo menos sin darle un cuarto al pregonero, no queremos ser imprudentes. Solo diremos que en el despachito de la dirección de la docta casa se reunieron esos señores ya de cierta edad, a quienes hemos convenido en llamar fuerzas vivas, para tratar… lo que ustedes se figuran. Acerca de esta reunión, oímos decir que se ha llegado a un acuerdo y que «por fin saldrán también este año».

Horacio miró la fecha del periódico para cerciorarse del día en que vivía. Quedaban un par de semanas. Efectivamente, les habían descubierto.

—Tenemos que hacer algo, don Juan. Nos tenemos que poner en marcha. ¿Te ha llamado alguien?

—Nadie, don Horacio. El periódico no da nombres, es discreto. Pero necesitamos salir y confirmar la noticia antes de que lo hagan ellos.

—No estoy seguro. Tengo que hablar con el gobernador. Quedamos en que, por nuestra parte, no habría ninguna confirmación oficial hasta que todo estuviera atado y bien atado. Aun así, me fiaré cuando vea la primera en la calle. Ya sabes cómo es esto.

Todo el mundo se hacía la misma pregunta desde que se conoció el resultado de las elecciones: ¿habría Semana Santa en Sevilla con un gobierno del Frente Popular?

10

Ninguna celebración en la ciudad, en España y hasta en el mundo entero tenía tantos equilibrios que negociar. Un ministro había prevenido al presidente del Consejo de que el sevillano estaba ocupado en sus asuntos esa semana, no fuera a ocurrírsele importunarle con una convocatoria de elecciones. Azaña aceptó, y la Semana Santa sevillana volvió a contar con un trato de favor del Gobierno republicano.

Esta celebración ya había obtenido un trato privilegiado en los inicios de la República, cuando ella misma fue capaz de modificar el texto legislativo más importante del país: la Constitución. Los nuevos mandatarios habían previsto en el artículo 26 que ninguna administración pública pudiera mantener, favorecer o auxiliar económicamente a cualquier asociación religiosa, incluida la propia Iglesia, y el artículo 27 establecía que las confesiones debían ejercer sus cultos en privado. Esta última redacción desató el pavor en Sevilla. El alcalde Labandera hizo que dos diputados de su partido intervinieran en la comisión parlamentaria que discutía el articulado. Fueron el primer alcalde republicano, Rodrigo García de la Villa, a la sazón, hermano mayor de los Negritos, y el influyente católico Miguel García Bravo-Ferrer, destacado hermano del Valle. El propio Labandera había pertenecido a la directiva de la Santa Cena en Omnium Santorium. La comisión aprobó una enmienda por la que «las manifestaciones públicas de culto habrán de ser, en cada caso, autorizadas por el Gobierno», y así la Semana Santa sevillana consiguió modificar la Constitución del 31.

Horacio había conocido de boca de Labandera los esfuerzos para celebrar la primera Semana Santa republicana en el 32, porque en el 31 había sido en marzo y la proclamación de la Segunda República tuvo lugar el 14 de abril.

—Tanto esfuerzo legislativo para nada, porque, cuando llegó la hora, las hermandades decidieron, una a una, quedarse dentro de las iglesias. El cardenal Ilundáin les apoyó. Decía que no solo eran las salidas procesionales, sino los oficios, el miserere y la matraca en la Catedral, las mantillas y peinetas, las banderas a media asta, las autoridades y agentes de gala, y que, en un Estado laico, con un Ayuntamiento civil, no podían realizarse todas esas cosas —lamentó Labandera.

—¿Por qué no quisieron salir? —se interesó Horacio.

—Primero dijeron que no tenían dinero. El último Ayuntamiento monárquico había aprobado una subvención de ciento treinta y cinco mil pesetas, el doble de lo que se venía otorgando, pero no pagó ni esta ni la del año anterior. Las abonó el Ayuntamiento republicano, pero lo consideraron insuficiente. Entonces les propuse que se unieran en un patronato o entidad para concederles el uso de la vía pública y los ingresos, íntegros, que se obtuvieran por la ocupación de las sillas. Así sortearíamos la Constitución. Lo hicieron y nació la Comisión de Cofradías, pero, cuando pensaba que la celebración en la calle estaba encauzada, llegaron los reparos de Ilundáin y del sector conservador. La mayoría de las hermandades están presididas por unas pocas familias y, salvo alguna excepción, son los mismos que lideran los partidos monárquicos o conservadores.

—Recuerdo leer la protesta de los hermanos mayores en Madrid. Los Ybarra, Bermudo, Del Camino, Abaurrea...

—Ahí empezó todo. El cardenal apoyó esa manifestación, y las hermandades del centro ya no se sentaron de nuevo. A un mes de la Semana Santa, constituyeron un nuevo consejo, en clara confrontación con la República. Las votaciones de los cabildos reflejaron una a una la oposición a realizar las estaciones de penitencia.

—Todas menos una, la Estrella.

—Exacto, la Estrella se saltó el boicot —afirmó Labandera—. En la votación se produjo un empate en la junta directiva, algo imposible, porque eran impares. Al comprobarse los resultados, advirtieron que había votado el director espiritual, que disponía de voz, pero no de voto. El que había intentado falsear el sufragio era José Sebastián y Bandarán. Descubierto el engaño, se produjo una nueva votación, que arrojó veintiséis votos a favor de la salida y solo nueve en contra. Bandarán cesó en su puesto y denunció en *El Correo* los «intereses pequeños, particulares, inconfesables y, sobre todo, la debilidad del hermano mayor al romper la disciplina».

—La Valiente, como se la conoce desde entonces.

—Lo fue. Tuvieron muchos problemas para salir. Recibimos un oficio del resultado de la votación, pero decían que eran una hermandad humilde y no tenían dinero. Les ofrecí de mi bolsillo mil pesetas, la mitad de los costes. Tardé en gestionarlo y por eso no quisieron salir el domingo. El lunes una comisión nos visitó a mí y al gobernador, y al cardenal para autorizar la estación de penitencia, y este tuvo que aceptar a regañadientes. Y La Valiente salió.

Horacio había acompañado a su hijo a la única salida de una procesión ese año. En la iglesia de San Jacinto miles de sevillanos deseaban presenciar los actos de la cofradía con toda normalidad, pero el desfile estuvo plagado de incidentes. Los rumores se expandían a cada paso: le habían arrojado un ladrillo al Cristo, y al autor estuvieron a punto de lincharlo; desde una azotea lanzaron un remate de cemento de una baranda de más de un kilo contra el palio; en el ayuntamiento les tiraron petardos y un cohete, que cayó en el manto de la Virgen; un anarquista había errado un disparo que rompió varios guardabrisas de los candelabros de cola. A los gritos de «¡Viva el comunismo libertario!» le sucedía un «¡Viva Sevilla católica!» y la contestación «¡No, viva la Semana Santa!». Lo peor estaba por llegar. Horacio y su hijo presenciaron cómo, enfrente de la Catedral, desde el cercano Aeroclub, le tiraron a la Virgen un vaso de cristal que le levantó una lasca de la cara. Los costaleros salieron a la carrera y entraron en la Catedral para refugiarse. Tras unos minutos de discusiones, decidieron volver a Triana por el mismo camino de la ida. Pasando por el ayuntamiento, desde un balcón, la Niña de la Alfalfa cantó:

Se ha dicho, en el banco azul
que España ya no es cristiana,
pero, aunque sea republicana,
aquí quien manda eres Tú.
¡Estrella de la mañana!

El regreso fue aún más complicado. Al Cristo le arrojaron cascarones de huevo rellenos de gasolina. La Guardia Civil ordenó la detención de varios jóvenes que gritaban «¡Viva Sevilla católica!». Unos comunistas, o tal vez anarquistas, empujaron a los costaleros con la intención de hacer caer a la Virgen al río por el puente de Triana. Recogida la cofradía, los nazarenos que vivían lejos tuvieron que regresar en taxi. Al menos eso se contó durante los años siguientes por toda Sevilla.

11

Horacio había aceptado que varios de los concejales capillitas se pusieran a trabajar con discreción en el seno de las hermandades, y los resultados estaban siendo extraordinarios. A diferencia de los primeros años, la gran mayoría aprobaba salir a la calle si contaban con seguridad y dinero para arreglar los pasos. El Gobierno civil garantizaba lo primero y el Ayuntamiento, la subvención. Horacio pensó en la conocida fórmula de la cesión de sillas y palcos para ver el paso de las cofradías, pero la Constitución republicana impedía abonar el dinero directamente. Blasco le sugirió cómo hacerlo:

—El Ayuntamiento adjudica la explotación de la vía pública a la Junta de Fiestas Tradicionales y autoriza que esta la ceda mediante subasta a los empresarios que quieran instalar en la carrera oficial sillas y tribunas para presenciar el paso de las procesiones. El empresario recibe una parte de beneficio y otra la recauda la Junta, que lo destina a las hermandades proporcionalmente, en función de unos requisitos.

—Esos señores de la Junta, ¿cree de verdad que colaborarán? —dudó Horacio.

—¿Por ver la Semana Santa en la calle? No albergue la más mínima duda, don Horacio. Esos señores son, por encima de todo, sevillanos.

La negociación parecía encarrilada, y Horacio estaba encantado al saber que Blasco se ocupaba de un asunto del que él se consideraba completamente profano. Blasco estaba en todo, igual hasta en demasiado...

—He leído el chascarrillo de *La Unión* sobre la reunión de fuerzas vivas, pero no se preocupe. Hasta ese periodicucho está siendo discreto, señal de que el buen fin de las salidas procesionales nos interesa a todos, por economías y por respeto a la tradición. Pero hay un asunto que me preocupa.

—Don Manuel, el Ayuntamiento está dispuesto a hacer frente a la organización, y no va a ser fácil, porque ya sabe cómo se las gastan comunistas y socialistas. Están diciendo que menos dinero para santos y más para el socorro de los damnificados por las lluvias y para mitigar el paro obrero. Los partidos republicanos contribuiremos al éxito de la Semana Santa, por supuesto.

—Estoy convencido. Pero el problema no es el Ayuntamiento. Digo que hay un asunto fundamental que hemos pasado por alto y del que convendría que usted se ocupara personalmente.

—Si está en mi mano, lo abordaré, claro está. Dígame de qué se trata.

—Verá, don Horacio. Nunca debemos perder el sentido de que la Semana Santa se trata de una manifestación religiosa. Aunque las hermandades están aprobando las salidas, todo se nos puede ir al traste si no contamos con la autorización de la Iglesia, en concreto, del cardenal Ilundáin. Sería conveniente que le visitase y obtenga su consentimiento. De lo contrario, podemos tener problemas.

Horacio tragó saliva y respondió al ministro lo único que por responsabilidad del cargo podía decirle: acudiría al Palacio Arzobispal para visitar al cardenal. Cuanto antes.

Horacio acudió a ver al cardenal. Había tenido la ocasión de conocerle nada más ser investido alcalde, cuando el religioso le buscó en el ayuntamiento, pero él estaba fuera. Devolvió la visita en el Palacio con idéntico resultado, y en ese mes de marzo ya no encontró momento. Magadán de Juan le había comentado que la respuesta sobre la petición de audiencia había sido favorable, e incluso calurosa, aunque los subordinados de la autoridad eclesiástica habían solicitado conocer con anterioridad el asunto por tratar y que no se informara del mismo a la prensa. Horacio había aceptado ambas condiciones.

El alcalde esperó sentado en una sala de espera anexa al despacho del cardenal. Un sacerdote con algún cargo incierto le explicó con total intencionalidad que el cardenal había aplazado varias reformas en el edificio para hacer aquel espacio más confortable e incluir una sala privada donde colocar un retrato de Su Santidad Pío XI, si bien la estrechez económica de la Archidiócesis, sobrevenida tras el cambio de régimen, se lo había impedido. Horacio esperó más tiempo del deseable hasta que le hicieron pasar. El despacho le resultó excesivamente modesto, con las paredes vacías, salvo un pequeño crucifijo en la pared. Al fondo, el cardenal permanecía sentado en una mesa de escritorio, removiendo papeles. Se levantó cuando advirtió la presencia de un extraño. Horacio comprobó que el cardenal Ilundáin era un hombre alto, de constitución robusta; cabeza formada y pelo canoso, más escaso por delante; frente ancha y despejada; los ojos azules cubiertos de cejas elevadas y bien arqueadas; la nariz un poco ancha; las mejillas algo sonrosadas; la boca apacible, y la tez delicada. Vestía con el traje arzobispal morado, menos majestuoso que el ferraiolo cardenalicio.

—Don Horacio, ¿cómo está usted? Supone para mí un grato honor recibirle. Por favor, sentémonos a esta pequeña mesa para conversar.

Horacio se acomodó en una discreta silla y dejó los papeles que le habían preparado sobre la mesa. El cardenal se movía con ademanes corteses y agradables, con un aire de dignidad característico en los altos representantes de la Iglesia católica. Al recogerse los bajos, Horacio pensó en las faldas de su difunta madre.

—Ilustrísima, con todo mi respeto. Acudo a visitarle en primer lugar para saludarle tras mi llegada a la alcaldía. Conozca que mi intención es la de colaborar en el marco jurídico y de relaciones que nos corresponde.

—Muy estrecho, he de decirle. No sentimos que exista mucho aprecio a la labor que realizamos —puntualizó el cardenal.

—Estimo que igual es oportuno recordarle que hace cinco años esta república reformista se definió como un Estado laico, en similitud con otros sistemas republicanos europeos, donde todas las creencias están en pie de igualdad.

—No solo es laica, sino claramente anticlerical. ¿Qué me dice de la retirada de los haberes del clero, de la sustitución de la enseñanza religiosa y de la disolución inmediata de la Compañía de Jesús, cuyos miembros fueron expulsados y desposeídos de su patrimonio? —añadió Ilundáin.

—Los cambios están siendo ajustados en el tiempo y respetuosos. Como seguro entenderá, estos asuntos tienen entidad para que usted los discuta con un ministro o con el propio presidente de la República, donde encontrará interlocutores apropiados. Como alcalde, le estoy muy agradecido por la recepción, y me gustaría tratar temas municipales si le parece bien.

—Hablo con muchos alcaldes del territorio de la Archidiócesis, señor Hermoso. No se puede usted hacer una idea de los ataques a los curas y a la propia religión en muchos de los pueblos de estas provincias, ni se lo imagina. No permiten tocar las campanas, han arrancado las cruces de las plazas públicas, hay templos convertidos en establos, nos prohíben los entierros en camposantos… El miedo a que nos pase algo es atroz.

—Por suerte, en nuestra ciudad la convivencia y el respeto a las religiones y confesiones están normalizados. —Horacio se ajustó las gafas y tomó una de las carpetas azules que portaba—. Ningún religioso ha fallecido por violencia política en Sevilla, ni en la provincia, desde que se instauró la Segunda República. Tampoco en el resto de España, déjeme decirle, a excepción de los días negros de Asturias.

—Esa información es errónea —protestó el cardenal.

—Revise usted sus datos y puede cotejarlos con los míos. Insisto: ningún religioso ha fallecido por violencia política durante la República —recalcó Horacio.

—Señor alcalde, puede usted enseñar los papeles que quiera, pero, por favor, hable exclusivamente de lo que conoce. Los ataques a la religión católica son continuos —le amonestó el cardenal.

—Así lo deseo, si su eminencia me lo permite. Sin embargo, el motivo para esta reunión es otro.

—Estoy informado. Quería mantener esta conversación con usted para conocerle personalmente y saber de sus planes, no solo los relacionados con la Iglesia, sino con sus gentes. Sabe usted que, a pesar de la situación en la que nos encontramos, he contribuido con generosos donativos para los damnificados por las lluvias. —Horacio asintió en agradecimiento—. Sobre lo que le ocupa, la decisión de los desfiles procesionales, le podría aburrir con el sentido litúrgico de la manifestación religiosa y la posición de la Iglesia, pero llevo bastantes años aquí para comprender el fenómeno, así que, por respeto a su persona y al limitado tiempo que tiene disponible, le diré que las hermandades son autónomas. Nada puede hacer mi persona salvo aceptar lo que decidan los respectivos cabildos.

—La cuestión es que los cabildos están aprobando salir, en una mayoría suficiente como para augurar que este año sí tendremos desfiles procesionales en Sevilla.

Ilundáin conocía de sobra a las hermandades. Nada más aterrizar en el 21, se propuso meter en cintura la religiosidad popular de Sevilla. Su carácter carlista e integrista, forjado en el seno de una familia navarra de hondas convicciones, le encomendaba la misión de librar a la Iglesia del sur de España de sus artificios y pomposidad. Había dirigido una carta a todas las hermandades donde indicaba varias supresiones ante los abusos que, en su opinión, venían ocurriendo en las procesiones. Le molestaban las largas paradas que producían las saetas, cantadas por artistas profesionales del arte flamenco, así como otras detenciones para complacer los deseos y peticiones de colectivos o particulares, y las restringió a las oficiales (la Campana, el ayuntamiento y las puertas de la Catedral). El navarro cuestionó la cada vez más frecuente presencia de mujeres como nazarenas y limitó esta posibilidad a las hermandades con más de treinta años de tradición y en un máximo de cuarenta mujeres. Por último, ordenó que no desfilaran pasos en la calle el Viernes Santo desde las nueve de la mañana hasta las primeras horas de la tarde, a excepción de San Isidoro de Triana, que tenía hasta las diez para regresar, por lo que restó horas en la Madrugá a la Macarena, al Gran Poder y a los Gitanos. Por si las hermandades no estuvieran suficientemente molestas con su gestión, Ilundáin les envió una nueva carta en la que estableció un tiempo limitado de cinco años para el desempeño de los cargos, en un intento de sacar de las cofradías a las familias con las que estaban identificadas. ¡Cómo se las gastaban las mujeres del barrio de la Macarena que pringaron al candidato que quería imponer el Arzobispado de manteca teñida de añil! Ilundáin perdió la batalla con las hermandades, que seguían dirigidas por un puñado de familias conservadoras, muy significados por su militancia en las agrupaciones políticas monárquicas y en los partidos de derechas recién creados.

—Estoy informado de ello. Como le digo, se trata de una cuestión que no me corresponde. Son libres y así lo han decidido —aseveró Ilundáin.

—Le sorprenderá el cambio de parecer, como a mí me sorprende su opinión. Porque usted mismo ha expresado su negativa a las salidas procesionales —le rebatió Horacio.

—Si se refiere a los primeros años de la República, sí, mi opinión fue conocida, y sigo pensando de idéntica manera. No hay lugar, mientras se está atacando a la Iglesia, a que se celebre la Semana Santa en la calle, sino en el recogimiento de las iglesias para rogar por el fin de esos ataques.

—No veo dónde están los ataques.

—Es usted masón, ¿verdad? No hace falta que me lo confirme. Le hablaré de ataques si lo solicita. ¿Le suena la quema de iglesias y conventos religiosos?

—Injustificados siempre. Las autoridades republicanas han perseguido a los autores. Otra cosa es que no le convenzan las explicaciones, pero siempre se han investigado.

—En mayo de ese 31, más de un centenar.

—Conoce usted lo que sucedió. Inauguraron en Madrid un círculo monárquico, se reunió gente y corrió el rumor de que habían matado a un taxista durante un forcejeo con los nostálgicos del rey. La ola se extendió por Madrid y Málaga, y en Sevilla el Círculo de Labradores y la Unión Comercial izaron la antigua bandera, provocando a los exaltados.

—¿Lo justifica usted? Me hubiese gustado que estuviera aquí presente. Intentaron quemar este palacio, conmigo dentro. Quemaron San Buenaventura y, aunque se roció la entrada con gasolina, los guardias civiles evitaron el incendio. Continuaron con el convento del Espíritu Santo, y varias prostitutas pusieron en fuga a los incendiarios a bofetadas y taconazos. Tampoco lograron quemar el convento de San Leandro, porque el hermano de una de las religiosas se enfrentó al grupo. Ardió la capilla de San José de la calle Jovellanos, y los seis frailes de la comunidad lograron escapar de tejado en tejado. Asaltaron e incendiaron el colegio de los jesuitas en la plaza de Villasís y, cuando llegaron los bomberos, una turba les bloqueó el paso. La iglesia del Buen Suceso fue asaltada por más de cincuenta personas. Intentaron incendiar la iglesia de los jesuitas en la calle Trajano, el convento de los salesianos, el de las reparadoras, el de las mínimas y el de los paúles, y quemaron el colegio de las carmelitas.

—Me habla usted como si yo mismo hubiese cogido un bidón de gasolina... Fueron los menos beneficiados y más vulnerables los que cometieron los delitos. Le insisto: nada más lejos de la realidad que los republicanos provoquemos la iconoclastia, que ha existido siempre como respuesta a los privilegios de la Iglesia.

—Me da pavor que piense de esa manera, señor Hermoso, pero los católicos no podemos permitirnos más ese temor. —El cardenal se levantó y comenzó a andar por el despacho, con aire preocupado—. Por ello recomendé a las hermandades que no salieran, ni en el 32 ni en el 33. Por el miedo a que nos incendiaran las imágenes a las que tenemos devoción desde hace siglos.

—El Ayuntamiento hizo todo lo posible para que salieran. El exalcalde Labandera lo tenía todo organizado, y confirmó que desfilaría con las autoridades en el Santo Entierro, la oficial de la ciudad. Pero fue usted quien impidió que las cofradías marcharan en el 32.

—Salvo la Estrella.

—Salvo la Estrella.

Horacio volvió a sus papeles. Le entregó una carpeta al cardenal, que en principio el prelado rehusó mirar, pero, a continuación, le pudo la curiosidad. Se encontró unos recortes de periódicos.

—¿De qué se trata? —preguntó el cardenal.

—He preparado esta carpeta para usted. Puede comprobar las fechas de los asaltos a iglesias y conventos. No son espontáneos, siempre están relacionados con respuestas a provocaciones.

—No le otorgo ningún crédito a esa suposición.

—Compruébelo. Es curioso que no se han producido ataques al patrimonio de la Iglesia mientras gobernaban las derechas republicanas. La razón no es, como pudiera pensar, que hubo mayor seguridad; fue la inexistencia de agresiones al régimen republicano y, por lo tanto, de reacciones.

—Señor alcalde, ignoro cuál es el propósito de esta visita, pero sepa que no me ha resultado nada agradable. Creo que tiene usted una posición dogmática, tolerable hacia las persecuciones. Esperaba que usted fuera un hombre de consenso, como dicen, aunque sus referencias sean otras: masón y colaborador de los comunistas. Respetaré, como he hecho siempre, la decisión de las hermandades, y entrarán en la Catedral si así lo solicitan. Pero, en cuanto a mi persona, le ruego que evite un acercamiento. Usted ni es cristiano ni buena persona. Le ruego que se marche.

Horacio se marchó sin besarle el anillo.

12

El cardenal quedó impresionado por la grosería y el desparpajo del alcalde, quien había negado las evidencias de los ataques a la religión católica. Él podía hablar con conocimiento. Permanecía recluido en el Palacio Arzobispal desde hacía seis años, incluso en verano; lejanas ya en el tiempo quedaban las visitas a la finca de campo en las afueras de Pamplona de las que disfrutó en su infancia. Seguía aquejado de unas dolencias de estómago insoportables, y sus quehaceres diarios apenas le permitían reposo, pero la cuestión principal era la intranquilidad social tras el cambio de régimen. Se sentía responsable de un millón de almas en la provincia —también de Huelva, de gran parte de Cádiz e incluso de Córdoba y de Málaga, hasta donde alcanzaba la impresionante Archidiócesis— y temía que su ausencia provocase una desgracia, que cualquier decisión del Gobierno o un ataque de la turba, comparables para él en insensatez y violencia, amenazara otra vez el crédito de la Iglesia en su territorio.

El aciago 14 de abril un grupo de incontrolados habían asaltado el Palacio Arzobispal e intentado forzar las ventanas, hasta que algunos de los que jaleaban abajo les apercibieron de la ilegalidad. Los exaltados habían logrado colocar en la sede arzobispal la bandera republicana y la socialista. Al día siguiente, llegó una manifestación aún más numerosa para cambiar la bandera republicana, de tela mala, por otra más decorosa. Exigieron que el palacio y la Giralda enarbolaran la enseña. El cardenal se negó y pasó el apuro. Pero, cuando fue a votar en las elecciones, ejerciendo su derecho de elegir a representantes que defendieran la religión y la Patria, se encontró tiradas por el suelo papeletas con el lema: «Eustaquio Ilundáin. Partido de los Criminales». Al llegar a la urna, nadie se levantó; se le pidió el nombre completo, la cédula y se le citó como el doscientos ocho. Ese mismo febrero del 36, superando sus miedos, había vuelto a ocupar un puesto en la cola, aunque esta vez sí le habían dejado pasar.

Sin que se hubiese rebajado del todo la crispación, Ilundáin decidió no rebatir la petición del alcalde sobre las salidas procesionales. Llevaban cinco años de república, los dos últimos gobernados por las derechas, y, pese al gobierno actual de partidos ignominiosos, con comunistas y socialistas que dictaban las normas de convivencia, la oposición a los desfiles debía ser más una cuestión de la moralidad de las gentes que un dictamen suyo. Había aprendido de experiencias pasadas y sabía que, si la decisión entusiasta de las hermandades, más folclóricas que católicas, era salir, a él solo le quedaba erigirse en autoridad moral. No volvería a enfrentarse a las hermandades, tenía todas las de perder.

Llevaba el tiempo suficiente, más de quince años, como para conocer a las gentes sevillanas. Se encontraba en una ciudad muy cristiana, y mariana como la que más en el mundo, pero muy poco católica. Esos señoritos burgueses apenas contribuían con la Iglesia.

Había que encontrar otros modos de hacerse respetar.

Esa misma primavera le visitó alguien que pasaba unos días de estancia en Sevilla y quería saludarle. Ilundáin aceptó, y al poco entró vestido de paisano un señor bien compuesto, muy alto, casi gigante, al que reconoció de inmediato, el general Gonzalo Queipo de Llano. Tras recibir toda clase de halagos, algunos inoportunos, el cardenal conoció el verdadero motivo de la intempestiva visita. Queipo le informó de los planes para volver a la normalidad, a lo de siempre, a las tradiciones propias del país, arrebatando el poder al indigno gobierno del Frente Popular. Ilundáin reaccionó con curiosidad y un punto de aceptación, hasta que el militar entró en detalle:

—Cuento con ciento ochenta hombres… y con Dios.

—Jesús, qué locura —respondió el cardenal sorprendido por el escaso número de efectivos planeados para conquistar Sevilla la Roja.

Queipo de Llano, sin dejar de reírse, aseguró a Ilundáin que, una vez saliera victorioso, propagaría a los cuatro vientos que él creía en Dios más que el propio cardenal.

El religioso le despidió con un discurso templado, y se apresuró a rezar a la pared. Las primeras palabras que se le vinieron a la mente fueron el lema de su pontificado: *Omniam honeste et secundum ordinem fiant.*

13

Al salir del Palacio Arzobispal, Horacio encendió un puro y caminó despacio hacia el ayuntamiento. Al llegar, su hermano Fernando le informó de que Blasco deseaba hablar con él por teléfono.

—Dice que va a respetar la decisión de las hermandades.

Blasco saltó de alegría y dedicó halagos a Horacio. Su satisfacción era evidente.

—El camino está despejado si el cardenal ha dado su autorización —dijo el ministro—. Las hermandades están por encima hasta del cardenal y, tras cinco años de república, ya han tenido bastante de política. En el 32 la boicotearon y en el 33 lo mismo, pero en el 34 salieron las que no estaban manipuladas y en el 35 todas, las cuarenta y seis, con mayor motivo al estar gobernando las derechas. Ahora lo del Frente Popular les debería suponer una anécdota, porque lo que quiere un cofrade es ver a su Cristo y a su Virgen ovacionados por las calles. Ha hecho un buen trabajo, señor Hermoso, más teniendo en cuenta que estos asuntos parecen no interesarle. ¿No ha querido nunca entrar en una hermandad?

—No, nunca. Me inicié en la masonería porque tiene esa actividad benéfica de la que carece la Iglesia, más allá de que el cardenal dé algún donativo y de que las hermandades intenten suplir esa misión, pero me decanté por otro tipo de organización. Usted fue masón, ¿verdad?

—Sí, un tiempo. Dejé de pagar las cuotas y de asistir a las tenidas, me desinteresó. Sin embargo, en el Silencio siempre he estado al corriente de los pagos, supongo que se trata de nuestra cultura, es algo que tenemos arraigado. Verá, tengo una teoría: esta Semana Mayor sevillana no es ni mucho menos el producto de una beatería retrógrada, sino la exteriorización de un afán popular de belleza que se concretó en el aspecto religioso por influencia del espíritu del tiempo en que floreció la iniciativa de acunar las cosas bellas en torno a la idea pura de la creencia. Pero le digo una cosa: si en aquel entonces hubiera predominado la tendencia a las cosas profanas, Sevilla habría creado otro tipo de manifestación para exhibir sus vocaciones artísticas dominantes, de carácter absolutamente profano.

—Es una ciudad que muchos han querido teorizar, no me siento capacitado. Le agradezco enormemente su ayuda. La Semana Santa es una manifestación con muchas aristas, un universo en sí misma.

—Lo está haciendo muy bien, puede estar tranquilo.

—¿Con el dinero que saquemos por la subasta de las sillas será suficiente? Tengo muchas dudas sobre cómo podemos hacerlo, demasiados intermediarios —preguntó Horacio.

—Hay una persona que le serviría de gran ayuda. Diría que es el mejor conocedor de la Semana Santa en toda Sevilla. Solo hay un problema: fue monárquico y ahora de las derechas católicas. Es concejal de su oposición en el Ayuntamiento, acude a veces, pero mejor que vaya a buscarle, no hay tiempo que perder. Puedo decirle por dónde se deja ver y probar, no tiene usted nada que perder... bueno, hágalo con toda la discreción posible, por los recelos de los camaradas.

—Tiene usted siempre encargos fáciles para mí, por lo que veo —suspiró Horacio.

El Frente Popular gobernaba con mayoría y las derechas comenzaron a ausentarse de la actividad municipal. Algunos aparecían de vez en cuando por los plenos los sábados por la noche, y a veces se quedaban un rato y luego se iban, a excepción de cuando los asuntos a debate tenían un componente católico. Entonces sí que asistían y se hacían notar. El portavoz de este grupo se llamaba Manuel Bermudo Barrera, exconcejal de Fiestas Mayores y hermano de Miguel, el presidente de la Federación de Cofradías y el secretario general de Acción Popular, el partido mayoritario en la CEDA. Horacio encontró a Bermudo en el bar Ortiz, frente a la Catedral.

—Hola, señor Bermudo. ¿Tiene unos minutos? —abordó Horacio al concejal, que tomaba en la barra un vino y una tapa de paella.

—Hola, señor alcalde, no le esperaba. Por favor, ¿quiere acompañarme? ¡Niño! Prepara una mesa para dos.

—Gracias, desayuné muy temprano esta mañana, me vendrá bien un descanso.

—Por favor, hace tiempo que deseaba tratar con usted. Puede llamarme Manuel. Por encima de toda ideología, mi partido prometió en su sesión de investidura que colaboraríamos si se nos requería.

—Señor Bermudo, le seré sincero. Las hermandades necesitan recibir una subvención municipal para salir esta Semana Santa. He venido a buscarle, por su experiencia.

—Debería haberle visto venir —mudó el gesto Bermudo—. Don Horacio, le aseguro que hay pocas cosas en la vida que me causen tanta felicidad como ver las procesiones de mi tierra en la calle. Pero todo tiene un coste, y lo que quieren hacer ustedes, el Frente Popular, es indigno con los católicos. Durante mucho tiempo los cofrades hemos mirado al cielo para saber si íbamos a procesionar. Como lo desconocemos, rezamos, porque tenemos fe. Ustedes nos han querido quitar hasta esa esperanza.

—Todo lo contrario. Voy a hacer todo lo posible para que la Semana Santa salga —dijo Horacio. Bermudo ladeó la cabeza de lado a lado, pero sus palabras fueron en dirección contraria.

—¿Qué necesita de mí?

—Quiero saber cuánto dinero necesito.

—Unas ciento cincuenta mil pesetas, redondeando, porque hay que meter algo para el cabildo por los gastos de preparar la Catedral, para el maestro de capilla por el miserere, para la banda de música de los huérfanos de la Guardia Civil y algo para los cantaores y para algún imprevisto.

—¡Eso es una barbaridad!

—Lo más importante lo tienen, y es que las hermandades desean salir, así lo han decidido. Necesitan entre mil quinientas y cinco mil pesetas, unas más, otras menos. La Estrella o los Gitanos, para salir en procesión con sus dos o tres pasos cuajados de flores, con sus bandas de música y con sus cirios para los nazarenos, requieren no menos de cinco mil pesetas. El Gran Poder o el Silencio gastan mucho más, pero la subvención la condonan o la destinan a casas de beneficencia.

—¿Cuánto puedo sacar por las sillas?

—En nuestra carrera oficial caben unas veinticinco mil sillas, no más. A seis pesetas la más cara el Jueves o Viernes Santo, y a una peseta la más barata, puede sacar unas cien mil pesetas. Ningún empresario va a pujar por más, es un riesgo, el margen de beneficio para ellos es corto, pero yo saqué ciento treinta mil pesetas el año pasado.

—¿Y el resto? —preguntó Horacio.

—El resto tiene que ser por las tribunas y los palcos en la plaza de San Francisco. De las primeras, olvídese, son invitaciones para la Corporación Municipal, unos doscientos asientos, y otros trescientos para la Audiencia Provincial, los funcionarios de la carrera judicial y sus familiares. Los palcos sí son fundamentales. Fíjese en las cuentas. Por cada palco, con seis asientos para la familia o los amigos, se puede sacar a doscientas cincuenta pesetas el abono semanal. Si deja usted unos cincuenta o sesenta para las autoridades que lleguen de Madrid, la prensa, los representantes diplomáticos…, le quedan unos doscientos libres.

—Parece interesante. Cuadran las cuentas —dijo Horacio.

—Lo interesante es que los adjudique el propio Ayuntamiento, sin intermediarios. A doscientas cincuenta pesetas, obtiene las cincuenta mil pesetas que le faltan. El año pasado tuve que hacer una inversión porque, los años que no se utilizaron, se emplearon los caballetes para otros menesteres o fueron cortados, y tuve que comprar una gran cantidad de maderas nuevas. Eso supuso un gasto de la mitad que pensaba recaudar. Pero usted tiene ese material nuevo en los almacenes municipales.

—Pero ¿quién se va a gastar doscientas cincuenta pesetas en un palco, por favor? Con eso vive una familia tres Semanas Santas.

—Dispongo del listado. Es público, salieron en *ABC* tanto los que renovaban como los que solicitaban nuevas concesiones. Se lo haré llegar si me dice cómo.

—En el ayuntamiento, pregunte por mi hermano Fernando, o mejor por el señor Magadán de Juan, el concejal, es de mi absoluta confianza. —Bermudo anotó los nombres en una pequeña agenda—. Recapitulando, son dos frentes: sillas por un lado y palcos por otro. Se me hace un mundo, señor Bermudo.

—Es comprensible, si usted no tiene fe.

—Lo conseguiré, no le quepa duda. Usted lo verá.

—Ya se lo he dicho, no hay nada en el mundo que me complazca más que ver a los sevillanos disfrutar de su Semana Santa.

14

Horacio acudió al Gobierno civil para hablar con el gobernador sobre la subasta de las sillas. Ricardo Corro, granadino que apenas llevaba unos meses en Sevilla, conocía lo básico, y la información proporcionada por el alcalde le pareció de gran utilidad. Al gobernador le preocupaban los incidentes que le referían sobre abusos en los precios de las sillas, presentadas sobre todo por turistas. Corro acordó con Horacio, con el fin de evitar abusos, aprobar unos precios máximos de venta al espectador y prohibir la reventa. No podría venderse la silla por más de seis pesetas al día, que eran las de primera fila del ayuntamiento y la platea delante de los palcos los días grandes, Jueves y Viernes Santos, y el resto de días cinco pesetas en la plaza. El Jueves y Viernes Santos el precio era de cinco pesetas en la Campana y Sierpes, cuatro en la avenida de la Libertad y dos pesetas en la carrera oficial. El resto de la semana el precio en la carrera oficial era de entre una y dos pesetas. Para hacer más atractiva la operación para los pujadores, el Ayuntamiento delimitó las parcelas en treinta y dos tramos de la carrera oficial, desde la Campana hasta la calle Moret. Horacio y Corro tenían la total confianza de que habría empresarios suficientes para arrendar las parcelas. Durante toda la semana publicitaron el sistema, una subasta mediante puja a la llana, es decir, en voz alta, y donde ganaría el precio más alto, lo que permitiría a los silleros acudir por primera vez sin intermediarios. Horacio estaba de los nervios cuando fue como espectador al local de la Cámara de Comercio, el martes previo al Domingo de Ramos. Para sorpresa de todos, la primera de las rifas quedó desierta. Blasco llamó a Horacio.

—¿Está seguro de que el cardenal le confirmó su apoyo a que salgan las cofradías? Le dije que era lo más importante. No conoce hasta dónde llegan las redes de la Iglesia. Si el cardenal no quiere que salgan, no van a salir.

—Señor Blasco. Me lo garantizó. Habló del miedo, pero le aseguré que no les pasará nada, habrá policías y guardias civiles de sobra, el gobernador da su palabra.

—El cardenal está hablando de otro miedo, don Horacio, es su lenguaje. Es el miedo a la inseguridad ciudadana porque gobernamos nosotros. Estas clases pudientes son enormemente cobardes, piensan que los anarquistas o los comunistas les van a poner una bomba debajo de la silla solo por llamar la atención. Si el cardenal no les tranquiliza, estamos condenados. Jamás lo conseguiremos.

Tres días más tarde de la primera subasta, el Viernes de Dolores, el gobernador volvió a convocar una subasta a mediodía, a unas horas del inicio oficial de la Semana Santa. Por la mañana, el *ABC* de Sevilla había publicado:

(…) barruntos de dificultades para la salida de las cofradías. Codicias de mercadeo o temor —no sabemos si fundado— a perder las pesetas invertidas en sillas han alzado el obstáculo. Quienes administran y representan el más augusto caudal emocional y artístico de Sevilla no han podido hacer más.

De nuevo en la Cámara de Comercio no se presentaron postores suficientes. Horacio confirmó las sospechas de Blasco de que alguien estaba propagando que nadie en su sano juicio acudiría a ver una Semana Santa en Sevilla con un gobierno del Frente Popular. Los silleros no expondrían sus pesetas para perderlas. Ante la prensa, el gobernador atribuyó el boicot «exclusivamente al afán de lucro de los arrendadores de sillas, que no han tenido en cuenta los intereses de la ciudad y han pretendido hacer granjerías de las facilidades ofrecidas por todas las representaciones que con el mejor deseo intervienen en el asunto».

A la desesperada, Ricardo Corro convocó una nueva subasta a las seis de la tarde. Lo único que logró fue la adjudicación de diez de las treinta y seis parcelas, unas dieciocho mil pesetas, lo que alcanzaba para apenas cuatro de las cuarenta y cuatro hermandades anunciadas. Las impresiones eran pesimistas y el gobernador comenzó a preparar una nota explicando los motivos de la no salida de las cofradías, pese a los buenos propósitos de la comisión organizadora.

¿Qué había pasado? El Gobierno de Azaña había puesto de su parte con el retraso de las elecciones municipales para no interferir en la celebración, y había garantizado el orden público. El Ayuntamiento del Frente Popular había declarado festivos tanto el Jueves como el Viernes Santos para que no cupiese duda del apoyo a la Semana Santa, concediéndole el título de fiesta grande que en los inicios de la República correspondió a la Feria. Horacio les había contado a los periódicos que las cofradías contaban con la autorización del cardenal Ilundáin. La potente radio sevillana, con capacidad para llegar a toda España y parte de Marruecos, llevaba días invitando a los turistas. Los pasos estaban preparados, a la espera de los arreglos florales y los cirios para los nazarenos. En la calle, los capillitas tertuliaban sobre las novedades de cada cofradía.

Pero la subvención del Ayuntamiento no alcanzaba.

Los Ybarra, Del Camino, Bermudo, Abaurrea y el resto de los hermanos mayores de las más importantes cofradías sevillanas acudieron a ver al gobernador ese viernes a las ocho de la tarde. Le rogaron que intentase una última gestión para la adjudicación de las sillas que permitiese de manera indirecta una subvención del Ayuntamiento, ya que habían anticipado grandes gastos confiados en esta solución económica. El gobernador llamó a los miembros de la Junta y a los empresarios de las sillas. Horacio asistió a la reunión y comprobó sus peores presagios: corría el rumor de que nadie acudiría a Sevilla por temor a la violencia, y los empresarios no querían exponerse a perder la inversión.

—¿Quién les ha dicho eso? —preguntó Horacio—. Hemos hecho una campaña de promoción muy grande, con mucho dinero. Tenemos constancia por las agencias de viaje de que van a venir autobuses fletados. Harán ustedes negocio, seguro.

—¿Han comprobado quiénes han manifestado su propósito de ocupar los palcos? —dijo uno de los silleros, apellidado De las Heras.

Horacio se quedó anonadado. Se le había pasado por completo. Ordenó a Magadán que acudiese de inmediato a pedirle al responsable de la oficina un listado de quién estaba renovando o solicitando palcos. Magadán tardó menos de media hora y nada más regresar le entregó a Horacio una carpeta con papeles. Horacio encontró más espacios en blanco que rellenos. Justo estaba a punto de tirar la toalla cuando de la sala de reuniones salió un clamor. Corro le informó a la carrera de que habían llegado a un acuerdo sobre los precios de las sillas; los hermanos mayores, eufóricos, estaban celebrándolo en la calle, donde numerosos cofrades estaban esperando que se pronunciara la ansiada noticia y clamaban por que el gobernador saliera al balcón a saludar.

—Don Horacio, don Horacio, lo hemos conseguido. Hemos cambiado las condiciones y, aunque consigamos menos dinero, hemos completado las licitaciones. Todas las parcelas están adjudicadas.

—¿Un poco menos de dinero, dice? Señor Corro, quiero comentarle una cuestión. —Horacio encerró al gobernador en un despacho—. Le expliqué las cuentas. Las sillas el año pasado supusieron unas ciento treinta mil pesetas. Necesitamos más que nunca la ocupación de los palcos. Y, mire, este es el listado de quienes han solicitado renovarlos y, en estos otros papeles, las nuevas solicitudes.

—No puede ser. Aquí no hay nadie.

—Eso es, a ver ahora cómo lo explicamos. Igual han estado esperando a que haya desfiles para confirmar, pero igual nos quieren boicotear. No se extrañe lo más mínimo. —Corro examinó de nuevo los papeles. A un lado, quienes ocuparon los palcos en el 35; al otro, muy pocos, quienes habían solicitado renovarlos.

—Bueno, podíamos sospechar que la aristocracia haría lo imposible por impedir las procesiones. Pero no solo son grandes propietarios, sino también personajes destacados de la burguesía sevillana, incluso propietarios de comercios. No son ni requetés ni falangistas, ni siquiera monárquicos alfonsinos —dijo Corro.

—Pues declararemos que las clases pudientes de esta ciudad no han querido que se celebre la Semana Santa. No se puede explicar de otra manera.

—Estamos en nuestro derecho de argumentarlo así, pero habremos incumplido con nuestro deber: que las cofradías salgan a la calle ¿Qué nos podemos inventar a estas alturas, don Horacio? La situación es límite, quedan menos de veinticuatro horas.

—Saque usted la cartera, gobernador. Toca rascarse el bolsillo.

Horacio propuso seguir adelante y que el dinero que faltara para ocupar los palcos lo abonasen ellos mismos. Corro había anunciado la celebración y, antes de dar marcha atrás al anuncio, el gobernador aceptó. Horacio llamó a Blasco, y este le confirmó su aportación. Blasco llamó al presidente de la Diputación, el médico José Manuel Puelles de los Santos, y este contribuyó con fondos propios y de la Diputación. Horacio propuso que, si faltaba mucho dinero, sería el Ayuntamiento quien abonaría la mayor parte. Ese mismo sábado la noticia era un clamor en las calles de Sevilla y, por la noche, socialistas y comunistas esperaban a Horacio en el pleno. Las tribunas de invitados estaban de nuevo llenas de sus partidarios.

A las diez de la noche Horacio Hermoso se disculpó para ausentarse del pleno. Tras una mirada circular por la sala, Horacio comprobó que los concejales republicanos que podían sustituirle estaban ausentes y cedió el sillón a quien correspondía, el segundo teniente de alcalde, Delicado.

—¡Señor alcalde, lo que es menester es que ocupe yo este sillón las veinticuatro horas! ¡Vería cómo viene el dinero de los bancos! —dijo Delicado al tomar el mando.

Por primera vez en la historia, los ediles pidieron la palabra a un alcalde camarada. Mientras tanto, Horacio acudió a los estudios de Unión Radio, aprovechando una emisora de 60 kW con amplitud para ser la más importante del país tras la estación nacional:

«Ciudadanos españoles, me cabe en estos momentos el alto honor de ser el representante de Sevilla y en calidad de tal acudo al micrófono de Unión Radio para dar a todos los pueblos de España mi más sentido saludo y enviarles, junto con el sonido de mis palabras, un abrazo fraternal, en el que Sevilla pone toda la emoción de su alma. Cumplo este deber, que para mí es motivo de vivísima satisfacción, y cumplo también el de comunicaros que Sevilla republicana se dispone a establecer una comunión entre su espíritu político actual y sus tradiciones más castizas, que tienen el respeto máximo de nuestro pueblo, como corresponde el cumplimiento de la Constitución de nuestra República, que es y ha de ser régimen de libertad. Sevilla, pues, os anuncia la celebración de sus fiestas tradicionales, que le dieron justa celebridad y fama, que habrán de encontrar el marco adorable de esta ciudad en primavera y el ambiente que cautivó siempre a cuantos la honraron con su visita, producto de la aristocracia de espíritu de este pueblo bueno, artista, efusivo y alegre, que tiene siempre para todos la ofrenda constante de sus mejores deseos de amistad y afecto. Acudid a la invitación que os hace Sevilla, honrándola con vuestra presencia durante las fiestas primaverales, seguros de que lograréis satisfacer una emoción artística, una emoción de belleza y alegría ambiente, que os proporcionará la más íntima complacencia y, por consecuencia, horas felices que han de dejar en vuestro espíritu el mejor y más vivo recuerdo de esta ciudad, que sabrá ganaros con su arte y colorido peculiares, su jovialidad, gentileza y cordialidad. ¡Un abrazo, ciudadanos españoles! ¡Y viva la República!».

15

Los operarios municipales trabajaron desde esa noche en la instalación de las tribunas en la plaza de la República. Horacio ordenó que dejaran los palcos para la última de sus prioridades; total, tenía muy pocas reservas. En la calle, los sevillanos estaban al tanto de la última hora.

—Va a salir la nueva Hiniesta, dicen que es una fiel reproducción de la que quemaron.

—Sí, pero no tendrá su propio paso, sino que la van a poner en el mismo que el Cristo.

—Dicen que a las Vírgenes del domingo no les van a poner las alhajas, vaya a ser que haya lío y se las roben.

—La O estrena manto; dicen que no lo van a sacar por la lluvia.

—La de San Vicente estrena el palio negro que llevaba la de Loreto.

—¿Y la familia Isern? ¿Le cederá el manto este año? Iría a juego.

—La que tengo ganas de ver es a la Amargura. La Virgen estrena diadema y el señor las potencias.

—Yo al nuevo evangelista del Cristo de las Aguas de San Jacinto, lo ha tallado Yllanes.

El Domingo de Ramos, los trenes y los autobuses de línea comenzaron a llegar abarrotados, respondiendo a los llamamientos de las autoridades. A las ocho y media de la mañana el cardenal Ilundáin comenzó los oficios religiosos en la Catedral, con tanto fervor que había gente subida en la lápida de Cristóbal Colón. A mediodía Horacio intervino en la asamblea extraordinaria de Izquierda Republicana, convocada para retirar la propuesta de elección de candidatos a concejales a causa de la suspensión de las elecciones municipales. Sus compañeros de partido celebraron el triunfo y elogiaron a Horacio, que agradeció las felicitaciones.

A las cuatro de la tarde, los sevillanos se agolpaban a las salidas de las iglesias entre ovaciones y vítores. Los balcones se encontraban repletos de público, e incluso se cantaban saetas sin que hubiesen salido los pasos. Horacio respiró cuando le comunicaron que, desde diversos puntos, comenzaban a salir la Hiniesta, la Cena, San Juan de la Palma, San Roque, la Estrella y el Cristo del Amor, este último sin la Borriquita, porque la restauración de la imagen no había concluido. En el ayuntamiento Horacio había instalado su puesto base. Concejales y amigos venían a comentarle las novedades e incidencias. De San Juan de la Palma llegó el concejal Álvarez Gómez para decirle que había saludado a un emocionado Bermudo en la salida de la Amargura y que le mandaba un abrazo. Magadán venía de la Asociación de la Prensa, a cuyos dirigentes no les había dado tiempo a levantar la tribuna y acomodaban en sillas a familiares y amigos. A las diez de la noche comenzaron a caer unos gruesos goterones y las cofradías aligeraron la entrada, menos la Virgen de la Estrella. Los trianeros prolongaron su estancia en la calle hasta donde les fue posible y la Virgen entró a la iglesia de San Jacinto más allá de la medianoche, a las dos de la mañana. Corro trasladó al ministro de la Gobernación, Amós Salvador, la normalidad de la jornada, y tanto Blasco Garzón como Martínez Barrio felicitaron al gobernador, a quien «le rogamos a su vez lo haga al pueblo de Sevilla por la prueba que ha dado de cariño y respeto a sus tradiciones».

Bien temprano, Horacio corrió el lunes al quiosco. Los periódicos compartían el entusiasmo de la jornada vivida. *El Liberal* solo destacó como aspecto negativo que «no hubo palcos en la plaza, ¡ya los habrá otro año!». El católico *El Correo de Andalucía* subrayó que en la plaza de San Francisco no hubo representación alguna del Ayuntamiento y por ello las cofradías no se detuvieron ante el edificio.

Horacio mantuvo sus instrucciones: él y sus concejales se encontrarían trabajando, no presenciando los desfiles. El lunes la mejor noticia fue que procesionaron en perfecto orden las tres cofradías previstas: el Museo, las Penas de San Vicente y el Cristo de las Aguas de San Jacinto. La afluencia de público en la calle fue mayor que el Domingo de Ramos, y Horacio comenzó a convencerse de que, finalmente, habían ganado al miedo. Pero un enemigo, al menos igual de temible, aguardaba.

El Martes Santo, mientras llegaba gente de todos los rincones que copaban los hoteles y traían automóviles de matrículas del resto de España y de otros países, el día comenzó con aguaceros. Ya se conocía que faltaría la Santa Cruz, la única de todas las hermandades en el 36 cuyo cabildo había votado en contra de procesionar. A las cuatro de la tarde salió el paso de San Benito, pero se tuvo que volver en medio de un diluvio para que el manto del cristo no sufriera más desperfectos. De San Esteban salió el paso y, a los pocos metros, tuvo que buscar refugio en la Casa Pilatos. Solo cuando la lluvia amainó, San Esteban continuó hasta la Campana y acabó en la Catedral. La lluvia provocó que los hermanos decidieran que sus imágenes quedaban a resguardo en la Candelaria, los Estudiantes y el Dulce Nombre.

Las tribunas de madera, de pequeña elevación pero suficiente para ver los pasos, estuvieron preparadas el Miércoles Santo. Las autoridades continuaron dentro del ayuntamiento, viendo los pasos desde los balcones y ventanas, perfectamente numerados y reservados. Las calles estaban llenas y la plaza de la República abarrotada de público. En su despacho, a Horacio le trasladaron que desde la salida en San Bernardo se desbordó el entusiasmo: las saetas detenían continuamente al Cristo y era imposible dar un paso. Idénticas escenas le narraron sobre los recorridos de El Baratillo, Los Panaderos, Las Siete Palabras, La Lanzada y el Cristo de Burgos.

A última hora de la tarde, Horacio convocó a los periodistas, tras varios días sin hablar con ellos. La prensa estaba encantada con el discurrir de la Semana Santa, y las preguntas eran poco afiladas. Horacio aprovechó para comentar la actualidad, ya que en Madrid finalmente había sido destituido como presidente de la República Niceto Alcalá Zamora. Su puesto lo ocuparía de manera interina el presidente de las Cortes, Diego Martínez Barrio. Sonaban varios nombres en las quinielas como próxima autoridad del país: Julián Besteiro, José Giral, Claudio Sánchez-Albornoz, Fernando de los Ríos, Ángel Ossorio y Gallardo, Teófilo Hernando, Felipe Sánchez-Román y sobre todo Azaña, lo que extrañamente molestó a Horacio. La razón era que, entre otras cuestiones, Horacio había convocado a su despacho a los periodistas para enseñarles un cuadro oficial de Azaña como presidente del Gobierno, un retrato al óleo autoría de su hermano Carlos.

—Horacio, mira que tienes tino. Va a ser el único retrato de Azaña como presidente del Gobierno en el mundo.

—Bueno, me alegraré por su nombramiento si se produce, aunque él diga que no lo desea —apostilló Horacio.

—Parece mentira que no le conozcas. Siempre dice que no quiere más responsabilidades, pero está encantado de creerse imprescindible —reprochó Carlos.

—Parece que te has hartado de tener que dibujar su cara, te entiendo. Por cierto, le has puesto la verruga más pequeña de lo que es, en realidad, creo que estás disimulando que te gusta —bromeó Horacio.

El Jueves Santo amaneció esplendoroso. Mucha animación desde primera hora y un ambiente espectacular al que contribuían las mujeres vestidas de mantilla, si bien muchas menos que en años anteriores, porque, según los comentarios en la calle, solo la llevaban las mujeres republicanas. Entre ellas, Mercedes Serra. Mercedes arregló a sus hijos y se montó en el coche oficial que los transportó al ayuntamiento, cerrado por festivo pero engalanado para la celebración. Allí les esperaba Horacio, que invitó a su familia a presenciar las cofradías. Desde las tres de la tarde fueron saliendo el Sagrado Decreto desde el antiguo convento de la Trinidad, Los Negritos, Las Cigarreras, La Exaltación, la Oración en el Huerto, la Quinta Angustia, El Valle y Jesús de la Pasión. Los pequeños Horacio y Merceditas saludaban a sus padres desde dos ventanillas en la planta alta y tenían alrededor a personas que les preguntaban continuamente si necesitaban algo. El alcalde y su mujer ocuparon sus asientos en las tribunas de madera que correspondían al Ayuntamiento.

—Horacio, estoy inquieta por los niños —dijo Mercedes al par de horas.

—Los niños están mejor que quieren, se estarán hartando de dulces y golosinas, no les falta de nada.

—Bueno, me preocupan.

—Lo que estás es aburrida de ver nazarenos, idénticos unos a otros.

—No te imaginas cuánto.

—Ve a casa y descansa. Montarse encima de esos tacones debe ser un tormento.

—¿De verdad no te importa? No quiero dejarte solo.

—No te preocupes, tengo que acudir al menos a un sitio que me han invitado. Te acompaño a recoger a los niños, les doy un beso y sigo yo con el trajín.

Horacio se despidió de su familia y acudió a la Asociación de la Prensa, donde los periodistas ofrecían un vino de honor

—Tío Pepe, de González-Byass— a las autoridades y a los miembros de la Junta de las Fiestas Tradicionales para festejar el éxito de la organización. Diego Martín Núñez era el redactor jefe de *El Liberal* y estaba de celebración porque en la semana entrante ocuparía la dirección del periódico en sustitución de José Laguillo, jubilado a su pesar tras veintiséis años al frente del rotativo.

—Señor alcalde, muchas gracias por acudir a esta recepción pese a sus múltiples quehaceres —le saludó Martín Núñez—. Me he dado cuenta de una cosa: en la plaza de la República han levantado tribunas, pero en un lateral quedan maderas que no han sido retiradas. Le he preguntado a los operarios y han evitado responderme, se nota que les tiene bien instruidos.

—Es usted muy perspicaz, permítame decirle. Esas maderas no han sido retiradas porque las vamos a utilizar.

—¿Y me puede usted contar para qué?

—La curiosidad mató al gato —respondió Horacio—. Mire, se lo voy a decir, y si quiere lo publica: este Ayuntamiento va a levantar los palcos en la plaza. Unos pequeñitos, discretos. Nos hubiera gustado tenerlos con antelación y, sobre todo, ocupados por quienes lo han venido haciendo tradicionalmente, pero, como no han querido, vamos a invitar en su lugar a los niños de los hospicios y orfanatos para que presencien las procesiones desde el lugar más privilegiado.

—Los servicios de limpieza ahorrarán en la recogida de cáscaras de gambas, desde luego —vaticinó el periodista.

Cuando los sevillanos compraron los periódicos el Viernes Santo, todavía procesionaban cientos de nazarenos del Gran Poder, el Calvario y la Esperanza de Triana. La Virgen de la Macarena entró a las dos de la tarde y cerca de las tres Los Gitanos en la parroquia de San Román, en una soleada y cálida mañana. El milagro de la Madrugá se había vuelto a producir en este 36. Regresaban a casa muchachas cojas sin zapatos a la espera de que pasara otro año para volver a salir solas; penitentes indisciplinados; costaleros exhaustos; hombres hartos de brindar con manzanilla, fatigados de pasar la noche en tabernas o prostíbulos; jóvenes con cartones rebosantes de calentitos; niños dormidos en los brazos de sus padres; caras largas de novios y novias por si tú mirabas o te miraban; rostros de cansancio e ilusión por lo vivido.

A esas horas Horacio terminaba de comprobar la solidez de los palcos, ya instalados. Comió en casa junto a su familia y, a las cinco de la tarde, regresó a la plaza Nueva a esperar la llegada de los huérfanos. De repente, una amenazante nube negra descargó una tormenta de granizo y sorprendió a La Carretería, que estaba en la plaza. Al inicio de la carrera oficial, los costaleros de la Soledad de San Buenaventura tuvieron que desfilar muy deprisa y proteger a la imagen mientras la gente se refugiaba en los cafés, bares y portales que encontraba a mano. En las iglesias decidieron quedarse el Cachorro, Montserrat, las Tres Caídas de San Isidoro, la O, la Sagrada Mortaja y la Soledad de San Lorenzo. Los sevillanos se resistían a terminar la Semana Santa y, apenas escampaba, se lanzaban a cubrir las calles de la carrera oficial, e incluso muchos resistían los aguaceros en las sillas bajo los paraguas. Los niños de los hospicios, que por fin habían ocupado los palcos de la plaza de la República, se mojaron y tuvieron que buscar refugio en el ayuntamiento. Jugaron en las escaleras y los patios hasta que, a las ocho de la tarde, con desbandada general, les organizaron en filas para regresar a los orfanatos y asilos. Horacio compró cajas de torrijas para endulzarles el sinsabor, el idéntico desconsuelo que padecían miles de sevillanos.

Aún tuvo Horacio que pasar otro trago, cuando en el siguiente pleno los socialistas y los comunistas le interrogaron:

—El señor Blasco, que es ministro de Comunicaciones y tiene bajo su responsabilidad a los telégrafos, aseguró que se produjo un intento de boicot de las élites locales, que habían enviado telegramas donde aconsejaban no venir a Sevilla y celebraban las dificultades. Continuaba diciendo que se había solucionado el entuerto económico que hizo peligrar la Semana Santa del 36 gracias a su contribución personal, junto a las donaciones del Ayuntamiento, de la Diputación y el generoso desprendimiento del gobernador civil, que habían permitido sufragar el coste de los palcos de la plaza de la República. Señor alcalde, ¿nos puede explicar qué significa esto? Me extrañan mucho estas afirmaciones sobre la concurrencia de estos niños y reclamo saber cuál fue la ayuda económica que para ello haya prestado la corporación municipal —preguntó el comunista Delicado.

—Con mucho gusto. Ante el boicot que las clases adineradas habían declarado a las sillas colocadas en la plaza de la República para presenciar el paso de las cofradías, se le ocurrió al señor Blasco Garzón que desde ellas lo presenciaran los pequeños acogidos en el asilo y el hospicio, tras aportar él cierta cantidad, otra el señor Corro, otra la Diputación y otra el Ayuntamiento, que de acuerdo con el señor García y García de Leániz será contabilizada dentro del presupuesto de festejos —explicó Horacio.

—Señor alcalde, muestro la más absoluta disconformidad con lo acaecido, porque la situación económica municipal no permite gastos innecesarios, incluso si son de leve cuantía, y que, de realizarlos, no deben dedicarse a fiestas de tal índole —continuó Delicado.

—Comparto los mismos razonamientos de los comunistas. El Ayuntamiento no puede ni directa ni indirectamente contribuir a la mayor brillantez de la fiesta religiosa. En cuanto al gasto producido, me parece improcedente que se haya realizado cuando falta dinero para el pago de jornales —compartió el concejal socialista Morgado.

—Respeto sus opiniones, pero he de manifestar mi discrepancia —señaló el concejal de Izquierda Republicana Álvarez Gómez—. Mi grupo está conforme con las explicaciones dadas por el señor alcalde: era imposible llevar con pasividad el boicot de las clases adineradas de la ciudad a las sillas colocadas en la plaza de la República, lugar siempre preferido por aquellas y, ante este hecho, nos parece bien que el mejor sitio para presenciar el desfile de las cofradías lo ocuparan los desvalidos niños del asilo y del hospicio, quizá hijos de los que constituían la generosa clase que saboteaban las sillas de referencia.

—Señores concejales —continuó Horacio—. La cantidad invertida en el alquiler de las sillas para los niños es, por su pequeñez, insignificante para perturbar en lo más mínimo el pago de jornales. Con lo hecho no se ha contribuido a solemnizar unas fiestas religiosas, porque es sobradamente sabido que la Semana Santa tiene, aparte de su aspecto religioso, el artístico, el procesional y el de festejo peculiar de Sevilla, al que acudimos todos, cada uno admirándolo bajo el punto de vista que más le interesa.

—La discrepancia con la Alcaldía no debe ser motivo de regocijo para los enemigos del Frente Popular, sino para lamentar que el Ayuntamiento haya servido de comparsa en el juego económico de la Semana Santa y que, a juicio de esta señoría, constituyó un error hacer formar parte de aquella a los niños y poner el interés del Ayuntamiento al servicio del industrial de las sillas —insistió Delicado.

—Rechazo terminantemente ambas afirmaciones, señor Delicado. En cuanto a los niños, no solo no se les hizo figurar como comparsa, sino que por el contrario la idea fue la de que ocuparan el lugar más preferente de la carrera. En cuanto al interés del industrial, para nada hubo de tenerse en cuenta, sino que simplemente se le han abonado las sillas que, con el fin ya indicado, se le alquilaron. Con esto damos por zanjado el debate. Se levanta la sesión.

16

Horacio hizo el anuncio en el pleno ordinario del Sábado de Gloria para volver a dejar sin resuello a las élites que acababan de presenciar cómo las nuevas autoridades frentepopulistas habían superado el boicot a la Semana Santa: el presidente de la Generalitat de Cataluña, Lluís Companys, a quien los militares se la tenían jurada por la autoproclamación del Estado catalán, estaba invitado a acudir a la Feria de Abril de Sevilla. Le acompañaría el flamante presidente interino de la República, Diego Martínez Barrio. Tras conocerse la noticia, Horacio leyó descalificaciones de todo tipo hacia Companys. La prensa recuperó un agravio que todavía escocía, y del que nada se podía reprochar a los dirigentes actuales: el maltrato a Sevilla con respecto a Barcelona en la organización de las exposiciones del 29. Enseguida llegó la respuesta desde la Ciudad Condal. Companys agradeció la invitación del alcalde, transmitida por el presidente del Consejo de Ministros, Manuel Azaña, y dijo que con su visita quería demostrarle a Andalucía «la gratitud de las atenciones de las que fui objeto durante mi encarcelamiento en El Puerto de Santa María». Companys había pasado de largo por Sevilla de camino al penal portuense y, al observar la ciudad, se prometió volver en libertad. Horacio Hermoso le había dado la oportunidad de reparar el agravio.

El calendario republicano se había entrometido en Sevilla con otra celebración entre sus dos grandes fiestas de primavera: el 14 de abril, la conmemoración de la proclamación de la República. La Casa Consistorial amaneció engalanada con plantas y flores que decoraban la escalera principal, el vestíbulo y las galerías de las plantas alta y baja; los ordenanzas vestían casaca y calzón corto y los guardias municipales el uniforme de gala. En la fachada lucían las banderas nacional y de Andalucía, y desde los balcones colgaban alusiones conmemorativas del quinto aniversario de la República. En la puerta principal, en un estrado, esperaban las autoridades, con Horacio Hermoso, Corro, Fernández de la Bandera y otros diputados, el presidente de la Audiencia y el rector de la Universidad; así como representantes de entidades oficiales, concejales y otras personalidades. Ilundáin delegó la invitación en su canónigo. Pasadas las doce de la mañana llegó el general Villa-Abrille, que se sumó a la tribuna y presenció con ella el desfile. Cuando pasó el último militar, el general se encaminó a bajar al andén, pero Horacio se le adelantó.

—¡Viva la República! —gritó entusiasta.

El público de la plaza lo repitió:

—¡Viva la República!

Rotas las filas, los soldados enfilaron la céntrica calle Tetuán, con la orden de regresar a los cuarteles.

A unos dos kilómetros, cruzando el parque de María Luisa, habían llegado esa mañana al Frontón Betis camiones cargados de personas de los pueblos, que enarbolaban banderas y brazaletes rojos, dispuestos a participar en una concentración socialista-comunista. Los manifestantes abarrotaron los accesos para escuchar los discursos de los líderes Delicado, Estrada y Barneto mientras cantaban «La Internacional» y clamaban la consigna de Uníos Hermanos Proletarios.

—¡UHP! ¡UHP!

—¡UHP! A por la cabeza de Gil Robles.

17

Villa-Abrille regresó al ayuntamiento tras cambiarse el uniforme y recibió las felicitaciones del alcalde.

—La celebración ha sido un auténtico éxito.

—Gracias, alcalde. Ha sido una experiencia muy gratificante. Nos hemos sentido muy acompañados a pesar de la lluvia. ¿Qué tal usted?

—Feliz, ha salido todo como estaba planificado, también el desfile. Hemos repartido cientos de kilos de pan a la población, era una iniciativa de los anteriores alcaldes que se ha mantenido. Me parece un gesto que debería perdurar, aunque algunos me digan que el reparto de pan es algo muy masón —bromeó Horacio.

—Ahora tenemos que preparar el banquete para los niños de los hospicios. Se quedaron sin ver la Semana Santa y he pensado resarcirlos de esta manera. La República debe ser generosa sobre todo con quienes menos tienen.

El balcón principal de la Diputación estrenaba un letrero iluminado de VIVA LA REPÚBLICA. El ente provincial había repartido banderas en el barrio, pero muchos vecinos ilustres habían rehusado colocarlas en sus balcones y ventanas. El patio vestía engalanado con las banderas de los colores nacionales. Bajo el dosel, se ubicaron los retratos del presidente interino de la República, Diego Martínez Barrio, y del jefe de gobierno, Manuel Azaña. A ambos lados de los políticos se colocaron alegorías del régimen y, junto a estas, con dos banderas republicanas por fondo, los retratos de los capitanes Galán y García Hernández, a quien la República otorgaba la condición de mártires. En la mesa presidencial, el presidente de la Diputación, José Manuel Puelles de los Santos, puso dos pequeñas banderas, una española y otra de Andalucía, porque este organismo llevaba años siendo el principal impulsor de la autonomía de la región. A la izquierda de Puelles se sentó Horacio, seguido por Villa-Abrille. La banda de música llegó a la carrera y, formada en el zaguán por Castillo, interpretó el pasodoble «La Giralda», el himno oficioso de Andalucía. Los asistentes, puestos en pie, aplaudieron mientras los niños y ancianos aprovecharon para comenzar a disfrutar de la comida.

—Alcalde, ¿sigue usted con la idea de invitar a Companys a la feria? —se interesó el general durante los postres.

—Sí, así se lo anticipé. Hablé con Azaña y este le transmitió la invitación, que ha aceptado —respondió Horacio.

—Es mi deber advertirle de algunas cuestiones. Companys es una persona impopular para algunos sectores. —Horacio asintió—. Por ello, debemos extremar la vigilancia. No me andaré por las ramas: es posible que alguien intente atentar contra él. Es mi deber advertirle.

—No puedo cambiar ahora la invitación, general, si de eso se trata.

—Esa no es mi intención, alcalde. Mi deber es garantizar su seguridad y la de sus invitados, y para ello me coordinaré con el gobernador civil, pero, en cumplimiento de la atención que usted tuvo con mi persona al anunciarme la visita, he de decirle que debe estar prevenido. Diseñaremos itinerarios que estén ampliamente vigilados.

—Se lo agradezco. A todos nos ha conmocionado lo que sucedió la semana pasada en Madrid. Por suerte el señor Ortega y Gasset salió ileso. ¿Tienen ustedes controlados a los falangistas?

—No sería la primera vez que saliéramos a la calle a controlarlos, pero en el caso de Companys los enemigos pueden venir desde distintos frentes, no sé si me entiende. En mi opinión, es prioritario tener controladas las azoteas y las ventanas donde puedan camuflarse personas de las que usted jamás sospecharía. —Horacio le hizo un gesto, dándole a entender que a estas alturas era difícil sorprenderle. Villa-Abrille continuó—: Le pediré permiso para ocupar posiciones en los altos del ayuntamiento, le garantizo que seremos discretos.

—Cuenta usted con mi autorización, por supuesto.

—Desde hace décadas, antes de la llegada de la República, el gran mal de este país son los pistoleros que aprovechan cualquier excusa para hacerse notar y que no entienden de ideologías.

18

La inquietud ante hechos vandálicos protagonizó la celebración del Día de la República en Madrid. Un veterano alférez de la Guardia Civil que presenciaba el desfile de paisano amonestó a un grupo que lanzó improperios al paso de la Benemérita y recibió un tiro por la espalda. Al día siguiente, Azaña condenó «el sabotaje por parte de perturbadores y de quienes difundían rumores para sembrar hostilidad en el ambiente». Esa noche la sociedad sevillana asistió conmocionada a un intento de asesinato. En la parada de la Puerta de la Carne se bajaba del tranvía el presidente de la Audiencia cuando, al empezar a caminar, un joven se agachó delante de él para atarse un zapato, pero se incorporó de repente y le disparó, lo que provocó que el magistrado cayera al suelo. Al mismo tiempo, otro individuo corpulento le disparó en su espalda. Eugenio Eizaguirre repelió las agresiones con su propia pistola, que desenfundó desde el suelo y disparó hasta quedarse sin balas, momento en el que le auxilió su escolta, que saltó del tranvía y persiguió a los malhechores. Alertados por el altercado, llegaron guardias civiles y policías y se originó un gran tiroteo. En la casa de socorro de El Prado, el médico y concejal Emilio Piqueras atendió a Eizaguirre de una herida por arma de fuego en el costado, otra en el brazo del mismo lado y otra que había entrado y salido por el muslo y que le había roto el fémur. El pronóstico era grave. El agente de vigilancia fue curado de una herida por un disparo en el muslo. Los policías entregaron al rato a uno de los pistoleros, identificado como Juan da Costa Figueredo y conocido como el Brasileño.

Da Costa era pistolero de profesión y confesó que había disparado un cargador completo de su pistola belga de calibre nueve. Da Costa, afiliado a la FAI, había sido presidente del Sindicato de Obreros Parados en el 31 y había sido detenido tras organizar unas revueltas sociales en Madrid en las que resultó muerto un guardia civil. No pisó la cárcel porque fue amnistiado antes de entrar en ella. Habían contratado a Da Costa para matar a Eizaguirre, a quien muchos se la tenían jurada pues había sido acusado de manipular las sentencias contra personas de izquierdas, como aquella en la que, como presidente del Tribunal de Urgencia, condenó a muerte al joven Jerónimo Misa Almazán, militante de la CNT-FAI, acusado del asesinato del falangista Antonio Corpas.

La mujer y los hijos de Eizaguirre pasaron la noche con el herido en el Equipo Quirúrgico. Allí acudió Horacio, quien unas horas antes había compartido estrado con el presidente de la Audiencia en el desfile por los actos de la República.

A mitad de la noche, Eizaguirre, navarro y requeté, solicitó auxilios espirituales, que le fueron administrados por un sacerdote capuchino. Los presentes temieron lo peor. Eizaguirre envió a su hijo Guillermo —todo un ídolo de masas como portero del Sevilla y de la selección española, donde jugaba como suplente de Zamora— a visitar al detenido y comunicarle que le perdonaba.

Horacio permaneció atento al estado de salud del magistrado, inquieto por los rumores y por un desborde de la paz social, avisado como estaba por el general Villa-Abrille de posibles tentativas de atentados. Pidió informes, que le detallaron el número de muertos por violencia política desde el inicio de su mandato mes y medio atrás: eran tres, un requeté y un soldado falangista en marzo, y un obrero, antiguo faísta, en abril. Le consoló leer en *El Liberal* una entrevista con el conde de Romanones, uno de los grandes terratenientes de España y monárquico de Alfonso XIII, que había regresado para la Feria y anunciaba que permanecería en su finca de Castilleja de la Cuesta hasta final de mes. Decía Romanones que «Sevilla ofrece una tranquilidad encantadora, que no creo pueda alterarse».

Horacio continuó trabajando en los asuntos municipales. Visitó los edificios donde acogerían a los niños que disfrutarían de las colonias de verano en su pueblo natal, Sanlúcar de Barrameda, y en Chipiona. Los niños estaban dando quebraderos de cabeza a los munícipes porque se había convertido en una práctica frecuente subirse a los topes de los tranvías para ahorrarse los billetes o por puro entretenimiento. Los cobradores estaban hartos del *catch as catch can* con los chavales. Horacio discutió con su equipo la oportunidad de aprobar una orden para multar a los padres.

—Tocando el bolsillo se consigue el civismo —solía decir el alcalde.

Horacio enseñó una postal que había enviado un profesor del pueblo El Madroño, en la que le informaba de que los niños de la escuela nacional de esa villa «sienten las inquietudes de los niños pobres sevillanos, porque desgraciadamente saben también lo que es pasar frío y miseria, y, pese a la precaria situación de sus padres, tienen el gusto de enviarle por giro postal, impuesto en esta cartería y formalizado en la administración de Riotinto, seis pesetas, producto de la colecta abierta entre ellos para tal fin».

Esos eran los valores que Horacio quería inculcarles a sus hijos. A los niños que encontraba descalzos les daba la tarjeta con su domicilio para que Mercedes les diera zapatos usados. Educaba a los hijos sin gritar, les explicaba y hacía razonar, y quitaba los miedos que las escuelas propagaban con los cuentos infantiles. Rehuía de la enseñanza religiosa porque entendía que la relación de un cura con un alumno no era de autoridad, sino de poder, y no se fiaba. Al pequeño Horacio lo matriculó en el Instituto-Escuela, un centro inspirado en la Institución Libre de Enseñanza y que la República había implantado a modo de prueba en Madrid, Barcelona, Valencia, Bilbao y Sevilla. De lunes a jueves subía a su hijo al coche y el conductor los trasladaba a uno al ayuntamiento y al otro al colegio de Villasís, que también había sido expropiado a los jesuitas. El director era el historiador Juan de Mata Carriazo, y el pequeño Horacio estaba encantado con todos los profesores y, sobre todo, con *Platero y yo*, que leía de maravilla. Horacio sabía leer y escribir desde los cinco años porque contaba con la ventaja y condena de tener a una madre profesora. Había sorprendido a todos cuando ingresó en su primer colegio, el alemán del barrio del Porvenir, pero en el segundo curso, tras el ascenso de los nazis al poder, el colegio se llenó de cruces gamadas y Horacio cambió a su hijo al Instituto-Escuela, un colegio mixto en el que se sentaban obligatoriamente dos niños y dos niñas en los pupitres.

Horacio estaba prevenido de las amenazas a derecha y a izquierda, pero contra lo que no podía luchar y le recordaron los niños eran las lluvias. Otro temporal predecía una nueva crecida del Guadalquivir. Faltaba poco más de un metro para rebasar la arista del muelle de piedra y la tendencia del río era subir de nivel. La principal preocupación era el aplazamiento de la Feria de Abril. La primera corrida taurina se había suspendido y el ferial estaba inundado, derribado lo poco que se había conseguido levantar.

—Alcalde, apenas quedan días para reparar las averías. No llegamos a tiempo para la inauguración —advirtió García de Leániz, el concejal de Fiestas.

—Hemos hecho una gran campaña de publicidad para que acudan los turistas —lamentó Horacio.

—Lo que no podemos permitirnos es que el ferial esté inundado. Vamos a tener que alquilar las barcas de la plaza de España para bailar de caseta en caseta.

—Le agradezco su humor, pero hay que seguir adelante, de lo contrario, ¿qué otras posibilidades tenemos?

—Habría que hablar con la empresa de la plaza de toros, y con Carmona y Jerez por el calendario de ferias; eso si llegan a celebrarlas... Los señoritos jerezanos han anunciado su boicot a la feria del caballo mientras continuemos en una república.

—¿Algo más? —preguntó Horacio apesadumbrado.

—Tiene usted el conflicto con los tranviarios, pero eso no me compete... directamente —añadió el concejal.

—La compañía se niega a readmitir a los veintiún obreros despedidos por motivaciones políticas. Me pone de mal humor, además las tarifas no dejan de subir y los ciudadanos reciben un servicio irregular e incómodo. Sé que me están poniendo verde, pero no podemos hacer nada.

—La amenaza de huelga es real y, sin tranvía, muchos sevillanos se quejarán de que no pueden acudir a la Feria.

—Me da igual, no voy a permitir que se utilicen nuestras fiestas para reivindicar mejoras laborales. Siempre igual con los chantajes, parece que solo les importa lo suyo. Mi decisión es que celebremos esta feria en sus fechas, todo no puede salirnos mal —concluyó Horacio.

19

El primer día de feria, el sábado 18 de abril, amaneció cálido y suave, ahuyentados los presagios de nubes y chubascos. Los trenes y autobuses llegaban repletos de visitantes de los pueblos, y el tranvía funcionaba con normalidad. La noche previa el gobernador Corro había ordenado la readmisión de los despedidos y, a cambio, había fijado las nuevas condiciones de trabajo: nueve pesetas al día para conductores, cobradores y talleres. Horacio se encargó de negociar el contrato de luz con la compañía de electricidad y fijó en una peseta el precio de las 62.565 bombillas que iluminaban el recinto ferial del Prado de San Sebastián. La portada tenía tres mil quinientas, casi tantas como los laterales del paseo central, mientras que la palma se la llevaban los laterales de la calle Carlos V, con diez mil lámparas. Desde primera hora el paseo de carruajes se vio concurridísimo; las caballerías de los coches iban enjaezadas vistosamente, y los caballistas inundaban las calles, ellos con sombrero de ala ancha y ellas con traje rociero. Horacio eligió que los farolillos fueran a la andaluza, verdes y blancos. El alcalde ordenó que el personal disponible en el Ayuntamiento ayudara a terminar el ferial para contribuir a mitigar el daño causado por el último temporal, convencido de la oportunidad económica que suponía la Feria. En la ciudad de lienzo estaban previstas casi doscientas casetas entre particulares, centros culturales, círculos y casinos; puestos de industriales de juguetes, turrones y dulces; vendedores ambulantes, bodegones de los de «a una gorda el pelotazo de vino», y atracciones en la «calle del Infierno», donde abundaban los aparatos mecánicos, los palacios de la risa, el laberinto y los fotógrafos cómicos.

Horacio convenció a Mercedes de que se vistiera con su mantón de manila. Ella no quería después de tener que explicarle a la niña que ese año no habría vestido de gitana porque había muerto el abuelo, el año que viene sería. «Mercedes, si tú ya eres muy guapa sin vestido», le decía, pero la niña de seis años no cejaba y solo consintió con la promesa de un algodón de azúcar. Mercedes y sus hijos acompañaron a Horacio a la caseta de Izquierda Republicana, donde desde primera hora se servía manzanilla y fiambres. Horacio disfrutaba mucho de esta fiesta; ella, algo menos.

—Mercedes, la feria es algo parecido a un desdoble, una vida en un lugar paralelo durante unos días, con otras rutinas. En la ciudad quedan las inquietudes, los recelos, los deberes fijos, las obligaciones, la monotonía, la vida recia… Y este año la necesito más que nunca, porque en la otra Sevilla se me aparece problema tras problema.

—Estoy de acuerdo, Horacio, solo que mi carácter es algo más recio. Me gusta la feria, pero solo un ratito, luego me canso. Tú eres capaz de estar aquí metido hasta la semana que viene, te conozco.

—Mercedes, la feria no agota. Estos días suponen una recuperación de fuerzas y vitalidad para volver a la normalidad el resto del año. Es el lugar donde los hombres nos permitimos ser niños, y los niños sonríen ante el espectáculo bonachón de sus mayores, cuando sus padres y madres beben, bailan y cantan.

—Con esa filosofía te vas a dar la feria de tu vida. Disfrútala mucho, amor. —Mercedes besó a su marido.

Horacio se dirigió a la caseta de Unión Republicana, una de las más amplias del recinto ferial y donde se refugiaban las autoridades de las tensiones de estas semanas. Blasco y algunos de sus concejales estaban hablando del tema de moda: el hombre que presidiría el país.

—Apuesto por Azaña —interrumpió Horacio. Los que formaban el corrillo rieron la irrupción del espontáneo y alguno le abucheó por lo bajo.

—Bienvenido, alcalde —le saludó Blasco—. En el lugar en que se encuentra, bien podría apostar al menos por don Diego Martínez Barrio, que ya tiene ventaja siendo el presidente, aunque sea interinamente. Aceptamos el envite; déjese invitar a una ronda al menos.

—Me dejo invitar, por supuesto. Y don Diego tiene todo mi apoyo como presidente de la República, al menos hasta que regrese a Madrid después de la invitación que le ha dirigido el Ayuntamiento para celebrar la Feria con nosotros.

—A propósito, ¿sabe algo de cuándo vendrá? Llevo días fuera de la capital.

—Este martes, pero le adelanto algo que voy a comunicar a la prensa esta misma tarde. He acordado con distintos compañeros de la corporación municipal prorrogar la feria un día más, hasta el miércoles.

—No sabe qué alegría me da, alcalde —celebró Blasco—. ¿Ha conversado con las distintas minorías políticas?

—Sí, las fuerzas republicanas estamos de acuerdo. El señor Leániz dice que contamos con presupuesto y que un día más será rentable para la economía. Esta mañana han entrado diecisiete mil setecientas cabezas de ganado solo el primer día, y ese tránsito les interesa a las ferias que nos sucederán. Con la compañía eléctrica también hemos llegado a un acuerdo para una contraprestación.

—¿Y los partidos de izquierda? ¿No se han opuesto? Sería harto infrecuente.

—Lo han acogido mejor que la celebración de la Semana Santa, para ser sinceros. Preguntarán por el gasto, pero estoy convencido de que supondrá un bien para la ciudad, con mayor motivo este año, que tenemos la obligación de dispensar una inmejorable atención a nuestros ilustres invitados.

Horacio propagó la buena nueva por las casetas, acompañado de concejales y de Blasco, que se rezagaba con facilidad al conversar con sus conocidos. En la caseta de la peña de la Puerta de Triana presumían de bailar sevillanas, ni agarrados ni cariocas, y Horacio se zafó de demostrar sus habilidades en el baile, aduciendo la ausencia de Mercedes. El alcalde felicitó a las peñas de barrio y en especial a la de San Lorenzo, que parecía haber trasladado sus viviendas y locales comerciales a la Feria. La peña de la Macarena representaba un cortijo fielmente reproducido, y el exorno de la Tertulia del Arenal era para premiarlo —recreaba la Venta de los Gatos en homenaje a Bécquer—, aunque el alcalde no pertenecía al jurado. Conversó con el periodista Martín Núñez en la Asociación de la Prensa, donde bailaban seguidillas a todo pasto, nada de pasodobles ni de bailes agarrados. La presencia en la Feria de un auténtico rajá indio —Apapam-de-Aundh, acompañado de dos de sus hijos, dos secretarios y tres de sus favoritas— fue muy comentada por los periodistas. La portada de la peña de los Mosquitos, en alusión a los mosquitos que rondan al vino, terminaba en una azotea, con algunas ventanas en la fachada y persianas, y en el interior un patio con sus galerías, sus corredores, su ambigú y sus imaginarias viviendas. La peña Sevilla-Madrid representó el patio de los Quintero y en la caseta de la Mesocracia Universal le sirvieron mucha *papilla*, que así se llamaba un vino. Pasaron por delante, sin entrar, en la caseta de los alemanes, que en plena feria celebraron el cuadragésimo séptimo cumpleaños de Hitler entre manzanilla y cervezas, sevillanas y valses. También había buen ambiente en la peña Er 77; en los ateneístas; y en peñas deportivas como la sevillista. Blasco se dio un abrazo con el presidente del club, a quien había incorporado como directivo cuando él presidía el club. Se llamaba Ramón Sánchez Pizjuán y estaba contentísimo porque habían ganado al Atlético de Madrid y le dejaban el puesto de colista a los madrileños.

Regresaron a la caseta de Unión Republicana para celebrar un homenaje al gobernador Ricardo Corro. Allí Horacio preguntó por el resultado que le interesaba, el de la primera corrida de toros en la Maestranza. Le comentaron que fue una jornada fría, con poca presencia de público, hasta que Manolo Bienvenida, al que comenzaban a llamar el Papa Blanco, banderilleó sus tres pares. Lo demás, anodino, faenas carentes de mención, a la espera de la jornada del domingo con Chicuelo, Domingo Ortega, Alfredo Corrochano y Rafaelito Vega de los Reyes, «Gitanillo de Triana». El cronista que informó a Horacio de todo eso fue el general José Fernández de Villa-Abrille, quien a pesar de llevar solo un par de meses en Sevilla ya presumía de ir tocado con sombrero de ala ancha y volvía de la Maestranza paseando por la feria en un magnífico carruaje, perteneciente al cuartel de caballería, que llamó mucho la atención.

—Está usted muy elegante, general —le saludó Horacio cuando Villa-Abrille se paró delante de la caseta republicana.

—Gracias, alcalde, he de decirle lo mismo. Es un día para disfrutar, sobre todo sabiendo lo que nos viene. —Horacio cayó en la cuenta en el mismo momento, pese a la abundancia de vino que portaba en el cuerpo.

—General, he de avisarle de que hemos decidido alargar la feria un día más, hasta el miércoles. Ya sabe, como me pidió que le mantuviera informado…

—No se preocupe, tiempo habrá de planificarlo. Ahora disfrute, por favor.

Horacio se retiró tras comprobar el buen funcionamiento del túnel de luces, también con bombillas blancas y verdes, mientras se prometía no volver a beber en un buen tiempo.

Pasó el domingo en casa, quejándose de su estado de salud, y también porque desde primera hora volvió a llover. Las noticias que le trasladaban desde el ferial eran pésimas: los fuertes aguaceros estaban desmantelando muchas de las casetas. En cuanto cesaba la lluvia, los dueños de las casetas y los responsables de las peñas culturales acudían a reparar las averías, pero otra vez los chaparrones enterraban las ilusiones, y así hasta la hora de celebrarse la segunda corrida de toros, a la que Horacio tampoco acudió pese a tener el abono. De noche la Feria recobró su brillantez y volvieron los bullicios de palmas y sevillanas, y así prosiguió durante el lunes, cuando regresaron los caballistas y las amazonas, la animación del mercado de ganado, la manzanilla y las bullas de mujeres y hombres por el ferial.

20

El lunes de feria Horacio se desplazó a Sanlúcar para comprobar el estado del edificio de La Almona para acoger a los niños en verano, y luego a Chipiona, donde sí hacían falta varias reformas. Aprovechó para hablar con los dueños del hotel Castillo, en cuyos pasillos se exhibía un azulejo de un Inmaculado Corazón de María, obra de su hermano Carlos, quien le había acompañado en el viaje.

—¿Qué has reservado? —preguntó Carlos.

—Dos habitaciones en pensión completa. Pregunté por una finca en La Jara, pero a Mercedes le apetecía Chipiona. ¿Te animas? Los niños te adoran, y a ti te vendrá de maravilla.

—Horacio, sabes que no tengo una peseta.

—Carlos, si ese es el problema, puedo ayudarte.

—Bastante haces ya permitiendo que nos quedemos en tu casa.

—El negocio de la perfumería va bien, ¿verdad? Las cuentas cuadran.

—Sí, va bien. Menos mal que muchas de las clientas no saben que eres mi hermano —bromeó Carlos.

—Oye, ¿y qué se comenta? Es muy importante saber qué piensa la gente de la calle.

—Es verdad, que tú ya no eres un ciudadano normal, todo el día con los peces gordos del país. Bueno, la clientela es diversa, no hay muchas señoritingas de esas que te puedan poner verde por lo de la Semana Santa. Eso, en general, ha caído bien. Escuché a un señor decir que eres el alcalde republicano que mejor ha comprendido la Semana Santa sevillana, pero no te vengas arriba. Igual el hombre sabe que eres mi hermano y quería que le dejara los tintes a fiar.

—Igual sí, pero creo que eso ha salido bien.

—No le preguntes al cardenal, por si acaso, pero, bueno, ese está en su palacio. Lo que no entiende nadie es lo de Companys. ¿De verdad había necesidad? Ya sabes cómo son los sevillanos, más españoles que nadie. ¿Qué pinta un catalán en la feria?

—Me parece interesante desde el punto de vista político. La República será federal o no será. Los andaluces vamos tarde, pero ellos estrenaron su sistema parlamentario y tienen estatuto. Ya lo quisiera Andalucía.

—Papá tenía razón, por una cosa o por otra, van a matarte.

Por la tarde Horacio acudió a Capitanía para conocer el plan de seguridad diseñado por Villa-Abrille para la visita de Companys. El general tenía mucho interés en conocer si era verdad lo que había publicado *El Liberal* durante Semana Santa: que entre los nazarenos de la Macarena se podían encontrar guardias de asalto y policías infiltrados. Horacio negó que tuviera conocimiento de ese hecho y avisó a Villa-Abrille de lo poco oportuno de introducir a agentes entre los feriantes.

—La pistola se les puede caer del caballo o en medio de una caseta y cogerla un niño, o igual el agente simula que es el dueño de una atracción de la «calle del Infierno» y se la arrebata un borracho y dispara desde la noria… —comenzó a fabular Horacio.

Horacio consideraba exageradas las precauciones, no sentía un temor real a que algo pudiera pasar, más bien todo lo contrario: Companys sería un personaje impopular, pero Cataluña y Barcelona eran bienqueridas por los sevillanos.

Así lo pudo comprobar cuando a los gritos de «¡Viva la República!» le sucedían los de «¡Viva Cataluña!» en el andén de la estación de Plaza de Armas mientras esperaba a que llegara el tren. De Madrid había salido el presidente interino junto a Luis Companys, recién llegado de Barcelona. Tras seis horas de viaje, la comitiva bajó al andén y trató de abrirse paso difícilmente entre la muchedumbre, que acudió con banderas nacionales. Todo estaba dispuesto. Cada uno de los presidentes ocupó un *landau* con faroles a ambos lados. El público les cortaba el paso. Guardias de asalto y representantes de partidos republicanos llegados de Huelva, Cádiz o Córdoba se dieron la mano para hacer un cinturón de seguridad, pero todas las precauciones resultaron pocas. Companys iba en el carruaje con Puelles, y con alargar la mano se le podía tocar. Horacio iba sentado con Martínez Barrio.

—Don Diego, ¿qué tal el viaje? —preguntó el alcalde, que apenas conseguía hacerse oír.

—Agotador, don Horacio, sin descanso. Azaña vino a despedirse antes de que saliéramos. Por cierto, le envía un fuerte abrazo. El maquinista sabía quiénes éramos y ha parado a propósito en cada pueblo para que los vecinos vinieran a saludarnos. Estoy convencido del bien que le causa a la República que seamos populares y reconocidos, pero la cena se nos quedó fría y nos acostamos a las dos de la madrugada. Esta mañana nos hemos levantado a las seis y ya había gente en las paradas.

—Fíjese bien, don Diego. Sevilla está de fiesta.

—Ojalá cambie el ánimo de los sevillanos. La intención está clara, don Horacio. Desde la caída de la monarquía ningún jefe de Estado ha venido a Sevilla. Tanto yo como Companys estamos impacientes de captar e interpretar la reacción del pueblo andaluz hacia la República y hacia Cataluña. Hasta el momento nos ha recibido eufórica, pero también expectante. Quieren a cambio algo que les mejore sus vidas, no solo paseos en coches a caballo.

El presidente interino de la República y el de la Generalitat tardaron una hora en llegar al hotel Madrid, en la Magdalena, pese a recorrer una distancia de escasos metros. Por el camino, miles de sevillanos les vitorearon. El retraso demoraba la programación ideada por Horacio, y acordada con la seguridad, por lo que el alcalde rogó que apenas dedicaran diez minutos al aseo personal y a vestirse de frac, ya que en el ayuntamiento les estaban esperando para la recepción oficial. Esa fue la primera mirada de pocos amigos que Horacio recibió de Companys. Los coches oficiales esperaban en la puerta para llevarlos a la recepción en su honor, a la que asistiría el presidente de la Audiencia, recuperado de la agresión. El camino seguía abarrotado de público y cuando llegaron a la plaza Nueva el gentío era incalculable. Hasta había personas subidas a la estatua ecuestre.

—Esto de la solemnidad, las reverencias, los discursos halagadores, seguidos de más reverencias, me resulta bastante incómodo —se sinceró Martínez Barrio.

—Igual es una obligación del cargo —le dijo Horacio subiendo por las escaleras.

—Pues entonces algo estamos haciendo mal. Ahí está la prensa, a ver si podemos remediarlo.

Martínez Barrio se acercó a los periodistas, que le preguntaron por sus sensaciones y por la acogida del pueblo sevillano.

—Nací en Sevilla y me formé aquí. Cuando muera, descansaré aquí también. Soy ahora el mismo que cuando me sentaba en los escaños del ayuntamiento como concejal y...

ya tenía ganas de llegar, de ver las mismas caras conocidas, de amigos, entrañables muchos de ellos. Estoy muy contento, desde la humildad del cargo que ostento.

Los periodistas se acercaron a Companys, a quien apenas se le había escuchado decir palabra. Poco emocionado, habló:

—Siento una inmensa gratitud por el pueblo sevillano, y la empecé a sentir hondamente cuando el presidente del Consejo de Ministros me transmitió la invitación para que viniera a celebrar las fiestas de Sevilla. Sevilla y mi tierra son dos pueblos de sentimiento y de corazón, y así no necesitan más vínculos. Con sentimientos y corazón aumentaremos y engrandeceremos las riquezas raciales para hacer cada día más grandiosa a la República española.

La Feria fue el segundo número del programa. Al lado de los visitantes, como escoltas, se fueron ubicando caballistas con mocitas a la grupa. De algunas casetas salían con cañas de manzanilla que el presidente se excusaba cariñosamente de aceptar, y en otras habían colocado megáfonos de los que salían los acordes del «Himno de Riego». En la caseta de Unión Republicana, Blasco ofreció una copa de jerez a los invitados, y unas muchachas bailaron en su honor. Lástima que, cuando más a gusto se encontraban, Horacio volvió a mirar el reloj, sin atender a las caras contrariadas de los invitados, sobre todo de Companys, que era la primera vez que la visitaba.

Tras un almuerzo rápido en la Venta de Antequera estaba programada la asistencia a los toros. La cara de Companys, que estaba hambriento y cansado de tanto agasajo, se avinagraba a cada rato. Horacio no quería ni cruzar con él la mirada. Torearon Pascual Márquez, Gallito y Diego de los Reyes, con toros de Belmonte. Horacio disfrutó de la faena con un buen puro reservado para la ocasión. Companys le amonestó varias veces por el humo. Terminada la tarde, Martínez Barrio y Companys miraron a Horacio, resignados. El alcalde fue tajante: volvían a la Feria, ¿para qué si no habían venido? En la caseta municipal les esperaba el alcalde de Madrid, Pedro Rico. Las crónicas periodísticas fabularon que se saludaron de la siguiente forma:

—Adiós, Rico.

—Adiós, Hermoso.

Horacio llevó a los presidentes a las casetas de la Asociación de la Prensa, del Aeroclub, del Círculo Mercantil y a la Tertulia del Arenal. Companys bebía vino y suspiraba por que apareciera un plato de algo. El alcalde le tranquilizó:

—Presidente, no se preocupe, nos vamos ya mismo a cenar.

El Ayuntamiento había preparado una cena de gala para más de doscientas personas en el Andalucía Palace. Horacio suprimió los discursos para que don Diego y don Luis se relajaran. Los presidentes habían aprendido la lección y comían voraces porque, al poco de terminar, Horacio les anunció que les esperaban en el Teatro de la Exposición para asistir a la representación de la obra *Seviyiya* de la compañía del afamado actor Casimiro Ortas. Los presidentes fueron recibidos con el «Himno de Riego» entre vítores y aclamaciones.

A mitad de la obra, Companys hizo trasladar al alcalde que por él había tenido suficiente, y Horacio consintió que no se quedasen hasta el final… porque había que volver a la Feria. Companys no daba crédito, pero Horacio insistía en que debían ver el real de noche, que esa imagen era inigualable. De buen tono, Martínez Barrio aceptó, y también el presidente de Cataluña. Estuvieron en una decena de casetas y se despidieron más allá de las dos de la mañana, justo cuando el alcalde les aseguraba que el ambiente era más propicio al baile y al cante.

—El día de mañana, ¿más tranquilito, no, que dicen por aquí? —preguntó Companys al presidente de la República.

21

El miércoles 23 de abril el barco Pastor y Landero esperaba a las autoridades en el embarcadero de San Telmo para iniciar una gira por el Guadalquivir que ocuparía la mañana. Companys estaba de mejor humor, había descansado por la noche y su semblante era otro cuando saludó al conductor del coche de caballos a las puertas del hotel. Horacio respiró aliviado. El sol calentaba los huesos de una manera agradable y Companys, recobrado el ánimo, se sentó con sus acompañantes catalanes a beber manzanilla y comer pastas. Llegaron hasta la Punta del Verde y, a la vuelta, el vapor pasó por el muelle de Cala y por el muelle de San Juan para que Martínez Barrio viese las obras de la exclusa de la dársena destinadas a amansar el río. La excursión duró hasta la una y media de la tarde tras dar cuenta de sesenta y cuatro botellas de manzanilla, por lo que Horacio encontró de lo más adecuado regresar al ferial para comer en la caseta de Unión Republicana, de nuevo entre agasajos, vítores y la música de la cobla catalana, que se hartó de interpretar sardanas y el himno catalán, «Els Segadors».

—Viva la República.

—Viva Cataluña.

Por la tarde, cuando el efecto de la manzanilla comenzó a evaporarse, las autoridades se acercaron a los estudios de

Unión Radio en la avenida de Miraflores, donde hablaron Martínez Barrio y Blasco Garzón mientras los restantes disfrutaban de un aperitivo.

A Horacio comenzaban a apretarle los botones de la camisa y el pantalón justo cuando el siguiente punto en el programa le hacía coincidir por primera vez con un enemigo particular, el director-conservador del Alcázar, Joaquín Romero Murube, quien seguía convencido de que Horacio había intentado cesarle. Para mayor castigo, una cámara de cine les seguiría durante todo el recorrido, y Horacio temía que en algún momento Murube intentara su defenestración pública al empujarle a un estanque. El recorrido por el monumento fue espectacular, de acuerdo a la belleza de los salones y jardines, y Horacio cuidó en todo momento de acercarse al poeta, que explicaba a Martínez Barrio y a Companys las peculiaridades del recinto, serio y encantador, sin abandonar las excentricidades. A su personal le refería anécdotas y, sin que los aludidos le oyeran, Horacio había escuchado cómo Murube decía de Companys que «tenía toda la cara de un sagrado corazón de Olot» y de Martínez Barrio que «tenía el mismo porte e intenciones que el oso que se comió a don Favila». A él mismo, sin dirigirle la palabra, se estaba refiriendo como «el sayón». Al finalizar la visita, don Diego propuso hacerse una fotografía junto a las autoridades y a su sobrino, que los había acompañado toda la jornada, vestido para la ocasión de pantalón corto y corbata. Horacio no paraba de fijarse en los ojitos de carnero degollado de Murube, los mismos que según la leyenda utilizaba para cautivar a cuantas personas, especialmente mujeres, se pusieran a su alcance. Fue en ese momento de distracción cuando se le acercó y Horacio se encontró sin escapatoria, a menos que se precipitara desde lo alto de un muro:

—Alcalde, buenas tardes —saludó Murube con sus ojos tristes y voz temblorosa de poeta compungido.

—Buenas tardes, don Joaquín. Ha tardado usted en saludarme, para ser mi empleado —dijo Horacio.

—Será porque tenemos alguna cuenta pendiente, señor alcalde. —Horacio le miró desafiante. No estaba dispuesto a consentir chantajes de semejante personaje—. Ya veo que ha traído usted el bastón de mando. Era del todo innecesario, tengo muy claro quién ostenta el poder. Sepa que tengo toda la intención de poner fin a cualquier distanciamiento entre nosotros.

—Por mi parte, tengo depositado todo el interés en que se haga una buena gestión del Alcázar y sacarlo de una vez por todas de la polémica. Hay que evitar el riesgo de que Patrimonio Nacional quiera recuperarlo.

—No creo que pueda tener queja alguna de la conservación; eso sí, para que el director pueda hacer su trabajo en condiciones satisfactorias, debe vivir bien él también. —Horacio mudó el gesto—. Alcalde, le explico en breves palabras: ¿Ha visto usted alguna vez a un pingüino? ¿No? ¿Seguro? Tiene usted uno delante. Le aseguro que desde que soy gestor de este Alcázar he desarrollado una segunda piel, una superficie de grasa, para protegerme del frío —dijo Murube.

—Explíquese mejor. ¿Dónde quiere ir a parar? —pidió Horacio.

—Piense lo que quiera, pero vivir en el Alcázar no es para nada envidiable. La antigua casa del alcaide era gigante, imposible de aclimatar. Estoy intentando acondicionar lo que era la antigua alquería real, el apeadero, pero es una sala muy incómoda, de techos muy altos. Necesito presupuesto, alcalde, eso es todo.

—He sabido que ha dividido la antigua casa del alcaide y que en una de ellas ha metido a vivir a su hermana. Y que la sala china en la que reúne a sus amigos intelectuales es la que mejor calefacción tiene; supongo que puede usted vivir allí. Señor Romero Murube, conoce el problema de la vivienda en

Sevilla: son caras y escasas, en manos de unos pocos propietarios. La gran mayoría de los sevillanos malvive en corrales o casas de vecinos, en habitaciones pequeñas e insalubres, donde pagan unos alquileres abusivos, en la orilla del callejón de la Inquisición, en Triana, en el Pumarejo, en la Macarena y aledaños... ¿Sabe que las deficiencias en el sistema de canalizaciones de agua hacen de Sevilla una ciudad propensa a enfermedades sanitarias como el tifus, la tuberculosis o el cólera, lo que ha llevado a algunos a afirmar que el riesgo de muerte es similar al de algunas ciudades de la India? —Horacio miró a su alrededor—. ¿De verdad quiere usted compararse?

Romero Murube se apartó del alcalde, indolente. Horacio permitiría que ese hombre siguiera en la dirección del Alcázar, pero vigilaría de cerca sus movimientos.

Martínez Barrio y Companys parecían ajenos a la mala sombra del anfitrión y disfrutaban del paseo. Horacio invitó a los presidentes a regresar a la feria, y los mandatarios aceptaron de buen grado, animados. En la caseta de Izquierda Republicana, Martínez Barrio dejó de contenerse y, al fin, bailó una sevillana con una de las señoritas que allí se encontraban. La más alta magistratura de la nación recuperó la figura protocolaria para proponer un brindis:

—Ante tantos vítores, yo solo puedo decir una cosa: viva la unión de los partidos del Frente Popular y hagamos votos para que esta inteligencia perdure hasta que la República esté definitivamente consolidada.

Martínez Barrio y Companys abandonaron la feria a las diez de la noche para dirigirse a la estación de Plaza de Armas con destino a Madrid y, a continuación, a Barcelona en el caso del *president*. Antes de su partida, hicieron sendos donativos muy generosos para los damnificados por los temporales.

22

Los líderes izquierdistas siempre recordarían cuando Sevilla fue más roja que nunca. Al día siguiente de la Feria de Abril, tras despedir en los andenes del tren al presidente de la República y al de Cataluña, el Frente Popular celebró un gran mitin monstruo en la plaza de la Maestranza. El motivo del acto era el enorme problema del paro obrero.

Horacio presidía el acto y estaba de los nervios. En su vida había hablado ante tantas personas, más de treinta mil, llenas las gradas y hasta el ruedo. Aficionado a los toros, alguna vez había fantaseado con ser él quien saliera a hombros de la Maestranza, pero en este momento deseaba estar en cualquier sitio menos en esa plaza repleta hasta la bandera. Sabía del respeto que había que tener a un toro de más de seiscientos kilos, pero qué decir de ese gentío, no menos bravo. A las cinco de la tarde saldría al escenario junto a Alberto Fernández Ballesteros, de todos, el político más rojo que conocía. Era socialista de los de Largo Caballero, de los que defendían la dictadura del proletariado, y en la capital habían vencido al sector de Prieto, favorable a las coaliciones con los republicanos.

Horacio salió al ruedo y sufrió la desgracia habitual de que los altavoces no estaban bien ajustados. Los organizadores habían repartido cinco por la plaza para que el público escuchara bien a los oradores. A su lado, Ballesteros apenas ocultaba las ansias de empujar a un lado al burgués y coger el micrófono. Horacio estaba convencido de que sus primeras palabras serían «Moscúúú» como bienvenida, y se forzó a pensar que mejor en compañía que en solitario ante aquellas hordas que enarbolaban banderas comunistas con la hoz y el martillo. Había tenido la idea de imprimir cientos de banderas blancas alusivas al acto, financiadas por los partidos republicanos, pero desde el escenario apenas las distinguía. Justo antes de empezar a hablar, el público comenzó a vitorear a grupos de jóvenes que portaban un cartel con los colores de la CNT con la siguiente inscripción: los damnificados del pabellón de maquinarias exigimos la pronta resolución del conflicto. No queremos pan sin producir, sino trabajo. Los jóvenes comunistas, con el puño en alto, comenzaron a cantar. Delicado y Labandera urgieron a Horacio a hablar, porque habían sobrepasado de sobra las cinco y cuarto, y el público no callaría jamás.

—Compañeros y compañeras. Comenzamos este acto anunciado a fin de dar cuenta de la situación actual del municipio y de la adopción de medidas para terminar con el paro obrero. Todos debemos tener en cuenta la importancia y trascendencia del acto que se va a celebrar, porque las clases representantes de las fuerzas económicas tienen que comprender la labor que a ellas les incumbe en esta hora, condensando en ello la realización de postulados de justicia social que propugna el régimen republicano.

El gentío ovacionó al alcalde, y a cualquiera que en ese momento hubiera estado en ese lugar. Ballesteros no pudo reprimirse más y le pidió a Horacio el micrófono, como si la vida le fuera en ello. Horacio pensaba que no le había oído nadie en aquel estruendo, pero el resto de políticos le dijeron que se había escuchado de maravilla y que lo había hecho muy bien como primer orador, que le reconocían la valía. Bregados en estos eventos, Horacio comprobó que más de uno sentía algo de inquietud. Álvarez Gómez, por ejemplo, uno de los más jóvenes y del sindicato médico de la UGT. A este concejal le había confiado Horacio la negociación de las conclusiones del mitin.

—¿Qué tal? ¿Cómo ha ido?

—Bien, alcalde. Creo que hemos acordado un buen documento. Podrá leerlo sin que le tiren tomates y presentárselo a Azaña sin que le tome por loco.

—Ojalá sea así, porque igual respeto me merecen unos y otros. A ver cuénteme.

—Sí, el primer bloque es muy conocido. Comenzamos con la reclamación al Gobierno del auxilio económico por lo de la Exposición. Hemos pensado que el Estado debe hacerse cargo de unos cuarenta millones.

—Azaña prometió una compensación con inversiones en obras, pero, al menos hasta que levantemos el embargo económico, la reclamación seguirá vigente. Muy bien, siga.

—Otro bloque está relacionado con el reforzamiento de la hacienda municipal para que desaparezcan los embargos. A eso Azaña puede comprometerse sin problema. Otras peticiones fáciles de rentabilizar para el presidente del Consejo serían la cesión de la barriada de los hoteles del Guadalquivir y que el Estado incaute Ciudad Jardín, porque la compañía propietaria no cumple con sus obligaciones. Más difícil va a ser que se construyan nuevos cuarteles de Infantería y que aprovechemos San Hermenegildo y El Carmen para ensanches. Los socialistas han introducido préstamos para casas baratas en opción de alquiler que sustituyan a las barriadas de Amate y la Vega de Triana.

—Bien, me parecen medidas oportunas.

—Hemos completado el documento con la desviación del alcantarillado y la construcción de un nuevo colector, como complemento de las obras de la dársena; el desplazamiento de la vía férrea por la Enramadilla; la peritación definitiva de

Tablada para el abono total de su precio y una autorización para la construcción del Instituto Anatómico. Estas son medidas que reportarán puestos de trabajo inmediatos. ¡Ah, se me olvidaba! A petición de nuestros queridos camaradas, la prohibición de cerrar fábricas y readmitir a los represaliados.

—Bien, eso ya lo estamos haciendo.

—Las últimas son las quimeras, más propias de un cartel electoral: la aplicación inmediata de la reforma agraria y el establecimiento de la jornada de cuarenta y cuatro horas en toda clase de trabajo, sin merma del salario.

Horacio volvió al escenario cuando habían finalizado todos los oradores para leer cada una de las conclusiones del mitin. Por unos instantes, el público enmudeció y atendió, lo que Horacio agradeció, porque temía quedarse ronco. Con las dos últimas peticiones el público se desató y, pese a que Horacio reclamó que se disolvieran sin manifestarse, los congregados decidieron marchar por las calles del centro, con vivas al comunismo y mueras al fascismo, liderados por las Milicias Antifascistas Obreras y Campesinas.

23

—Anda que los tienes contentos. Mira lo que escriben hoy los periódicos —avisó a Horacio su hermano Carlos, que había acudido al mitin—. El *ABC* dice que el aforo era de tres cuartas partes, no sé si querían ver gente encima una de otra. Y *La Unión* concede que estaba casi lleno, pero de marxistas, es decir, de los tuyos ni uno, so rojo. Sobre las medidas, apunta: «No gozan de buena fe, porque para esas peticiones bastaba con reunirse y adoptar soluciones, sin excusas ni pretextos». Es decir, que todo ha sido de cara a la galería.

—Me quedo con *El Liberal*, que dice que las medidas merecen «la casi total aceptación de todos los sevillanos, aun de los de más opuestas ideologías, porque en síntesis no son otra cosa que un amplio programa de acción, propugnador de los intereses locales, hasta ahora desatendidos por todos los gobiernos, que dan a Sevilla trato de cenicienta española».

—Para la mitad de la ciudad eres el alcalde rojo del antifaz, te guste o no. No te salvará ni haber celebrado la Semana Santa.

—Hemos dado ejemplo al resto del país. Luego, como dicen, que las derechas cuando gobiernen consoliden, palien y atemperen económicamente los avances sociales conseguidos por las izquierdas. Pero a esos les diría una cosa: soy contable, y ni una medida social para luchar contra el paro obrero estará desajustada en su economía. Básicamente, porque no tenemos dinero. Así que la oposición va a tener que buscarse otro discurso.

—Pues sí que te veo rojo, sí. ¡Baja ya del estrado, hombre, que le has cogido el gusto! —dijo Carlos.

—Mis enemigos estarán contentos. Amigo de comunistas y socialistas, de masones y de separatistas. ¿Me falta algo?

—Bueno, los periódicos son ideología. Mira esto a ver si te lo explicas. —Carlos enseñó a Horacio unas hojas—. Lo estaban haciendo las ediciones nacionales de los periódicos de derechas y ahora ha comenzado *La Unión*. Señores y señoras, la «Relación de los sucesos registrados en España desde el 17 de febrero, posterior al triunfo electoral del Frente Popular». Lo mismo que se han inventado Calvo Sotelo y Gil Robles para crear alarmismo, pero todos los días, para que a ningún españolito se le olvide que gobiernan los indeseables.

—¡Qué desfachatez! ¡Si la mayoría de los atentados los cometen los de Falange! Cuatro páginas en la que caben tonterías de todo tipo. Mira en Sevilla, un atraco a un cobrador y unos chicos que han apedreado unas casas en Écija. Claro, todo por culpa del Frente Popular.

—En la misma línea están denunciando que las medidas del Gobierno obligan a las familias de bien a exiliarse. Justo después de la Feria, como todos los años, y a sus residencias de verano. Mira, los mismos que pretendieron boicotear la Semana Santa. Los Benjumea y los marqueses de Monteflorido, a Lisboa; los marqueses de Gómez de Barreda, de Villamarta y de la Granja, a Portugal, los de la Lastra a Gibraltar. Es que no se puede tener la cara más dura, cómo puede haber gente con dos dedos de frente que se crea esta manipulación tan torticera.

—Más que rojo, rojo proletario te estás poniendo de juntarte con tus nuevos amigos —bromeó Carlos.

Horacio marchó a Madrid con su carpeta de exigencias bajo el brazo para reunirse con Azaña.

Magadán le llamó por teléfono alterado porque sus aliados, con los que había estado de mitin revolucionario antes de viajar, habían aprovechado su ausencia para montarle una manifestación en la puerta del ayuntamiento. Horacio no dio crédito cuando Magadán le informó de que exigían hablar con el alcalde en persona para pedirle una rápida solución al paro obrero. ¿De verdad esos aliados eran de confianza? ¿No le estaban tomando el pelo? Podía entender aquello de «un poquito de revolución todos los días», pero solo habían pasado unas horas y en la plaza Nueva se concentraban más de cinco mil manifestantes, todos portaban banderas rojas, se subían a la siempre colaboradora estatua de San Fernando y daban mueras al líder de la derecha, Gil Robles, y a Azaña el burgués. Envalentonados, los manifestantes intentaron entrar en el ayuntamiento, obligando a los guardias de asalto a formar una barrera cogidos del brazo.

—Magadán, busque de manera urgente a Delicado y Barneto. Al primero que encuentre le dice que tiene una hora para desalojar la plaza. Es una orden del alcalde. Les amenazas con que, de lo contrario, el pacto del Frente Popular se rompe en este mismo momento.

—Esto… señor alcalde, la cuestión es que ya he hablado con ellos.

—¿Cómo? ¿Y qué dicen?

—Que ese no es su problema. Que su problema es el paro obrero, y están con los manifestantes.

—¡Les dices que rompo el pacto ahora mismo!

Magadán le llamó a la hora. Había encontrado a Delicado y le había transmitido el mensaje. Este, tras meditarlo un rato, salió a la plaza. El concejal comunista pidió una comisión de obreros en paro y les citó con García de Leániz, quien, sorprendido, hizo de alcalde ante ellos. Luego Delicado los llevó al Gobierno civil para citarse con el gobernador. Los obreros hablaron a la vuelta y disolvieron la manifestación, sin incidentes, con la promesa de enviar telegramas al presidente del Gobierno, al ministro de Comunicaciones y a los diputados sevillanos del Frente Popular para que cumpliesen con las conclusiones del mitin. Horacio se mostró satisfecho. Aunque a su vuelta de Madrid lo que se encontró por las calles fue una manifestación multitudinaria, la más numerosa vista nunca.

El motivo era la celebración del 1 de mayo, el Día del Trabajo, si bien los organizadores —comunistas, socialistas y sindicatos salvo la CNT— incorporaron a los lemas la oposición a la guerra, el rearmamento y el fascismo. Horacio se los encontró de regreso a su casa y paró a observar el desfile. Comentaban el discurso de Delicado en el Frontón Betis, de donde partió la manifestación. Decían que el comunista había alentado a no pagar los alquileres de la vivienda hasta que los propietarios rebajaran los precios, y a no pagar tampoco por los contadores de la luz, porque eran las compañías quienes los necesitaban para facturar, no los clientes.

Enfurecido, Horacio se resignó a presenciar la manifestación ante la imposibilidad de dar un paso. Un obrero iba al frente con una bandera roja y el lema UHP. Le seguían ciclistas, bandas de tambores, mujeres con llamativos lazos rojos en el pelo y sus pioneros, que desafiaban al cielo con los puños en alto. Cantaban «La Internacional» y pedían la libertad de Ernest Thaelmann. Sindicatos de todos los oficios y, en medio de la manifestación, la juventud socialista, con sus camisas rojas, se alternaban con los grupos azules, dando mayor vistosidad al desfile. Las fosforeras protestaban contra el uso de los mecheros, y las cigarreras portaban flores rojas en el pelo. Las aceituneras, con pañuelos de talle rojo. Los cerveceros. Los vendedores de helados. Los dependientes de comercio. Todos abogando por el subsidio de los parados. Los dependientes de carnes y chacina con sus blusas blancas. En las últimas filas, carteles reclamando la higiene de las viviendas, contra los caseros, los fiadores y los contadores

Horacio continuaba indignado por la incomprensión de las fuerzas obreras. Acababa de llegar de Madrid de negociar otra vez con el Ministerio de Hacienda el levantamiento del embargo. Se lo había explicado a Delicado y Barneto con pedagogía. ¿Cómo entendían que se podía luchar así contra el paro obrero? La prioridad era conseguir la retirada del embargo, y para ello el Ayuntamiento necesitaba generar confianza, no espectáculos. Esta vez Horacio había conseguido que los guardias municipales pudieran cobrar la nómina de marzo. Eso eran realidades, no utopías. ¿A qué venía ahora la amenaza de las ocupaciones de las viviendas? Era verdad que las fincas urbanas estaban en pocas manos y que los alquileres eran los más altos de España, pero ¿un problema irresoluble durante décadas tenía que resolverlo un Ayuntamiento del Frente Popular en unas semanas y en esa terrible posición económica?

Horacio nunca consentiría las ocupaciones, porque pensaba que lo realmente novedoso de la República era que, por primera vez, solo la ley regularía la vida de la ciudadanía, pero tenía que ser prudente porque sabía de lo que eran capaces las fuerzas marxistas y sus movilizaciones. La celebración del 1 de mayo había sido una muestra. Por lo general, no se habían producido incidentes y hasta *El Correo de Andalucía* reconoció que «todo estaba muy bien montado; daban la sensación segura de que la autoridad permanecía vigilante, sin manifestarse, muy comedida y atinada en todo momento». Solo al final los manifestantes arrasaron con las flores del parque de María Luisa, y las mujeres se marcharon con grandes ramos, en sus manos o en los delantales. Cuando se dispersaba la concentración, un hombre dio casualmente con la mano a una joven cerca de El Salvador. El hombre se excusó diciendo que había saludado a un amigo, pero la chica llamó la atención de otros jóvenes porque pensaba que había hecho el saludo fascista y había aprovechado para golpearla. Al momento, sin más explicaciones, recibió un tiro, le rodearon otros jóvenes y le remataron. En la casa de socorro registraron su muerte, le identificaron como el dueño de una carpintería, sin adscripción a la Falange, y lamentaron que dejaba viuda y una hija de nueve meses.

La caza del fascista era un hecho, y a Horacio le atormentaba la violencia política en las calles. En ninguna otra provincia española el balance de la guerra de guerrillas entre falangistas y comunistas se saldaba a favor de los comunistas, salvo en Sevilla. La Falange, creada en octubre del 33 por señoritos, comenzó una campaña para captar el voto obrero en los barrios; rechazaba el sistema democrático y las instituciones, y aprovechaba el espacio vacío una vez los comunistas comenzaban a participar en las instituciones. Las autoridades clausuraban los centros de Falange Española y arrestaban a sus propagadores, pero ganaban adeptos entre los opositores al Frente Popular.

Horacio consideraba fundamental alejarse de los extremistas y dar ejemplo de la necesidad de una política moderada, interclasista y republicana. Le paró los pies a unos obreros que quisieron extorsionarle con el arreglo de la fachada de la Casa Consistorial. Acabadas las obras, la cooperativa de marmolistas El Trabajo le pidió otras diez mil pesetas para una parte de la fachada de la plaza de la República que no había sido restaurada y en la que los obreros observaban piedras deterioradas y otras sin acabar de tallar. Mientras, *La Unión* se burlaba:

¿Sabes que el alcalde tiene el propósito de labrar las piedras en blanco de la fachada del Ayuntamiento?

¡Claro! Nada más natural y lógico que el señor Hermoso quiera *hermosear* el Ayuntamiento.

Barneto acudió a verle con otras exigencias, en esta ocasión, sobre la actividad de los frontones. Estos espacios servían para celebrar mítines políticos, pero su actividad principal era la práctica deportiva de los raquetistas en el Betis y femeninas en el Sierpes. Muchos futbolistas y toreros acudían con frecuencia a ver los partidos, atraídos por el juego, pero sobre todo por las quinielas. Podían apostar no solo a ganador o perdedor, sino a una amplia variedad de combinaciones.

—Vamos a pedir anular el concierto con el Frontón Betis. No se le cobra el 3 por ciento que exige la ley por la recaudación de las quinielas —demandó el concejal comunista.

Horacio estuvo de acuerdo, y canceló el concierto. Lo que sucedió a continuación fue que una comisión del personal del frontón acudió a su despacho con muy malas artes, y le planteó a Horacio compensaciones y gratificaciones en su beneficio. Horacio les echó del despacho y aprovechó para acabar con una situación que le incomodaba. Llamó a Barneto, le informó de lo que acababa de pasar y le pidió que, como precaución por si esas personas fueran al pleno a insultar, procedería a restringir las invitaciones, también para los comunistas que ensordecían cada sesión con sus gritos. A veces se sentía tan aturullado que expresaba en voz alta su predilección «por una dictadura de bota de montar que por otra de alpargata».

24

Recuperado el sosiego, Horacio fue gestionando los asuntos municipales. Poco a poco, iba equilibrando las cuentas del Ayuntamiento y, llegado el momento de afrontar nuevos retos, abordó la urgencia de adaptar edificios escolares, un principio motor de la política republicana. Por si fuera poco, su mujer era profesora y le espoleaba continuamente, casi con mayor vigor que los comunistas:

—Prometisteis una secularización de la enseñanza y, al menos en Sevilla, nada de nada.

—Mercedes, siento contrariarte —le rebatió Horacio mientras comían en la mesa—. A principios de la República necesitábamos entre noventa y cien nuevas escuelas nacionales, y eso ya se consiguió.

—¡Ahí está el truco! No son colegios en sí, son instalaciones.

—Bueno, Horacio y Mercedes están en un Instituto-Escuela que antes era colegio de los jesuitas. Vamos a acabar con esa anomalía única en Europa, pero aprovechamos sus instalaciones. Para mí es un colegio nuevo.

—No son colegios nuevos.

—Yo creo que sí, hemos cambiado la dirección y el profesorado en muchos de ellos. Si había sesenta y cinco centros de enseñanza pública ya son ciento sesenta y cinco, además con una entrada masiva de las chicas en las aulas, el triple, y eso con el presupuesto que tenemos.

—Eso te lo has encontrado hecho. ¿Y tú que piensas hacer?

—Muchas cosas, Mercedes. Los socialistas han pedido usar los terrenos de Tablada para niños con enfermedades, en especial pretuberculosos, y la construcción de un gran campo de juegos infantiles. Es una buena propuesta. Ya consiguieron que se les aprobase la moción para que el nuevo casino desaloje a los aristócratas y se destinen las instalaciones a escuelas al aire libre. También vamos a adaptar el antiguo pabellón de Estados Unidos para un cine educativo escolar, y Azaña ha liberado la mitad de las trescientas mil pesetas para los colegios de la Barzola y la calle Arroyo; tras finalizar ya los de Santa Marina y la calle Procurador.

—Son los socialistas y los comunistas los que llevan la iniciativa y los partidos republicanos disienten o consienten —insistió Mercedes.

—Mercedes, estoy muy orgulloso de lo que haremos, pero aún no puedo anunciarlo. Vamos a crear un servicio médico escolar —dotado con cuatro plazas convocadas por oposición a razón de cuatro mil pesetas anuales— cuyas funciones serán la higiene de la escuela; la prevención de enfermedades como la sífilis, la tuberculosis y las neuropatías; el examen de los edificios; la educación sanitaria en la escuela… Hija, para ya, que me vas a hacer sudar más que Barneto, vamos a comer tranquilos.

Horacio disfrutaba del mes de mayo pese a los requerimientos de sus aliados, cumplidos los setenta días desde su investidura. Engalanó el parque de María Luisa por petición de su amigo Blasco. El presidente honorario de los Amigos de Bécquer movilizó al Ateneo para organizar una gran fiesta en el parque de María Luisa. Horacio ayudó a decorar el estanque de los lotos con tapices y guirnaldas; y tendió una magnífica alfombra sobre el césped que daba acceso a la tribuna de autoridades. Blasco sentía una deuda moral con Bécquer porque estaba preparando un libro sobre el poeta cuando le llamó Martínez Barrio para proponerle como ministro. Es más, el 17 de febrero se habían cumplido cien años de su muerte, pero los fastos habían pasado desapercibidos ante la disputa electoral. Horacio estaba de acuerdo en honrar al poeta más laureado.

Engalanó también la plaza Nueva, porque llegaba la Vuelta Ciclista a España, una prueba recién creada por el diario *Informaciones* que suscitaba un enorme interés en el público, deseosos de ver en directo a los corredores. Se trataba de la tercera de las veintiún etapas y los cuarenta y cuatro ciclistas habían salido de Cáceres, resistiendo a la lluvia, hasta llegar a las cinco de la tarde a Sevilla, donde Horacio les esperaba en una tribuna levantada en la glorieta del Cid. Ganó al esprint el belga Huts, aunque se le retiró la victoria por ir sujeto al sillín del madrileño Carretero. A la mañana siguiente, el domingo, salieron de la plaza Nueva, y el alcalde aprovechó los balcones del ayuntamiento para engalanarlos con motivo de la toma de posesión de Azaña como presidente de la República, que tendría lugar el lunes. Estaba previsto que esta edición de la Vuelta fuera la de mayor duración de la historia, con más de ciento cincuenta horas en la carretera.

Ya querría Horacio esa resistencia para el Real Betis Balompié, su preocupación inmediata. El club le había comunicado al alcalde el riesgo de extinción a causa de su deuda económica. Para nada había servido que el Betis fuera el vigente campeón nacional de la División de Honor, título brindado a su expresidente, el lorquiano torero Ignacio Sánchez Mejías, fallecido en el ruedo cuando el equipo preparaba el inicio de la temporada. La junta directiva anunció su renuncia y el fin de la historia del Betis tras casi treinta años si persistía la indiferencia de la sociedad sevillana y de sus propios aficionados, que debido a las lluvias habían dejado de ir al estadio, el antiguo Stadium Coliseum, en el Patronato Obrero del barrio del Porvenir. Los aficionados censuraban, a su vez, que la entrada se había elevado hasta las cuatro pesetas en todos los partidos, incluso alguno llegaba a las cinco, por ejemplo, el último contra el Racing, lo que motivó la petición de baja de ochocientos socios. El Sevilla en su campo de Nervión había alcanzado esas cotas en algunos partidos, pero en Madrid, Barcelona y Bilbao se podía entrar al campo por tres e incluso dos pesetas y media. Horacio consideraba ese precio excesivo por ver un partido; a él la suscripción a *El Liberal* le costaba dos pesetas y media durante todo un mes, por lo que era desmesurado para un público compuesto de empleados, obreros que trabajaban dos o tres días a la semana, y jóvenes que comenzaban a ser aficionados a este deporte en lugar de a los toros.

El alcalde consideró oportuna su intervención. Los jugadores, que llevaban todo el año sin cobrar, estaban en Gerona, donde se habían desplazado para jugar la Copa del Presidente de la República de Fútbol tras ganar la ronda previa contra el Sabadell. La estancia de una semana en tierras catalanas superaba las diez mil pesetas y no había fondos para el regreso a Sevilla. Incluso antes de dimitir la junta directiva acordó que, si el equipo vencía al Girona en la eliminatoria copera, se declararían suspendidos en la competición y otorgarían la libertad reglamentaria a los jugadores. Horacio habló con su amigo y concejal Isacio Contreras, muy bético, para que se hiciera cargo del club, pero este rehusó la invitación. Las medidas tenían que ser inmediatas y Horacio aconsejó una campaña en la capital y en los pueblos para pagar las nóminas. Esa misma semana se obtuvieron cuatro mil cuatrocientas pesetas. Los jugadores retornaron gracias a una ayuda de la federación andaluza y, sobre todo, a la prima que cedió el defensa internacional Serafín Aedo tras jugar en Praga con la selección nacional. El club le planteó al alcalde que le cediese el estadio de la Exposición del 29, el de mayor capacidad de Andalucía, con diecisiete mil butacas disponibles, de ellas trece mil sentados, más del doble de las siete mil del campo en el que jugaba, y por encima de las diez mil del campo de Nervión. Horacio se comprometió a estudiar la propuesta, porque el Betis le parecía un activo económico que conservar.

Pese a estos imprevistos, Horacio disfrutaba de leer en los periódicos que había un «remanso de paz», e incluso el *ABC* publicó que «no podemos contar nada, como no sean las gotas que caen sobre nosotros como consecuencia de la perseverancia del mal tiempo».

25

Como era habitual, Horacio acudió a Madrid para su acostumbrado despacho con Azaña. En la oficina del Palacio Nacional, Azaña sacó de nuevo el cuaderno rojo en cuya portada había escrito el nombre de Sevilla y dejó ver al alcalde las numerosas anotaciones que contenía. Era la manera de demostrarle su atención con las reclamaciones que Horacio le había trasladado en cada visita mensual a Madrid.

—Tengo una buena noticia que anunciarle. La Presidencia del Gobierno ha resuelto la devolución de la Virgen de los Navegantes. Espero que este mismo verano puedan volver a disfrutar de la misma —anunció el presidente de la República.

—Será un honor recibirla otra vez, señor presidente —respondió Horacio.

—En mi opinión esa obra debería formar parte del Museo del Prado, que no es de Madrid como se le supone, sino patrimonio de todo el país. El Museo del Prado es más importante que la república y la monarquía juntas.

—Le agradezco su injerencia en un asunto que conoce es de interés para nuestro pueblo —dijo Horacio—. Pero permítame que le ruegue, además, que se interese sobre el resto de las peticiones. Nuestro catálogo pictórico es importante y fecundo, pero la educación y paliar el paro de los obreros resulta apremiante.

—Conozco la diferencia entre lo que es necesario y lo que es urgente, señor Hermoso —aclaró Azaña—. No es mal negocio arrancar un compromiso a los técnicos de Patrimonio Nacional, son de los funcionarios más duros del Estado. Tenga la seguridad de que seguiremos avanzando, pero permítase una celebración. La política es una carrera de fondo.

Horacio hacía bien en enorgullecerse del logro. Cuando los dirigentes republicanos cedieron el recinto real del Alcázar al Ayuntamiento, se llevaron este cuadro y una veintena de tapices a Madrid sin dar explicaciones. El entonces alcalde Labandera entró en el lugar y advirtió su huella en la pared, y protestó como si les hubieran amputado un brazo. No era para menos. El lienzo era obra de Alejo Fernández entre 1531 y 1536. Representaba a una Virgen de la Misericordia bajo cuyo manto se refugiaban una decena de personajes orantes, entre ellos Fernando el Católico, el emperador Carlos V, Cristóbal Colón, Américo Vespucio, uno de los hermanos Pinzón…, pero lo más relevante consistía en que, entre las sombras, se distinguían indígenas americanos. Los expertos consideraban la imagen de la Virgen, también conocida como de los Mareantes o de los Buenos Aires, como la primera obra pictórica cuya temática era el descubrimiento de América.

—El Alcázar volverá a recobrar tan valiosas joyas artísticas que, junto con el edificio, pertenecen al pueblo sevillano —prometió Azaña.

—Así lo esperamos, porque es de justicia. Sería inadecuado pensar que el cuadro pertenece a la Corona y no al conjunto monumental. Y sería aún más nocivo pensar que no se fiaban de nosotros como gestores de lo público —dijo Horacio Hermoso.

—Patrimonio tiene su criterio y el Ayuntamiento ha sido incapaz de aportar documentación alguna sobre la propiedad de la obra, salvo los recuerdos de quienes la habían visto en su ubicación desde que tienen memoria. Para mí esto basta, así que he aprobado su devolución.

26

Horacio estaba feliz de que las grandes noticias fueran que el Ayuntamiento se dedicaba a eliminar jaramagos de los tejados; la campaña para prohibir fumar en las sesiones plenarias, y la iniciativa del alcalde de adquirir en propiedad un bastón de mando con borlas para evitar que cada regidor se llevara el suyo a casa al final del mandato. Horacio emprendió medidas para evitar la mendicidad en las calles, devolvió a los pueblos a quienes no eran naturales y estudió un proyecto de asistencia social con el fin de evitar que los necesitados tuviesen que pedir limosna, en especial los niños, «un espectáculo bochornoso que hay que evitar a toda costa». Esos días regresaron a sus casas, después de casi un año, catorce niños asturianos acogidos por Pro-Infancia Obrera, en una acción para paliar las consecuencias de la «Revolución de Octubre». Horacio mandó a la banda municipal a las vías del tren para despedir a los niños y consolarles a ellos y a sus progenitores temporales con abundantes meriendas y golosinas, que pagó de su bolsillo.

Los últimos días del mes de mayo del 36 supusieron el final de la polémica sobre el mono Fernando. Este simio llegó de algún país iberoamericano para la Exposición del 29, se escapó y vivió en los árboles del centro hasta que lo capturaron e introdujeron en el parque de María Luisa. El problema era que Fernando tenía mal genio y se había peleado con varios transeúntes, hasta el punto de que a un turista le mordió y este denunció al Ayuntamiento, que fue condenado a indemnizar al visitante con seiscientas pesetas. Conocida la sentencia y vista la precaria situación de las arcas municipales, los ediles advirtieron al alcalde del reguero de denuncias que podía causar el animal, que ya sumaban ocho.

—Este mono alienta las más recalcitrantes ideas fascistas porque siempre escoge a sus víctimas entre los obreros que trabajan en el parque —dijo en tono jocoso un concejal.

—Igual es la manera de acabar con el paro obrero. Que se pongan en fila y se dejen morder por Fernando —alentó Barneto.

El alcalde zanjó la polémica:

—El mono supone un peligro público. Los técnicos me han informado de que lo trasladarán al laboratorio municipal para examinarlo, y volverá al parque de María Luisa, pero en una jaula que dejó vacante una pantera que fue exhibida en el pabellón de Guinea. Así no morderá a nadie.

En este ambiente llegó a Sevilla el nuevo gobernador civil, José María Varela Rendueles. Su antecesor, Ricardo Corro, se había marchado al Congreso tras la celebración de las elecciones aplazadas en Granada y el nuevo presidente del Gobierno, Santiago Casares Quiroga, confió en este paisano coruñés, muy joven, con experiencia en el puesto en Vizcaya. Varela les dijo a los suyos que acudía prácticamente al infierno, pues así le habrían contado el propio Casares («La provincia más conflictiva»), el sevillano Martínez Barrio («Está en llamas») y los comunistas José Díaz y la Pasionaria («Le deseamos que restablezca la paz»).

Justo en su primera semana un mitin aparentemente pacífico en Écija terminó en «cacería». El socialista Indalecio Prieto y otros dirigentes nacionales como los doctores Fraile y Negrín, con décadas de recorrido en el partido, acudían a dar un mitin en la plaza de toros cuando representantes de las Juventudes Socialistas Unificadas comenzaron a dar vivas a la corriente de Largo Caballero y a Santiago Carrillo, de manera que los organizadores suspendieron el acto.

—¡Viva el Partido Caballerista! —dijo un joven revolucionario.

—¡Viva Carrillo! —le siguió otro marxista.

—¡Viva la unidad, y fuego contra los camaradas!

—¡UHP y a pedrada limpia contra los bravos de Asturias!

Indalecio Prieto salió protegido por policías y escoltas en medio de disparos y pedradas. *El Socialista* lamentó el fruto del «verbalismo revolucionario en la hora que el fascismo articula su ofensiva». El gobernador presumió de que había enviado por precaución al jefe de la Brigada social y a dos guardias de asalto, además de organizar un dispositivo en las afueras de la plaza, decisivos en su opinión para evitar mayores consecuencias. El propio Indalecio le llamó desde Córdoba para agradecerle la gestión y rogarle que no persiguiese a los autores, todos ellos socialistas.

Tanto el gobernador como Horacio lamentaron que otros jóvenes hicieran uso de la violencia en las calles. Un grupo de chavales del barrio de Triana con camisas azules de Falange esperaron a que saliera la hermandad del Rocío para recorrer las calles del itinerario y obligar, bajo amenaza, a los vecinos a quitar de los balcones las colgaduras que habían puesto. Hubo riñas, y conatos de pelea, hasta que las personas del barrio accedieron a las exigencias de los jóvenes. Horacio se preguntaba si estos actos eran una simple afición por la violencia o latía un rechazo visceral a las manifestaciones religiosas populares mientras se viviera en una república, como ocurriese con la intención de boicotear la Semana Santa.

27

Para evadirse de los problemas, a Horacio le gustaba leer las crónicas de Chaves Nogales, su periodista favorito, porque en la mayoría de las ocasiones compartía sus opiniones. Esos días escribía sobre la romería del Rocío:

> Todavía el año anterior, a pesar de la República, fue el Rocío una fiesta de señoritos. Pero este año los señoritos se han ido a Gibraltar, a Estoril o a Biarritz, y al santuario de Almonte no han llegado más que los romeros castizos, la buena gente del pueblo, los sencillos devotos de la Virgen del Rocío, los hermanos de siempre: «Hemos estado los cabales —me decía orgullosamente un viejo rociero—; los de verdad, los buenos. Ha sido una romería como las antiguas, como las verdaderas. Menos lujo, menos postinera; pero más hermandad y más devoción. Hemos demostrado que por los caminos de Andalucía aún se puede ir con el simpecado en alto a rezarle a la virgen».

Mientras la popular imagen recorría la aldea de El Rocío, el cardenal Ilundáin celebraba en la Catedral una misa pontifical en honor del ochenta cumpleaños del papa Pío XI. Este, en el Vaticano, se dirigía a los católicos de todo el mundo para alentarles en su lucha contra el comunismo.

28

Mendiola contaba con los mejores avales para ser el candidato a la Alcaldía de Sevilla: era el favorito del todopoderoso Martínez Barrio, amigo de Blasco y el frentepopulista que había cosechado más votos en las últimas elecciones, muy por delante de Barneto o de Estrada, gracias al respaldo de los obreros y de los jornaleros que le idolatraban como líder de la CNT antes de dedicarse en cuerpo y alma a la organización de la naciente Unión Republicana. Mendiola ideó un plan para alcanzar la Alcaldía cuanto antes y desalojar a su ocupante, el interino y sobrevalorado Horacio Hermoso. El dirigente divulgó que suponía un deber y una obligación la renovación de las filas de Unión Republicana, así que en junio del 36 provocó una gran crisis en el grupo municipal. Mendiola aprovecharía para laminar a las viejas glorias y a los partidarios de Puelles, el dirigente provincial, pero, sobre todo, se auparía a sí mismo como primer teniente de alcalde. Horacio Hermoso cesaría en algún momento y, de facto, Mendiola se convertiría en alcalde de Sevilla a la espera de las elecciones.

Finalizado el Rocío, los periódicos conocieron que en la asamblea local de Unión Republicana habían dimitido siete de sus concejales, entre ellos, el propio Puelles, que compaginaba ambos cargos. Con él lo hicieron veteranos y sus afines, además de quienes querían volcar su atención en sus actividades personales y profesionales, como adujo ante la prensa Joaquín León Trejo, quien rechazó ser candidato a alcalde en febrero.

La crisis provocada en Unión Republicana pudo ir a más porque otros cinco concejales presentaron sus renuncias, entre ellos, el primer teniente de alcalde, Fernando García y García de Leániz, quien debía retirarse para dejar hueco a Mendiola. Horacio estaba muy preocupado porque estaban descomponiendo el Ayuntamiento, cambiando unos cromos por otros, y encargó a su hermano Carlos que comprara los periódicos para que, cuando llegara a casa por la noche, le resumiera lo que estaba pasando en Unión Republicana.

—A ver, Horacio, comenzamos —dijo Carlos—. Este periodista se hace la misma pregunta que yo: si por ministerio de la ley, el cargo de concejal es irrenunciable, ¿quién comprende cómo pueden abandonar hasta siete concejales?

—Pues tiene razón, pero la causa de la dimisión es justificable. Lo que sucede es que les están obligando a dimitir. Algunos se lo merecen, pero no es el caso de Leániz, quien ha trabajado con fidelidad al alcalde.

—Ese Mendiola te va a hacer la vida imposible hasta que dimitas. Mira, aquí dicen que parece que, allá en las alturas, a don Diego no le han caído muy bien estas cosas.

—Es que la República no está para líos, no está asentada, y ya hay sitios donde han roto el pacto del Frente Popular. Aquí al lado, en Dos Hermanas, republicanos y socialistas no se pueden ver. Al final los comunistas están siendo los más aplicados.

—Continúan diciendo que tampoco le ha gustado mucho la sorpresa al alcalde, pues, si se ausentan concejales de elección popular y es necesario llenar sus huecos con nombramientos gubernativos, el Ayuntamiento quedará ya franca, clara y decididamente convertido en una comisión gestora de tipo dictatorial.

—Bueno, ahí se han pasado, cumplimos con las leyes.

—Este está simpático: «Siete, número simbólico en la cábala, por el que sienten verdadero fervor los ocultistas».

—Será el *ABC* —dijo Horacio. Carlos asintió.

En el primer pleno tras la asamblea se produjeron las renuncias. Durante días la noticia política más importante fueron los sustitutos, y tanto el gobernador como el alcalde padecieron una tormenta de preguntas:

—En *El Liberal* escriben que, «Nuevamente, y por centésima vez, unos reporteros, que deben de ser unos humoristas formidables, preguntaron al gobernador civil por los nombres de los nuevos concejales. El señor Varela no sabe, todavía, nada. Entonces, también se le preguntó al alcalde, allí presente, y el señor Hermoso, con una sonrisita maliciosa, afirmó que tampoco tenía detalles. Mañana volveremos a preguntar lo mismo».

—Yo no tengo una sonrisa maliciosa con esto, es muy serio —se defendió Horacio a quien se le escapó una sonrisa ante su hermano.

—Disimula bien o a las elecciones vais a tener que ir por separado, y entonces veremos si las derechas no resucitan por vuestra culpa —le censuró Carlos.

—Tienes razón, ¡pero es que son tan soberbios! Han respetado la unión del pacto cien días, y, al ciento uno, a la gresca. No es por mí, que conste; es que le estamos diciendo a la sociedad que aquello que les prometimos en el programa era una engañifa para captar votos, que lo que nos importa verdaderamente son los sillones, los cargos y las influencias.

—Bueno, aquí lo recogen muy bien. Escucha: «Otro diálogo. ¿Se puede saber, por fin, lo que ha pasado en la asamblea de Unión Republicana? Pues que la cuestión peliaguda, o sea, la cuestión Puelles-Mendiola, no llegó a tratarse a fondo, en espera de que dictaminen en las altas esferas. Antes de adoptar una determinación, es preciso saber lo que piensa don Diego».

—Habrá que esperar acontecimientos —zanjó Horacio.

En el pleno siguiente, la crisis fue a más. García de Leániz presentó la dimisión como número dos del alcalde y como delegado de Fiestas. Era la maniobra pretendida por Mendiola y el Cabildo aceptó la renuncia de Leániz sin comentarios, con el ruego de los grupos del Frente Popular al gobernador de que se cubriesen las vacantes de una vez.

—Para los periódicos de las derechas es el tema del año, no hay otra cosa más importante que la descomposición prematura del Frente Popular. Hasta se divierten con ello. Gracias, Horacio, por el encargo —dijo Carlos con desagrado.

—La verdad es que no sé qué hacer, hablaré con el gobernador a ver cómo acabamos con esto. Nos está despistando.

—Según dice *La Unión*, ya has ido. Mira la opereta que se marca. Escribe el periodista: «Hay un lío fantástico alrededor de las vacantes de los concejales. El partido de Unión Republicana le ha dicho al gobernador civil: "Yo le he dado a usted siete dimisiones. Los siete son de Unión Republicana. Pues entonces usted me entrega a siete concejales y estamos en paz". Pero, por otra parte, el señor Hermoso le responde al gobernador: "Los de Unión Republicana van en coche. Con que se le devuelvan cuatro de las siete concejalías que han entregado es suficiente, y de las tres restantes yo quiero una". Y Barneto añade: "Y yo otra". Y Estrada reclama: "Y yo otra". Y el señor gobernador dice: "A ver si se ponen ustedes de acuerdo, señores, que yo tengo mucho que hacer"».

—Nos ponen como alimañas, aunque en algo tienen razón: los concejales son del Frente Popular y algo tendremos que decir los demás —matizó Horacio, que pidió a Carlos que siguiera leyendo si contaban algo más.

—Prosiguen: «Como la gente habla tanto, el comentario es que han comenzado ciertos trabajos alrededor de la alcaldía, si bien el señor Hermoso no parece muy dispuesto a dejarse camelar. Claro que aún no se conoce muy a fondo la actitud de los republicanos ni se pueden aquilatar, de momento, las aspiraciones del señor Mendiola, uno de sus más distinguidos primates».

—Es bastante faltón, pero deja en evidencia que al señor Mendiola no le faltan enemigos —dijo Horacio.

—¿Le conoces? —preguntó Carlos.

—Muy poco —respondió—. Como sabía que era el aspirante a sucederme, no he querido tener mucho trato con él.

—Pues la prensa no tiene cosa mejor que hacer. Dicen: «Todos los días, y alguno por dos veces, tarde y noche, los periodistas que hacen información en el Gobierno civil preguntan al señor Varela por ese lío de los nuevos concejales. Claro que los reporteros han desistido de publicar la preguntita diaria, porque parecería una tomadura de pelo a sus lectores. Uno de esos amigos oficiosos que siempre tenemos los periodistas decía ayer tarde a los informadores: "¿Saben ustedes quién está en el centro de todo esto? Pues un concejal, que también es su compañero: Magadán. ¿Por qué no le preguntan a él?". A lo que respondieron los informadores: "¿Interviuvar nosotros a Magadán? ¡Vamos, hombre, no sabe usted lo que es un periodista forrado de político!"».

—Pobre Magadán. Lo que le faltaba es que le metan en este lío —lamentó Horacio.

29

Horacio meditó qué hacer ante la crisis de Unión Republicana, pero tenía entre manos asuntos más acuciantes e igual de delicados.

Al pleno acudieron todos los concejales de las derechas, de donde se ausentaban desde hacía tres meses. Se discutía la expulsión de las congregaciones de monjas al frente de los orfanatos y asilos, un tema sobre el que las posturas estaban muy enfrentadas. Tomó la palabra Manuel Beca Mateos, abogado, orgulloso padre de familia católico e incipiente productor de cine en su tiempo libre. Defendió su postura con severidad, pero la decisión estaba tomada: como en el resto del país, profesionales laicos se encargarían de la atención a los vulnerables. No valía argumentar su condición de mujeres ni de religiosas, porque las acusaron de componer coplillas contra la República, prohibir a las muchachas acudir a la manifestación del 1 de mayo e incitarlas a dar vivas al fascio. En cuanto terminó el debate, los diez concejales de derechas se retiraron y prometieron no regresar. Habían votado nominalmente para que los votantes católicos valoraran su ardiente oposición.

El resto de concejales aprobó que los plenos comenzaran a celebrarse temprano por la mañana en lugar de los sábados por la noche. La mayoría de los concejales mantenían sus actividades profesionales, bien como empleados, médicos o abogados en los partidos republicanos, bien como panaderos, obreros portuarios o albañiles en las fuerzas obreras. Trabajaban los sábados, pero acordaron un cambio en los horarios para conciliar los planes vacacionales.

La mayoría del resto de asuntos a debate, sin embargo, no obtuvieron eco, porque enseguida comenzó la campaña de *La Unión*, del *ABC* y de *El Correo de Andalucía*. Esta vez sí irían a por Horacio.

—Mira, sales en tres periódicos —le avanzó su hermano Carlos—. Este se burla del debate promovido por tu partido sobre las ventajas tributarias de los vendedores de calentitos en la calle frente a los churreros de interiores.

—Es una desigualdad evidente, esos trabajadores tienen sus preocupaciones.

—Más vista, Horacio, gradúate las gafas de lejos. En *La Unión* uno dice que el Ayuntamiento lleva seis meses sin pagar las casas de los maestros, cuatro de los mismos de tu mandato, y que el alquiler les cuesta veinticinco de los cuarenta y siete duros que cobran mensuales. En cambio, afirma que sí tienes dinero para la sustitución de las hermanas del asilo por personal laico.

—¿Y quién lo firma? —tomó Horacio el periódico—. Un anónimo. No pienso responder. Si todo va a ser así, no puedo caer en las provocaciones.

—Tienes que protegerte, Horacio. Si los periodistas te preguntan los motivos, les explicas que ha sido una decisión del pleno y del Frente Popular, no tuya. Pero tú vas y dices que la decisión está justificada en un ahorro para las arcas municipales. Que sí, que quieres ser el alcalde-contable, pero estás en política, y no puedes permitir estar en el punto de mira —le reprochó Carlos.

—Puede que tengas razón. El sábado pasado prescindieron de sus servicios en Cádiz, y las fotografías en los periódicos han corrido de mano en mano. Aquí debemos ser precavidos.

Horacio declaró festivo el día del Corpus, como hiciera con los días grandes de la Semana Santa, y a diferencia de los gobiernos de derechas. La decisión permitió el cierre de los comercios, aunque Horacio mantuvo trabajando al personal municipal hasta las dos de la tarde. Sin embargo, la decisión de la retirada de las monjas fue comunicada ese mismo día mientras el cardenal celebraba la misa, la procesión y los bailes de los seises dentro de la Catedral. Asistieron más de veinte mil almas, que esperaron durante dos horas para pasar delante de la custodia.

—Es el colmo, ¿cómo puede todavía mantener ese alcalde que no se trata de una persecución? ¡No podemos salir a la calle! Estamos celebrando el Corpus, que tiene más de cinco siglos de tradición, dentro de los edificios religiosos —protestó el cardenal en conversación con los concejales que habían portado el palio, Manuel Beca Mateos y Manuel Bermudo Barrera. Resonaban en las galerías las aclamaciones al cardenal, los vivas al Santísimo, a la España católica y a la Sevilla mariana.

—Hoy mismo, cardenal, he recordado otros tiempos felices, cuando el Ayuntamiento cooperaba con la colocación de un altar portátil en la plaza de San Francisco —dijo Beca Mateos.

—Es un ataque continuo. Dicté instrucciones para prevenir las intromisiones de las autoridades sobre los derechos de la Iglesia en los cementerios y enterramientos de los fieles. ¿Saben qué? Los frentepopulistas van a prohibir los enterramientos en los cementerios particulares de las órdenes religiosas, como las hermanas mercedarias, justificándolo en los riesgos para la salud pública —declaró el cardenal.

—Es una agresión clarísima —sostuvo Beca Mateos—. Contra las tradiciones, contra lo que respetamos y contra lo que amamos. Cardenal, usted lo sabe, lleva tiempo suficiente para comprender que nuestras tradiciones son nuestra identidad, más que eso, nos construimos a partir de ellas, conforman el legado que transmitimos a nuestros hijos, suponen nuestra esencia como sevillanos. ¡Y nos las quieren cambiar! Si no les gustan, que no participen, están en su derecho, pero que respeten nuestra fe, nuestras convicciones y nuestra concepción de la familia.

—Concejal, lo repetiré mil veces. Ningún texto legal, ni siquiera una Constitución, puede enterrar tradiciones de siglos. Hay que enseñar a respetar a todas las personas, sean cuales sean sus opciones personales, aunque dejando claro que no todas las opiniones son respetables. Estos políticos tienen una mirada cortoplacista, sin atender al daño que están causando. Hay que contrarrestar estos extremismos o irán avanzando.

—Sevilla es eterna, cardenal. No solo son revolucionarios esos marxistas y los anarquistas, lo son todos los republicanos —apostilló Beca Mateos.

—Sabremos poner la otra mejilla. El tiempo hará justicia.

—Nosotros hemos decidido acabar de una vez con esto. Me refiero a que no acudiremos más a los plenos a participar de la pantomima —aclaró ante la expresión del cardenal.

—Los valores católicos tienen que estar presentes en los espacios de representación popular —reprendió Ilundáin la decisión de los concejales.

—Lo estarán. Hablaremos con la prensa y otros medios de presión, no dejaremos que impongan su visión ni sus valores —agregó Bermudo, que asistía silencioso a la conversación.

—De todas maneras, necesitamos acciones más contundentes —continuó Beca Mateos—. Hay agrupaciones que desean un cambio político porque la situación es insostenible. ¿Acaso tenemos que esperar a que ardan todas las iglesias y los conventos? ¿O que los niños quemen en una pira los crucifijos en el patio del colegio? Mis contactos aseguran que habrá cambios pronto —afirmó Beca Mateos, quien frecuentaba la compañía de los funcionarios falangistas cuando acudía al ayuntamiento.

—Sí, parece que mandos del Ejército se están movilizando —comentó Ilundáin, quien, al observar el rostro de los concejales, reculó contrariado—. Disculpen, son comentarios que llegan hasta el más recóndito de los espacios, a este mismo Palacio Arzobispal. Concejales, les deseo suerte en su labor y mi agradecimiento por el apoyo municipal a esta manifestación tan noble de espíritu.

30

A semejanza del acuerdo del Ayuntamiento, la Diputación de Sevilla aprobó la ruptura de las relaciones con las Hermanas de la Caridad. Puelles incluso solicitó del Ministerio de Instrucción Pública la organización de un patronato de enseñanza para la supresión de la docencia religiosa. El médico no daba puntada sin hilo y organizó a final de la semana un banquete en el Andalucía Palace. La justificación fue la finalización de las obras del laboratorio del hospital provincial, pero la intención era bien otra: reforzarse en el pulso que mantenía con Mendiola y virar la Unión Republicana hacia su dirección. Horacio se puso de su lado y convenció al recién llegado gobernador civil, de Izquierda Republicana, de asistir junto a más de sesenta invitados.

Las espadas seguían en alto y a la mañana siguiente se celebró el último pleno de junio mientras la prensa destacaba a cinco columnas la fotografía de la triada republicana Puelles-Hermoso-Varela. Horacio accedió a que, de los siete concejales dimisionarios, Unión Republicana renovase a cuatro de ellos a la espera de proseguir con las negociaciones. El alcalde sugirió a socialistas y comunistas que las otras tres plazas se la podían repartir entre ellos, y esto tenía encantados a Estrada y a Barneto, que rechazaban las ambiciones de Mendiola. Con el dirigente republicano entraron Timor, Vaquero y Ángel Casal, el rey de los bolsos de la calle Sierpes, y quedaron frenadas las aspiraciones de Rechi Ballesteros, Herrera Mata y el periodista de *El Liberal* Antonio Márquez, que contaba con el respaldo de todos los plumillas.

Horacio propuso que una comisión integrada por miembros de los cuatro partidos saliera del salón de plenos para recibir a los nuevos concejales, pero Barneto se mofó de la idea:

—¿Es que los vamos a traer en brazos?

Las risas llegaron hasta el alcalde, que ordenó a los bedeles que les hiciera pasar.

—Este pleno os ofrece la más calurosa acogida —les recibió el alcalde.

Mendiola entró muy serio, y habló sin que nadie le concediera la palabra:

—La minoría de Unión Republicana ofrece cooperación, pero advierto de que es el momento de que se señalen la forma y los límites de esa colaboración —dijo Mendiola provocando los primeros murmullos en la sala. Continuó—: Hago la salvedad de que el pacto es nacional, pero a nivel local no existe un programa mínimo que realizar, por lo que reclamo la libertad de Unión Republicana para enjuiciar los problemas que se presenten sin que cualquier discrepancia con otra minoría signifique la ruptura del Frente Popular.

—Agradezco sus palabras, señor Mendiola, si bien en este Ayuntamiento se realiza una política en conjunto y así se ha venido haciendo —aclaró Horacio Hermoso.

—El pacto que originó el Frente Popular no fue un mero convenio de los jefes políticos, aunque no veo inconveniente en el estudio de un programa mínimo de organización municipal, siempre que se respete el sentido izquierdista y obrerista del pacto —intervino el socialista Estrada.

—Los comunistas estamos de acuerdo en que el Frente Popular no podría vivir solo a base de lo que hubiesen firmado en Madrid unas cuantas personalidades, sino que es necesario llevarlo a todas partes. No tenemos inconveniente en formar un programa municipal, pero el Frente Popular hay que mantenerlo a toda costa, porque el fascismo no está muerto y se oyen ruidos de sables y espuelas en las calles —dijo el concejal González Lora, que sustituiría a Delicado en la portavocía.

—Por nuestra parte, también deseo un programa municipal, pero dentro del Frente Popular, pues, en caso contrario, la minoría de Izquierda Republicana abandonaría el Ayuntamiento —precisó Magadán.

—Está bien, una vez dada la bienvenida a los nuevos concejales, y expresados los pareceres de los grupos, procedamos a la votación para primer teniente de alcalde, por dimisión del señor García de Leániz. Concejales, a votar —ordenó el alcalde Hermoso.

Los concejales frentepopulistas, a solas en el salón de plenos por el plantón de las derechas, se levantaron uno a uno. Horacio fue leyendo el resultado de las papeletas y desde el primer momento la cara de Mendiola se avinagró. Horacio mantuvo la firmeza cada vez que proclamaba los votos para Leániz. Al final, el resultado fue de catorce a nueve a favor del dimisionario frente a su superior en la organización, Mendiola, a quien solo habían votado los de su partido.

La bofetada había sido más que humillante, y Mendiola no pudo aguantarse la ira. Se dirigió directamente al alcalde, a quien acusó de orquestar la operación en su contra.

—Los nombres de los candidatos los designan los partidos. Unión Republicana le entregó una nota a la Secretaría con el nombre del sustituto, creyendo innecesario ponerse de acuerdo previamente con los demás sectores políticos del cabildo.

—Esa nota le ha llegado al secretario al comenzar el pleno —respondió el alcalde.

—Entonces al recibir la propuesta tendría que haberla trasladado a los otros partidos, y así se hubieran evitado las discrepancias, siempre lamentables —protestó Mendiola.

—Siento decirle que no está usted en posesión de la verdad. En todos los casos anteriores se ha seguido la misma norma. Los cuatro partidos integrantes del Frente Popular se pusieron de acuerdo para la provisión de cargos, para todas las tenencias, y luego se designaron las personas y hasta las delegaciones —dijo Horacio, quien añadió—: Le recuerdo que usted, señor Mendiola, participó en nombre de Unión Republicana en esas negociaciones.

—Es cierto, siempre los cuatro partidos se pusieron de acuerdo —añadió Magadán.

El socialista Estrada insistió con la designación de García de Leániz, y este volvió a rechazar el cargo, con mayor motivo cuando en las próximas semanas debía ausentarse para acompañar a las colonias escolares.

—Acepte usted el resultado —rechinó entre dientes Mendiola—. Ya llegaremos a un acuerdo.

—Queda por tanto el señor García de Leániz designado de manera interina como primer teniente de alcalde. No se hable más. Pasemos a los siguientes puntos del día —continuó el alcalde.

Al día siguiente Horacio no encontró ni una línea de los importantes asuntos tratados en el cabildo, y esto le indignó aún más con Unión Republicana y con Martínez Barrio, quien seguro andaría informado de los tejemanejes. Los acuerdos urbanísticos le dolieron especialmente porque conocía los esfuerzos que había realizado el concejal Estrada y, antes, Delicado. Las fuerzas obreras estaban muy implicadas en la política urbanística; de hecho, los comunistas pensaban que ese interés era el que le había reportado unos excelentes resultados en Francia. Delicado propuso un parque de atracciones en el parque de María Luisa para fomentar aún más el turismo, aunque el alcalde expuso sus dudas sobre el interés de los empresarios. El pleno aprobó una moción urgente para la creación de un parque infantil en Triana, para el que se expropiaría en el barrio de León un naranjal cuyo propietario no rentaba. El socialista Estrada planteó una moción para la creación por primera vez de una Oficina de Urbanismo. La ciudad ni siquiera contaba con un buen plano, pues habitualmente se usaba uno antiguo facilitado por la Compañía de Tranvías. El alcalde se comprometió a recoger un plano del Instituto Geográfico en su próxima visita a Madrid.

Horacio tampoco comprendió cómo los periódicos no reprodujeron ni una línea de una importante concesión en la que había estado trabajando las últimas semanas, y que a él le parecía muy atractiva: el Ayuntamiento instalaría en las calles unas columnas y señales luminosas para informar a los viandantes y conductores. Estaba previsto que esta publicidad luminosa, hablada y musical se contrataría en el próximo trimestre a la empresa Cine-Phono-Fix, por una concesión de veinte años. El micrófono se instalaría en el despacho del alcalde y se podría utilizar un máximo de treinta minutos al día, salvo en ocasiones excepcionales; la música se interrumpiría a las diez de la noche y los anuncios a las diez y media. Las columnas se instalarían junto al arquillo del ayuntamiento en la avenida de la Libertad, la Plaza del Salvador, la Campana, Altozano, la plaza de la República, la plaza del Pacífico (Magdalena), la Puerta de la Carne, la plaza de Armas y la calle Feria, en el cruce con la Cruz Verde. Los mensajes del alcalde *speaker* llegarían a todos los rincones de Sevilla.

31

La fiebre autonomista tras la victoria del Frente Popular pasó de largo por Andalucía hasta que, cercano el verano, conversaron el alcalde de Sevilla, Horacio Hermoso Araujo, y el presidente de la Diputación Provincial, José Manuel Puelles.

—Tenemos que convencer a don Blas de que lidere esta reivindicación —propuso Horacio—. Es el auténtico ideólogo de este movimiento. Podría haberse acomodado en el gratificante puesto de notario y en su parentela con terratenientes. Sin embargo, es el mayor activista contra la desigualdad y el hambre de nuestra tierra.

—Para él nosotros seguimos siendo unos burgueses acomodados. Le lanzamos guiños e invitaciones, pero existen dudas de si ha desconectado definitivamente de la política.

—Los miembros de la Junta Liberalista se están movilizando. Uno de esos andalucistas es amigo de la familia de Mercedes, Vicente Galiana. Trabaja con mi suegro y me ha pedido que las instituciones del Frente Popular ayudemos a impulsarlos. Hemos celebrado un pleno y nos hemos comprometido a financiar una campaña pro-Estatuto. Los comunistas se lo pensarán y los socialistas votarán en contra de todo lo que huela a la etapa de Hermenegildo, nada que no sepas, pero la moción seguirá adelante.

—Esta Diputación fue la primera en colgar la bandera de Andalucía en la fachada, y por dos veces en una semana. Pero hoy ya nadie se acuerda de Hermenegildo, es agua pasada.

—Están haciendo consultas sobre el texto que aprobaron en Córdoba, sobre si es válido o no. Han pasado un cuestionario a todas las diputaciones y ayuntamientos, además de a personas y grupos de distintas opciones políticas, a sindicatos y a otros colectivos. Hay que reconocerle a don Blas que a testarudo no le gana nadie. Pero los andalucistas necesitan una acción desde arriba.

—Está bien, Horacio, promoveré que se debata en la Diputación esa iniciativa, y retomaremos el proyecto del Estatuto.

A los cuatro días, la Diputación aprobó una moción. A continuación, Puelles convocó a los miembros de la Junta Liberalista y llamó a Horacio para confiarle sus impresiones:

—Si lo dejamos en manos de ese organismo, iremos muy lentos. Están pidiendo fondos para publicar siete mil ejemplares cuando los gallegos han publicado cien mil. Eso cuando el respaldo popular en nuestra tierra a este proyecto es inexistente. Les he advertido que desde Córdoba en el 33 el proceso se ha enfriado y que, si las consultas del cuestionario dieran un resultado negativo al texto, habría que resignarse a prescindir, hasta mejor momento, del régimen autonómico. Por ello les he convencido de no esperar a procesos de participación y convocar una gran reunión cuanto antes. Estoy dispuesto a organizarla, pero tenemos que convencer a don Blas de que se deje de plebiscitos, el voto contrario de cualquier ayuntamiento no puede condicionarnos.

—Yo tengo esa convicción y me parece una apuesta política comprometida e ilusionante. Creo en la descentralización administrativa, y este es el momento, sin duda —coincidió Horacio.

—De los ayuntamientos, solo se consultará a los que sean cabeza de partido judicial. De lo contrario, tardaríamos años. ¿Has escuchado eso que dice ahora de una federación de pueblos ibérica? Quiere consultar hasta a los del Algarve portugués. No podemos permitirnos ese tipo de ocurrencias o se nos pasará el momento.

—Don Blas es una persona intuitiva y muy inteligente. Todos coincidimos en su admirable perseverancia durante décadas, solo acompañado por un grupo de liberalistas y simpatizantes. Pero para centrar el tiro de idealistas y visionarios estamos los políticos.

—La gran asamblea será a principios de julio. Él tiene que estar sí o sí.

—Mercedes conoce muy bien a su mujer. Se vieron de nuevo en abril, en el entierro de Ginesa, la madre de don Blas. Vivía con ellos, y está muy afectado, es un hombre muy sensible. Le propondré a Mercedes que le haga llegar que estamos dispuestos a todo para conseguir esa Andalucía libre que ambiciona.

Blas Infante cruzó la puerta de la Diputación Provincial el 5 de julio a las once de la mañana para participar en la asamblea convocada por Puelles. Como un mesías, le acompañaban más de una veintena de sus fieles seguidores, infatigables discípulos. A Horacio, don Blas le pareció más bien bajo, amable, de fiar y sencillo. Angustias le había confiado a Mercedes que su marido creía en los partidos del Frente Popular y en sus dirigentes para lograr de una vez la autonomía de Andalucía, impulsada por su Estatuto, después de una larga etapa de repulsa hacia los republicanos, que le habían llegado a organizar un complot los primeros años que a punto estuvo de dar con sus huesos en la cárcel.

Puelles se las había ingeniado para enviar la invitación a representantes políticos de todos los colores, aunque solo contestaron los del Frente Popular y un monárquico. Este era Ramón de Carranza, alcalde de Cádiz hasta la República, diputado, contacto frecuente del general Sanjurjo y enfebrecido antirrepublicano que, cuando presidió las Cortes como diputado de mayor edad, se negó a dar un viva a la República «porque no me da la gana».

De los ciento noventa y cinco invitados por Puelles, acudieron cincuenta y cuatro. Los políticos de Granada se oponían al proyecto y no mandaron a ningún representante, algo que a Blas le disgustó sobre manera, pero no tanto como el caso de Huelva. El Ayuntamiento había aprobado una moción para unirse al Estatuto de Badajoz. Así las cosas, la mayoría de los presentes, casi la mitad, eran de Sevilla.

Hubo quienes no pudieron acudir con tanta premura, pero mandaron cartas de adhesión, como los de Estepona, Rute, Pozoblanco o Grazalema, estos últimos, por falta de fondos. Horacio Hermoso Araujo, como anfitrión, les dio la bienvenida a todos ellos. Tras un sentido discurso a los hijos de esta tierra en el que Horacio se mostró firme partidario, como alcalde y como andaluz, de los beneficios del estatuto de autonomía, cedió la palabra a Blas Infante entre aclamaciones y vítores, aunque Puelles le interrumpió:

—Un momento, si son tan amables. Pido por favor que se realice un acto de justicia y se nombre a Blas Infante presidente de honor de la Junta Regional Pro-Estatuto y, por tanto, presidente de Andalucía.

El clamor llevó en volandas al patriarca del andalucismo:

—No soy nadie en Andalucía, sino un hombre que la sentí, la expresé y tuve fe en su crecimiento. En Andalucía veo la síntesis de las virtudes y de los valores de mi madre, y, por ello, amando a Andalucía, la actualizo a ella. —A Infante se le entrecortó la respiración emocionado.

Puelles había preparado un equipo de coordinadores que analizarían el texto del Estatuto para evitar la dilatada consulta popular que promovía Infante, que pretendía incorporar a Badajoz y a Murcia. Lo llamó Junta Regional y a ella pertenecerían los alcaldes de las capitales; los presidentes de las diputaciones; un representante de los ayuntamientos, que sería el de Carmona al ser este su amigo; algunos andalucistas de los de Infante; uno del Liceo andaluz en Madrid; los sindicatos UGT, CNT y CGT, y políticos de todos los partidos, no solo del Frente Popular, porque incluyó a carlistas, nicetistas e incluso a la Mesocracia Universal, que tenían un diputado por Jaén. Puelles sabía que la gran mayoría rehusaría la invitación, lo que agilizaría el trámite.

Con el texto definitivo encima de la mesa, la aprobación del Estatuto sería el último domingo de septiembre, ya que la actividad de las Cortes se retomaría tras las vacaciones el 1 de octubre, y así los diputados podrían conocer el proyecto del Estatuto andaluz nada más volver y preparar el debate de su votación definitiva en las Cortes. Pero ¿dónde celebrar esta Asamblea? El miembro del Liceo madrileño propuso la capital española, donde residían sesenta mil andaluces. Blas Infante volvió al escenario e hizo uso de su pico de oro.

—Me gustaría que esta decisión fuera acordada. Podríamos convocar un plebiscito para consultar la ciudad donde celebrar la Asamblea —propuso Infante, y Puelles mudó el gesto.

—Señor Infante, necesitamos acordarlo con premura —saltó Horacio.

—Pues diga usted dónde. Hemos convenido tácitamente que Sevilla es el centro espiritual de Andalucía, el centro de todas las realidades, donde se conserva el mayor vigor de las energías que se extinguen y donde empiezan a manifestarse la vitalidad nueva y los primeros latidos del renacer. Me dicen que genera injustas reticencias en los demás, así que deben decidirlo ustedes —continuó Infante.

—Está bien. Me encargaré de hacer las consultas —concluyó Puelles.

A las seis de la tarde, resueltos los puntos del orden del día, Puelles clausuró la reunión, e invitó a los presentes a una gira por el Guadalquivir a bordo de un remolcador.

32

Horacio encendió un puro, encantado con el desarrollo del evento y, sobre todo, con el destino del remolcador, que le había anticipado Mercedes. Blas Infante celebraba su cincuenta y un cumpleaños y sus familiares, conocidos y amigos le habían preparado una fiesta en su casa. Horacio tenía muchísima curiosidad por lo que le había hablado Mercedes. En un promontorio situado a unos sesenta metros de la rasante en la carretera entre Sevilla y Puebla del Río, en un cerro llamado de Las Culebras, se había levantado lo que los oriundos llamaban el castillo de don Blas. Pero si el exterior de almenas omeyas, presidido por el escudo hercúleo de Andalucía, era llamativo, el interior era de una extravagancia única. Don Blas había traído orfebres de Marruecos para decorar las paredes de lacería, porque quería experimentar en su propio hogar su fascinación por la Alhambra, el Alcázar sevillano y la mezquita de Córdoba. Encargó arcos de herradura sobre las puertas; filigranas en la yesería; lámparas y murales orientales; y lemas en aljamiado, con caracteres árabe, como el que pintó sobre la puerta principal: «Siempre seré andaluz».

Si el techo y una gran extensión de la pared estaban inspirados en los antepasados islámicos, don Blas decoró con azulejos trianeros desde la cintura hasta el suelo, y este con losetas propias de un cortijo. Al adentrarse por el pasillo, la oscuridad daba paso a la luz gracias a un patio interior inundado de su planta favorita, la cinta, porque era blanca y verde. Comenzaba la parte cristiana de la casa, con decenas de Vírgenes y cuadros de san Juan de la Cruz y santa Teresa de Jesús, hasta alcanzar una gran biblioteca, con volúmenes en una decena de idiomas que don Blas había aprendido a leer de manera autodidacta. Angustias solo había logrado dejar despejado el cuarto de matrimonio y los de los niños, y en su habitación acomodó la cuna de la pequeña, de once meses. La llamaron Alegría porque nació allí, en Dar al-farah, «la casa de la alegría».

—Por fin, hemos llegado. Os enseñaré mi hogar —Don Blas estaba entusiasmado por invitar a los dirigentes de Andalucía a la construcción que identificaba como la proyección de su pensamiento.

Los invitados subieron la empinada cuesta y, una vez en lo más alto, se deleitaron con las vistas, el perfil de Sevilla se dibujaba al fondo. Mercedes había viajado en el tranvía junto a sus dos hijos y esperaba a Horacio en la inmensa finca. Horacio y Mercedes jugaban con las hijas mayores de don Blas. Luisa Ginesa era más tímida, pero Mariquita era muy extrovertida y le agradaba participar en las reuniones y presentarse a las visitas, a quienes alegraba en sus tertulias y comidas. Solía bailar los valses de Strauss que el padre ponía en el gramófono, y le gustaba mucho «Sangre vienesa». Al hijo de Horacio le agradó sobremanera la compañía de la niña, aunque le despertó más curiosidad la mayor y sus preciosos ojos verdes.

Solo una persona en la reunión eclipsaba a Luisa, y no era su padre, que al llegar a la casa se había vestido con una chilaba al estilo marroquí y había preparado una decena de cachimbas. Se trataba del gobernador Varela Rendueles, que se había sumado a la fiesta. El gobernador estaba eufórico y de un excelente humor porque había logrado un acuerdo para terminar con la huelga de los inquilinos, que había durado dos meses.

—Cuando llegué me recibieron a la entrada carteles desafiantes de los inquilinos en todos los balcones. Colgaban percalinas rojas que pregonaban rebeldía frente a la ley y frente a la gramática. «¡biba la huerga!». «¡Mueran los cazeros!». «¡Bivan los inquirinos!». Al alcalde le pregunté cómo podía permitir esa vergüenza, por prestigio de la ciudad. La verdad es que, al principio, Horacio, me pareció usted un hombre de poco carácter.

—Bueno, la realidad era que los bomberos incumplieron la orden de retirar los carteles. Se negaban porque ellos también eran inquilinos y apoyaban la huelga.

—Lo mismo me sucedió con la Guardia de Asalto, pero como autoridad les amenacé y les hice elegir en el acto: eran una cosa u otra. Ni uno solo de ellos se consideró inquilino. Había acabado con el reto cartelero, evidentemente, no con la huelga.

—El problema de la vivienda es crónico y la respuesta de la huelga también. Hace veinte años se practicaban —explicó Horacio.

—Gracias a mi intervención es asunto cerrado. La solución era complicada, pero después de tres días de reuniones maratonianas, ayer por la noche firmó el representante de la Cámara de Inquilinos.

—Algún día dentro de muchos años, cuando estudien en qué consistió la etapa del Frente Popular, destacarán por encima de todo lo demás cómo el gran gobernador coruñés acabó con la huelga de recibos caídos —se burló Horacio aprovechando la distensión—. Ni la lucha contra el paro ni el levantamiento del embargo por la deuda de la Exposición… nada habrá tan importante como los derechos de los propietarios de viviendas.

—Me parece que se mezcla demasiado con los comunistas, alcalde. Advierto que habla como ellos —le reprendió Varela.

—Nada de lo que avergonzarse si tienen razón y sentido de la justicia.

Cuando se hizo de noche, encendieron unas candelas. La pequeña Luisa, exhausta, se dirigió a su padre para pedirle que recitara el estribillo de un poema popular que le gustaba oír de boca de su progenitor para quedarse dormida. Infante miró hacia el cielo y comenzó a recitar:

Luna, lunera,
cascabelera...

Infante tenía preparada una pequeña sorpresa para sus invitados. Les hizo pasar de nuevo al interior de la vivienda y, junto a un amplio zaguán, les acomodó para que escucharan lo que tenía preparado: la pieza para piano del himno de Andalucía. Él mismo la cantó, *sottovoce*, recitada como si evitara despertar a unos niños pequeños.

La bandera blanca y verde,
Vuelve tras siglos de guerra,
a decir paz y esperanza
bajo el sol de nuestra tierra.
Los andaluces queremos,
volver a ser lo que fuimos;
hombres de luz,
que a los hombres de alma grande les dimos.
¡Andaluces, levantaos!
¡Pedid tierra y libertad!
Sean, por Andalucía, libres, España y la Humanidad.

33

La alianza de gobierno que mantenía a Horacio como alcalde se descomponía por momentos y cada sesión podía ser la última de su mandato. Este sábado tenía los peores presagios, que se cumplieron desde primera hora. Había convocado un pleno extraordinario para concertar un préstamo y ejecutar obras, pero faltaron un gran número de concejales, tantos que la medida quedó sin aprobar para indignación de toda la prensa. Horacio temía que se diera la impresión de que, cuatro meses más tarde, la conjunción de partidos del Frente Popular estaba agotada…, y estaban haciendo méritos para ello. Si la mañana comenzó mal, continuó peor. Se produjo otra votación para el polémico reparto de las tenencias de alcaldía. Durante la semana el partido de Horacio había echado más leña al fuego al pedir la primera tenencia para Izquierda Republicana, con la explicación de que de esta manera continuarían las políticas del alcalde si este se ausentaba. Al contar los votos, Mendiola fue el candidato más votado, pero solo por los de su partido; Izquierda Republicana se decantó por el suyo, Emilio Barbero, y los socialistas y los comunistas votaron en blanco.

—Renunciamos no solo a la primera tenencia de alcaldía, sino a todas. Unión Republicana se establecerá desde hoy como una minoría más —reaccionó Mendiola desairado.

—Lamento profundamente el debate suscitado, no porque de él pudiera derivarse daño alguno para el Frente Popular, sino porque los enemigos del Frente podrían aprovecharse para llevar a cabo una campaña de descrédito y desprestigio contra él—dijo el compañero de Horacio, Álvarez Gómez.

—¡Eso son tópicos! —respondió Mendiola.

—Justificamos nuestra pretensión de ocupar esa tenencia —continuó Álvarez Gómez—, a la que Unión Republicana ha correspondido con una cerrada intransigencia.

—Muy breve —apuntó el comunista Delicado ante la imposibilidad de hallar un punto en común entre los dos partidos republicanos—, porque considero indispensable tratar públicamente estas cuestiones con la mayor prudencia, para no dar pábulo a los enemigos del Frente Popular y proclamen que el resultado de este asunto sea el principio del fin cuando en realidad no se trata de nada fundamental. Considero el caso baladí y sin trascendencia alguna para el porvenir del Frente, pues se trata únicamente de una leve discrepancia en cuanto a la asignación de un cargo. Y para sostener lo más fundamental, que es el Frente, nosotros hemos ofrecido la segunda tenencia de alcaldía, que está en manos de la minoría comunista.

—Si en la vida municipal se rompe el Frente Popular, la responsabilidad no puede alcanzar a Unión Republicana nunca —afirmó Mendiola—. Solo nos hemos opuesto a que prospere la pretensión de Izquierda Republicana de ocupar con uno de sus miembros un cargo que se le concedió y reconoció a mi partido en febrero. A las minorías obreras les digo que no han hecho bien en votar en blanco. Esta desaparición del Frente Popular en el Ayuntamiento no implica la imposibilidad de que continúe a todos los demás efectos nacionales y políticos.

—No hay derecho a pronunciarse como el señor Mendiola, y menos a calificar de tópicos las alusiones que se hicieron al regocijo que este debate produciría en los enemigos del Frente Popular, lo cual es en absoluto cierto; y desde luego tales enemigos se sentirán satisfechísimos ante el espectáculo que está dando la mayoría republicana municipal. En el fondo solo existe un asunto, y es que quien ostenta la primera tenencia tiene la posibilidad de sustituir por unos días al alcalde titular sin que haya discrepancias políticas en cuestiones fundamentales. Ruego a todos cordura —pidió Delicado.

—Lamento que se haya traído un asunto de esta naturaleza a debate público, porque ello va en perjuicio del Frente Popular al rechazar la responsabilidad que se quiere imputar a la minoría en cuyo nombre hablo —dijo el concejal de Izquierda Republicana.

—¡Claro! ¡Como que se ha jugado sucio! —protestó Mendiola.

Horacio zanjó el debate. Preguntó al cabildo si aceptaba las dimisiones. Como los concejales callaron, interpretó que se rechazaban.

—Insisto en que se han presentado con carácter irrevocable —se quejó de nuevo Mendiola.

—A la vista de ello lo que procede sería dejar para otra sesión la resolución del problema planteado por el señor Mendiola.

El conflicto entre los partidos republicanos quedó aplazado. Horacio acabó cansado de los conflictos orgánicos, y esa misma tarde marchó para Cádiz a disfrutar de unos días de descanso junto a Mercedes y sus hijos.

34

El domingo 12 de julio acudió como invitado de don Blas a un acto pro-Estatuto en la capital gaditana, en el que izarían por primera vez la bandera andaluza en esa ciudad. Solo de imaginarse en el balcón del ayuntamiento, a escasos metros del aluvión de personas concentradas en la plaza, Horacio sintió un dulce vértigo. En el acto se interpretaría por primera vez oficialmente el himno de Andalucía, como continuación de los ensayos que tuvieron lugar el martes previo en la sevillana plaza de San Lorenzo y el viernes en la Alameda. Horacio y don Blas estaban entusiasmados porque las crónicas destacaron que «el público acogió el himno con gran interés y con un caluroso aplauso, y fue de nuevo ejecutado a petición de la concurrencia, quienes siguieron mostrando su entusiasmo».

Don Blas tenía una especial predilección por Cádiz. Había elegido su escudo para toda Andalucía, un Hércules ante las columnas que sujetaba a dos leones, bajo la divisa latina «Dominator Hercules Fundator». Otro gaditano, el ateneísta Francisco Hohenleiter de Castro, había pintado el escudo por primera vez en el cartel de las fiestas sevillanas de primavera en el 34 y reproducido el diseño que había perfilado el coriano amigo de don Blas, Andrés Martínez de León. Al igual que el escudo, don Blas había aprobado la bandera en la Asamblea de Ronda de 1918 y la justificó en que la referencia más antigua —la que hace en sus versos, fechados en 1051, Abú Asbag Ibn Arqam, poeta al servicio del rey taifa de Almería— de una bandera en el territorio ya era verde y blanca. Además, la insignia de la dinastía Omeya, el periodo de mayor esplendor del territorio andaluz, exhibía los mismos colores; así como el estandarte de Colls del siglo XI; la que ondeó en la Giralda tras la victoria de la batalla de Alarcos en 1195; las incautadas a Boabdil en la batalla de Lucena, y la bandera de uno de los barcos de la Virgen de los Mareantes, el cuadro que Azaña le había prometido a Horacio que Sevilla recuperaría para su Alcázar.

Recién llegado a Cádiz, Don Blas aceptó la cerveza que le ofrecían para refrescarse del calor y conversó con otras autoridades con su buen humor habitual, que él identificaba con la esencia del andaluz. Se asomó al balcón del ayuntamiento y contempló la avalancha de personas en la plaza. Colocó la bandera de Andalucía sin quitar ninguna otra, maldijo el fuerte viento de levante, y se dirigió al público:

«La bandera andaluza, símbolo de esperanza y de paz, que aquí hemos izado, no nos traerá ni la paz ni la esperanza ni la libertad que anhelamos, si cada uno de nosotros no la lleva ya plenamente izada en su corazón. Bien está el símbolo airoso que ahora ondea al viento, pero tengamos cuidado, no vaya a venir un huracán y se lleve, no solo el símbolo, sino a nosotros; por eso la debemos velar permanentemente, como si estuviera en un templo, la presencia de nuestros sentimientos, con ansia de quererla como representación del afán de amor para nosotros mismos, para España y para la humanidad».

El acto propagandístico con las entidades económicas y sociales se celebró en el Conservatorio de Música y Declamación de Santa Cecilia. Allí se dirigieron don Horacio y don

Blas, junto a las señoras del Consejo de la Mujer Andaluza, entre las que se encontraba Mercedes, que se había unido a la causa. Horacio se presentó como gaditano y dijo que estudiaba el Estatuto andaluz desde el punto de vista municipalista, abogando por la independencia de los ayuntamientos.

Horacio estaba agotado y se excusó para marcharse con Mercedes a Chipiona, donde había dejado a sus hijos junto a su hermano Carlos y su cuñada Concha, a quienes había convencido para que los acompañaran el fin de semana.

Esa misma noche, en Madrid, tras acudir a una corrida en Las Ventas y dar un paseo con su esposa, con la que se había casado hacía solo unos meses, el teniente de la Guardia de Asalto José del Castillo Sáenz de Tejada recibía una decena de tiros que le causaron la muerte. A la salida de la plaza de toros una militante socialista le había advertido de los rumores de que atentarían contra su vida, pero el teniente decidió incorporarse a su puesto habitual y se encaminó hacia el cuartel. En la esquina de la calle Augusto Figueroa con Fuencarral, cuatro pistoleros de extrema derecha, presumiblemente falangistas o requetés, le esperaban para ejecutarle.

En respuesta, una quincena de compañeros del Cuartel de Pontejos partieron en una camioneta en busca de venganza. Fueron a casa de Gil Robles, pero no le encontraron. Entonces pensaron en el líder del partido de los monárquicos alfonsinos, José Calvo Sotelo, de cuarenta y tres años. Tras burlar a los escoltas del diputado, entraron en su casa con la excusa de hacer un registro y le llevaron detenido con falsedades. A Calvo Sotelo le dispararon un tiro en la cabeza esa misma madrugada, y entregaron el cadáver en el depósito del cementerio del Este de Madrid.

La noticia se conoció a las dos de la tarde del lunes 13 de julio. El Gobierno declaró inmediatamente el estado de alarma. Horacio llamó al gobernador y le aseguró que partía a toda prisa hacia Sevilla. Varela le avisó de que estaba activando medidas de control en la carretera, que la Guardia de Asalto controlaba los accesos y que estaba cacheando a todo el que entraba o salía, incautando centenares de armas. Las comisarías pronto estarían llenas de agitadores. Las líneas telefónicas habían sido intervenidas para controlar las conferencias. La policía efectuó un registro en casa de Pedro de Solís y Desmaissiéres, el jefe en Sevilla del partido de Calvo Sotelo, por si estaban organizando un atentado. En la sede de Renovación Española, en la calle Mateos Gago, la concurrencia de afiliados y simpatizantes fue numerosa durante todo el lunes y el martes. Los pliegos se llenaron rápidamente de firmas, y las bandejas se llenaron totalmente de tarjetas. A todos los interesados se les informó de que la misa por la memoria de Calvo Sotelo se celebraría el sábado 18 de julio en la iglesia de El Salvador. En Madrid, las sesiones en las Cortes se suspendieron ocho días, y al entierro del líder monárquico acudió una representación de cuatro diputados, el exalcalde De la Bandera entre ellos, que fueron abucheados por los asistentes. Varela Rendueles conoció que el estado de alarma, activo desde el 17 de febrero, se prorrogaría por quinta vez, treinta días más, mientras alertó a la población sobre las restricciones de movimientos y reuniones.

35

Sevilla se convirtió en una ciudad infranqueable durante horas, en prevención de una reacción visceral. Horacio se despidió de su mujer y de sus hijos, a los que dejó en el hotel Castillo de Chipiona, y le pidió a su chófer que le condujera de regreso de manera urgente. Tuvo que enseñar su tarjeta protocolaria de alcalde, la que se había hecho imprimir ribeteada de un marco negro por la reciente muerte de su padre. Tras algunas llamadas al gobernador por parte de los guardias de asalto, logró llegar al ayuntamiento. Enseguida reunió a los concejales de su confianza, y quedaron pendientes de las noticias. No salieron hasta la primera luz del miércoles.

Los periódicos esa mañana informaron de la muerte de dos falangistas a manos de comunistas. Horacio llamó a Delicado y a Barneto para que acudiesen a su presencia.

—Alcalde, usted es muy optimista si piensa que nosotros podemos controlar esa ira. Es una guerra mundial entre el fascismo y el comunismo —dijo Barneto.

—Ustedes tienen más influencia de la que se reconocen. El gobernador y yo les rogamos que hagan todo lo posible por evitar los disturbios en estos momentos. No podemos echar más leña al fuego ni dejar que Sevilla sea un polvorín. Nuestra responsabilidad será mantener la calma.

—Nosotros podemos poner de nuestra parte, pero usted y el gobernador saben que las acciones violentas siempre obedecen a provocaciones. Portan veneno, y eso es contagioso. También nosotros llevamos nuestros muertos a hombros —intervino Delicado.

—El señor Magadán, aquí presente, ha elaborado unos informes —añadió Horacio—. Ha contrastado las acusaciones sobre la violencia política durante el mandato del Frente Popular que, entre otros, han propagado el señor Gil Robles y el difunto Calvo Sotelo, que no tienen rigor alguno, porque mezclan las churras con las merinas. Pero sí que según nuestras comprobaciones el recuento ofrece que, en Sevilla, han fallecido más falangistas que comunistas, a diferencia de cualquier otra provincia del país.

—Eso, al menos a mí, me parece increíble —dijo Delicado. Barneto asintió sorprendido—. No es la impresión que tenemos.

—Son los datos y el concejal Magadán los resume —continuó Horacio.

Magadán sacó una carpeta repleta de papeles, recortes de periódicos y actas de defunción.

—Ayer dos falangistas estaban desayunando a última hora de la madrugada en un bar del mercado de la Lonja del Barranco cuando llegaron tres individuos, se dice que de afiliación comunista, y esperaron a que se marcharan para seguirles hasta una calle cercana, donde sin mediar palabra les dieron más de veinte disparos.

—Se dice que de filiación comunista, pero no ha habido ningún arresto. Son calumnias intolerables —protestó Delicado.

—En junio sucedió otro: Rafael Panadero Martínez, un herrero de cuarenta y tres años, volvía a casa en Amate, donde le esperaban su mujer y sus siete hijos, cuando en el canal que une la barriada con Ciudad Jardín aguardaban ocho individuos, simpatizantes comunistas según declararon, que le dispararon a bocajarro y se dieron a la fuga. Los falangistas nos han pedido que le pongamos una placa en su honor en la barriada.

—Será lo último que me quede por ver, *mare mía* —dijo Barneto.

—Llevamos tres. El 1 de mayo, tras la concentración por el Día del Trabajo, mataron a un patrón maderero por saludar como un fascista.

—Nunca se pudo confirmar que fuera falangista. Parece que todo se debió a una confusión. La Falange ni siquiera lo ha reivindicado, eso es inusual —matizó Delicado.

—En marzo cuatro pistoleros asesinaron en el puerto al falangista Manuel Giménez Mora. Era soldado, y al terminar su servicio en Tablada fue al puerto a sustituir a su padre, capataz, que se encontraba de vacaciones. Cuando terminó de confeccionar la lista de los obreros que trabajarían ese día, fue a desayunar con unos amigos a La Torre de la Plata, y allí llegaron cuatro pistoleros a matarle a tiros. Saturnino, usted lo recordará, trabaja allí. —Barneto se contuvo. Magadán continuó—: Serían cinco falangistas. Completan la relación el asesinato de un obrero, antiguo faísta, y el de un requeté. Siete en total.

—Ha olvidado usted el asesinato del director de la cárcel —advirtió Horacio.

—No lo olvido. Puede tratarse de un suceso de violencia política o por algún otro motivo. Salustiano Avezuela se encontraba en compañía de tertulianos habituales en la céntrica bodega Sanlúcar, en la calle Álvarez Quintero, enfrente del ayuntamiento. Los pistoleros conocían que Avezuela reservaba habitualmente una mesa junto al mostrador en compañía de su amigo el administrador de la prisión y otros conocidos, con quienes departía sobre cacería. Los testigos declararon sobre la presencia de cuatro o cinco agresores que entraron en el establecimiento con la apariencia de consumir en el mostrador, pero que rodearon a la víctima y le dispararon una decena de disparos a bocajarro por ambos costados, simultáneamente.

—Fue a principios del mes pasado. En cuanto me enteré, acudí a la casa de socorro para consolar a familiares y conocidos —añadió Horacio.

—Otro asesinato fue el de Pedro Sanz, catedrático de la Escuela de Bellas Artes, cuando se encontraba en una carpintería de la calle Castellar para abonar una cuenta de quinientas pesetas y entraron cuatro atracadores. Pudo deberse a un simple robo, sin motivación política —concluyó Magadán.

—Los datos no parecen desorbitados. Estaría bien que esa relación la tuvieran también las derechas, para que supieran de lo que hablan —dijo Delicado.

—Sé que habrá otro tipo de disturbios, pero me he centrado solo en víctimas mortales. Madrid, con diferencia, lleva medio centenar de muertos, seguido de Santander, con once; Logroño, con nueve; Barcelona, con ocho, y Valladolid, con seis. Los datos se los he entregado al gobernador para que los difunda —concluyó Magadán.

—Datos, eso es lo que hace falta. Aunque las derechas nos culparán a nosotros de provocar huelgas y luchas callejeras. ¿A ver cómo la clase trabajadora hace valer sus derechos? En Francia, el gobierno socialista se ha negado a ordenar la intervención de las fuerzas armadas ante los miles de ocupaciones de fábricas, talleres, almacenes y granjas. Ha confiado en la mediación previa de delegados sindicales y alcaldes comunales. A ver si el señor Azaña se entera —lamentó Delicado.

—Es normal que el paro y la escasez de vivienda hayan provocado un aumento de la actividad de los movimientos obreros —señaló Horacio.

—En Sevilla, la mitad de la población activa está afiliada a algún sindicato —añadió Barneto.

—En Sevilla apenas ha habido trece paros entre los meses de enero y junio. Se han convocado catorce huelgas generales y ciento cuarenta y tres huelgas sectoriales durante la Segunda República, ciento diecisiete durante el primer bienio. Ninguna fue insurreccional o pudo considerarse salvaje en cuanto a su duración —afirmó Magadán.

—Los datos dan igual, ellos dicen que hay desorden, y es cierto —lamentó Delicado.

—La verdad se impondrá, siempre, pero tenemos que ser precavidos. Insisto: ahora no es momento de altercados en las calles. No podemos permitirnos el incendio de una iglesia, por ejemplo —rogó Horacio.

—Sobre esta cuestión, desde que gobierna el Frente Popular hay dos denuncias: una de un conato de asalto a la iglesia de la Paz de San Juan de Dios el 1 de mayo, y dos días más tarde el asalto y ocupación de otra iglesia por parte de comunistas. Pero no las tenemos contrastadas, pueden ser simples rumores para perturbar el ambiente —continuó Magadán. Delicado y Barneto aseguraron que ignoraban de qué les estaban hablando.

Horacio pensó que había dejado claro a los líderes comunistas la necesidad de rechazar las provocaciones y evitar tumultos que alteraran la paz social. Fue a ver al gobernador civil, Varela Rendueles, quien le transmitió las mismas instrucciones que le adelantó por teléfono, pese a que los mensajes que le llegaban al alcalde eran apocalípticos.

36

Un andalucista amigo de Infante, Emilio Lemos, relató: «Yo vivo en la calle San Vicente. Un día al subir a mi casa encontré a un paisano mío (de Constantina) que era capitán del Ejército, Pedro Castro. "¿Tú por aquí?", le dije. Y él me contestó: "Ya ves, me ha tocado. Yo soy de los que pegan tiros desde la azotea". Eran tiros al aire, claro, la gente pasaba por la calle y, al oír los disparos, se indignaba: "No se puede vivir con este régimen canalla, no se pue seguir" (…)».

El periódico portugués *Seculo* preguntó a Sanjurjo si pensaba volver a España para ponerse al frente de alguna sublevación. La frontera gallego-portuguesa estaba vigiladísima para evitar la entrada del golpista, residente en Estoril, quien, al ser preguntado, se mostró molesto y sorprendido y afirmó desconocer el origen del bulo.

Horacio continuó con su actividad programada, sin alteraciones. Presidió una corrida de toros el jueves en beneficio de los damnificados por el temporal, con actuaciones de Pascual Márquez, Torerito de Triana y Antonio Pazos, y con toros donados por varias ganaderías, hasta de Miura, ausente desde hacía años por un pleito con los gestores de la Maestranza. Ese viernes firmó con el Betis un contrato de arrendamiento —mejor que la cesión— del estadio de la Exposición en la avenida de la Palmera. En cuanto al conflicto político entre los republicanos, nada se había avanzado durante la semana. Mendiola mantenía su postura de abandonar los cargos de responsabilidad, y el juego del gato y el ratón que le propuso el alcalde con los concejales socialistas y comunistas de ofrecerle la segunda tenencia de alcaldía, y no la primera, no hizo sino ahondar la brecha en el Frente Popular. Los periódicos daban por hecho que la solución solo podría venir de la sustitución de Mendiola por Puelles al frente de la Diputación, porque la convivencia sería insostenible.

En el salón de plenos, el sábado, Horacio preguntó a Mendiola si mantenía las renuncias:

—Lo confirmo. Necesito el apoyo de todos los partidos.

—Procedamos entonces a una nueva votación —ordenó Horacio.

Mendiola vio en la jugada un nuevo desaire a su figura, y no quiso exponerse a más bofetadas públicas.

—Lo siento, pero los concejales de Unión Republicana no participaremos más de esto. —Mendiola se levantó y tras él salieron el resto de concejales martinezbarristas, a los que se sumó un socialista independiente, incrédulo por la falta de unanimidad de los partidos republicanos, inmersos en el caos en esos momentos tan difíciles.

Horacio procedió a una nueva votación. Resultaron elegidos para la primera y quinta tenencia de alcaldía los concejales de su partido Álvarez Gómez y Magadán de Juan. Izquierda Republicana coparía estos puestos.

—Aceptamos, pero solo de manera interina hasta que se resuelva el pleito político —dijo Álvarez Gómez.

A la una y veinticinco minutos de la tarde del 18 de julio se levantó la sesión. Horacio y un grupo de concejales acudieron al Gobierno civil a recabar noticias sobre el orden público. A esa hora, Queipo entró en la Capitanía General y se escondió en el cuarto de soltero de un capitán, esperando a que lo llamaran para bajar las escaleras e iniciar el golpe en Sevilla.

Parte IV

Julio – septiembre de 1936

1

Horacio estaba hambriento. Levantó la mano y pidió a uno de los guardias autorización para hablar. Le habían amenazado con dispararle a la cabeza si se movía. El brazo era una articulación, en su opinión no contaba. Pidió algo de pan o lo que fuera. A su lado, Puelles fue expeditivo. Protestó que se encontraban detenidas las autoridades legítimas de la región y que más les valía a todos que nadie sufriera algún percance. Al guardián le dio el mismo mitin, quien se marchó a transmitir las peticiones a la autoridad militar para volver una vez más sin respuesta.

—Lo he hecho por ti, alcalde, nosotros estamos bien, nos dio tiempo a comer algo antes de que llegaran. —Puelles y otros cargos habían sido sorprendidos por los rebeldes en el hotel Majestic, donde habían quedado para celebrar la onomástica del secretario provincial de la Diputación, Fernando.

—Pensé en desayunar, no me dio tiempo en casa. El pleno terminó a buena hora, pero luego se precipitó todo. Ni yo ni Casal tuvimos oportunidad.

Horacio jamás habría huido a Gibraltar, como le propuso su chófer, pero se le hacía la boca agua al pensar en que podría haber parado en alguna venta en el camino y pedir hasta hartarse, porque tenía tanta hambre que hasta un simple mendrugo le pan le habría parecido un manjar. Mientras intentaba ignorar a su estómago vacío, el resto de autoridades cautivas aprovecharon la ausencia de sus carceleros para conversar sobre los sucesos acontecidos desde que se conociera la sublevación en Melilla el viernes 17 de julio.

Varela dijo que nada se le podía reprochar. Había contado en todo momento con los comunistas, que controlaban lo que se movía hasta por las alcantarillas. Confesó que Delicado y Barneto le habían advertido de que, en paralelo a la sublevación de Melilla, se produciría un atentado el viernes por la noche en el cine de verano de la plaza Nueva.

—¡Pero qué dice! —gritó Horacio—. He ido en numerosas ocasiones con mis hijos. ¿A quién se le ocurriría?

—Ordené a una decena de guardias de asalto que acudieran al cine y cachearan a los espectadores. Detuvimos a diez falangistas armados con pistolas. Nos consta que otros se escaparon y fueron al parque de María Luisa, donde dispararon a las palomas —relató el gobernador.

—Supongo que la película se canceló, por cierto, ¿cuál era? —preguntó Puelles.

—*Unidos en la venganza*, una estadounidense.

Los comunistas también habían pedido que se cancelara un desfile del Regimiento de Infantería previsto para el mismo sábado por la tarde.

—Cuando llamé al general Villa-Abrille —siguió diciendo Varela—, este accedió, pero aprovechó la llamada para mostrarse indignado porque en los cuarteles habían pasado la noche individuos apostados a la espera de si los militares salían o no. Yo sabía que esa vigilancia era orden de los comunistas Delicado y Barneto; ellos mismos hacían guardia en el aeródromo de Tablada. Por un momento me entraron ganas de mandar a todo el mundo a su casa confinados, pero estaba seguro de que usted no lo habría permitido, alcalde. Ni Puelles tampoco.

Valera miró desesperado a sus interlocutores, como si esperase aprobación. Cada vez se mostraba más nervioso, casi gimoteante.

—Mi deber solo era el de prevenir la violencia y volvería a hacerlo. Como conoce, alcalde, esta noche además han asesinado a un policía municipal en el mercado de la Encarnación. Di la orden a guardias de asalto y guardias civiles de que buscaran a los autores en Sevilla la Roja, y han desarmado a sospechosos y prohibido piquetes y concentraciones.

—Estarían buenos Delicado y Barneto. Les ha boicoteado la defensa en sus barrios —dijo Puelles.

—Es mi obligación, ¿y saben qué? No solo de los fascistas, de cualquier grupo. Los mismos comunistas me avisaron de que, mientras se celebrara el funeral en memoria de Calvo Sotelo, pondrían una bomba en la iglesia de El Salvador y, cuando esa gente saliera espantada, ¡acribillarían sin distinciones a derechistas y militares! Por ese motivo he aplazado el funeral, con la comprensión del partido monárquico. No están siendo horas fáciles.

El gobernador se echó las manos a la cabeza. Demasiada tensión, poco descanso y todas las acciones de defensa desbaratadas por Queipo. Él mismo le había franqueado la entrada desde Huelva, y ese era el mayor de sus tormentos. La plaza Nueva y sus aledaños eran a esa hora un infierno regado de cadáveres.

Cuando empezó a oscurecer, los detenidos quedaron en silencio. Comenzaron a dormirse en el suelo, o recostados contra la pared, y los que no lo consiguieron oyeron a lo lejos la voz quebrada de Queipo, quien por primera vez bramaba ante un micrófono para espanto —o deleite— de miles de sevillanos.

2

Los soldados despertaron a las autoridades civiles a culatazos a la mañana siguiente, el 19 de julio. Les montaron en automóviles militares y condujeron por el centro histórico. El comandante Cuesta había aconsejado a los detenidos ponerse una venda, pero ninguno de ellos lo solicitó, tampoco Horacio.

Los automóviles salieron por separado. Los conductores estaban más preocupados de las azoteas y de las ventanas de los edificios donde pudiera haber francotiradores agazapados que de sortear los cuerpos y otros obstáculos en el suelo. Los vehículos aceleraron y llegaron rápido al barrio de Nervión, donde se ubicaba la cárcel provincial de La Ranilla. Las instalaciones estaban nuevas, inauguradas en plena República tras el abandono de la antigua cárcel del Pópulo. Varela, Puelles y Horacio jamás hubieran pensado en cruzar sus puertas con las manos esposadas a la espalda como delincuentes comunes.

—Arriba España —gritaron desde las celdas los presos falangistas mientras las autoridades subían las escaleras.

—Muera la República —continuaron las proclamas.

Un funcionario de la cárcel encargado de la vigilancia acalló los gritos y, no sin burla, auguró a los presos que causaron el revuelo: «Portaos bien, que vosotros ya mismo estáis en la calle».

A la celda sesenta y cuatro empujaron a Puelles, al responsable de la confederación hidrográfica del Guadalquivir y a los concejales Álvarez Gómez y Casal. Varela quedó en la sesenta y cinco con su hermano y los otros dos detenidos en el Gobierno civil: su secretario y el delegado de Trabajo, el doctor Relimpio. Otra celda fue para los diputados provinciales y el alcalde de Cazalla, que había tenido la mala suerte de ser arrestado durante su desventurada visita a la capital. A Horacio le arrojaron a la sesenta y siete con su hermano Fernando, el jefe de la policía municipal y uno que se presentó como abogado de la Cámara de Inquilinos, que le miró muy mal. Horacio no adivinaba la razón. El conflicto de las viviendas se había resuelto favorablemente, él acudía a las tenidas de las logias, acababa de salvar al Betis... hasta que el hombre se presentó como amigo de Mendiola, y entonces Horacio comprendió.

Este abogado le informó de que Mendiola, al terminar el pleno, había acudido a la sede de su partido con el plan de marcharse después a su casa en la barriada periférica de Ciudad Jardín.

—Pensaba que don Miguel era de la Puerta Osario —dijo Horacio.

—Sí, eso creen todos, que los gitanos solo viven en la Puerta Osario... —le recriminó el amigo.

—Tengo que advertirle que ese hombre no es de mi agrado, creo que no juega limpio —le interrumpió Horacio.

—Estoy al tanto, don Horacio. Pero debo decirle que don Miguel es un buen hombre: hecho a sí mismo, abogado, defensor de los anarquistas como su mentor, Blasco, masón y nada de derechas, sino un teórico de la revolución, al que todavía aprecian sus antiguos compañeros de la CNT. Y no, no es gitano; lo es su mujer, Carmen, vecina de la Puerta Osario, de la que se enamoró cuando vivía en el barrio, y por la que sus padres se mudaron y han dejado de hablarle, pese a que tienen seis hijos. Y ¿sabe lo que ha hecho don Miguel? En lugar de darle la espalda a sus padres, se ha mudado también a Ciudad Jardín para que, al menos, estos se crucen con los nietos por la calle.

—Perdone usted mi desconocimiento. Le tenía por un hombre sin escrúpulos, de una ambición desmedida, con un odio personal hacia mi persona y sin ningún tipo de valores. La política es cruel en ocasiones.

3

Azaña era de los pocos a los que no le había sorprendido la sublevación de Queipo de Llano ni la violencia de los ataques lanzados en la radio con su tonillo de ebriedad. Siempre le había considerado un Quijote desnortado. Queipo, el *enfant terrible* contra la monarquía. Queipo, el fracasado diputado republicano. Queipo, el conspirador contra su gobierno republicano-socialista. Queipo, el lerrouxista. Queipo, el consuegro de Alcalá Zamora, en una sorprendente vuelta del destino.

El Frente Popular le había mantenido, pero él, desagradecido, se reservaba un último giro de guion. Queipo, el golpista, junto a aquellos mandos a los que despreciaba: Mola y Franco. ¿La razón? A causa de Azaña, decían. Por una reforma militar completamente necesaria para acabar con un ejército sobredimensionado, corrupto y de castas, donde existía un oficial por cada cuatro soldados, unidades ficticias, generales adocenados y caprichosos; un Ejército incapaz en el campo de batalla que intervenía a menudo en la política interior. La revisión de los ascensos fue lo que peor se tomaron, esos méritos y pagas infladas solo por haber estado unos días en África. Pero hasta Azaña, que le gustaba ser el centro de atención de todas las miradas, el perejil de todas las salsas, sabía que él no era el motivo que unía a los golpistas, sino la ambición. ¡Qué dieran el golpe de una vez y así los descabezaba a todos! ¡Que se acabaran las habladurías y pudieran seguir construyendo un país!, había pensado más de una vez en alto.

Azaña dio la orden a Diego Martínez Barrio de que llamara uno a uno a los golpistas. El sevillano había estado en el Palacio de Oriente desde las tres de la tarde para analizar la situación en Melilla y saludó a Azaña con un reproche, algo habitual; no debía haber subestimado la rebelión militar ni darla por sofocada. Martínez Barrio se fue a cenar ante la ausencia de avances y, justo al llegar a su casa, Azaña le llamó por teléfono. Eran las nueve. Queipo había dominado Sevilla.

—Señor Martínez Barrio, he aceptado la dimisión del presidente del Consejo de Ministros. Le ruego que sea usted quien forme Gobierno.

—Acepto sin vacilación. —Azaña no esperaba otra respuesta.

—Deseo que forme un ministerio con las fuerzas políticas y sociales afectas a la República. —Azaña le precisó que el Gobierno de conciliación no invitaba ni a monárquicos ni a la derecha catalana ni a comunistas.

—Me dispongo a ello.

Diego Martínez Barrio tenía cincuenta y tres años y, posiblemente, a excepción de los dictadores voraces, nadie en la historia ejercería de nuevo las tres altas magistraturas del Estado: presidente de las Cortes, presidente de la República y, de nuevo, presidente del Consejo de Ministros, como en el 33. A las once de la noche reunió a los políticos más representativos del país y llamó a los generales. En primer lugar, a los indecisos. Cabanellas, jefe de la división en Zaragoza, no le garantizó su lealtad. Batet, de Burgos, sí le prometió fidelidad, aunque le aclaró que le habían arrebatado la autoridad en beneficio de Mola, trasladado desde Navarra. Leales a la República se proclamaron los generales de Valencia y Badajoz, y el gobernador militar de Cartagena. A Málaga y Asturias no hacía falta ni llamar, seguro de ambos. Tocaba hablar con el general de la Segunda División.

—Al fin, don Diego, seguro que me ha escuchado en la radio. Mi intervención ha causado oleadas de adhesiones entre estas gentes. Dicen mis colaboradores que me sacan en procesión.

—Lo dudo, Queipo. Esa tierra no paga a traidores —respondió Martínez Barrio.

—Para lo que dé, le tiene que dar igual. —Queipo evitó un debate dialéctico—. A ver, ¿para qué demonios me llama? ¿Quiere conocer si soy fiel a la República? Mi respuesta es afirmativa, como el resto de generales. A la República sí, ¡pero a un gobierno de comunistas y masones jamás!

—Está usted de suerte. El Gobierno ha dimitido. El presidente de la República me ha dado plenos poderes para la formación de un nuevo gabinete, así que le exijo que abandone la sublevación.

Queipo se tomó unos segundos antes de contestar. En el auricular se escuchaba el sonido de un abaniquillo. Si en Madrid hacía calor, en Sevilla tenía que ser asfixiante incluso a medianoche.

—Dudo que ese Gobierno devuelva el orden y la tranquilidad a las familias de este país. España se hunde.

—Queipo de Llano, comparto con usted que han sido años de agitación, pero el enfermo que va a salvarse siempre tiene un pico de temperatura. El golpe ha fracasado. Le ruego que vuelva al orden constitucional.

Martínez Barrio siguió llamando general a Queipo para no alterarle porque, antes de dimitir, el presidente del Gobierno, Santiago Casares Quiroga, había expulsado del Ejército a Cabanellas, a Franco y a Queipo. Martínez Barrio era consciente de que conversaba con un interlocutor excitable, henchido por los acontecimientos, un militar en plena refriega, apoteósico en el camino hacia la victoria, pero tenía la obligación de intentarlo hasta el final.

—Es tarde, demasiado tarde —dijo Queipo.

—Nunca es tarde para volver a la cordura. Sabemos que el director de este plan es el general Mola. Me dispongo a hablar con él, pero antes quería pedirle que abandone este sinsentido.

—Un militar español jamás se rinde, señor Martínez Barrio. Usted quizá sea capaz de vivir sin honor, al fin y al cabo, no tiene más oficio y beneficio que la política. Qué más le dará si pierde su puesto, ya le enchufarían en otro. ¡Hay que acabar con esto de una vez por todas!

Queipo calcaba las palabras del despechado Lerroux, su viejo ídolo y maestro, quien le hizo ese traje cuando Martínez Barrio abandonó el Partido Radical por la proximidad del partido a las derechas católicas, cada vez más profascistas y pronazis. Martínez Barrio se consideraba un hombre de centroizquierda, tan de centro que le gustaba contar que por eso había nacido en el centro medido de Sevilla, en la plaza de la Encarnación, donde su madre trabajaba en el mercado.

—Duda usted de la honorabilidad de mi espíritu, y de mi vocación, señor Queipo de Llano. He dedicado mi vida al servicio de la Patria. Como usted, no lo dudo. Y de manera igualmente respetuosa, aunque en su caso en el día de hoy se le ha agotado el crédito.

—Yo he luchado en tierra y a caballo, siempre preparado para la siguiente pelea. Usted no tiene cultura ni preparación para gobernar este país. Un masón al frente del Gobierno, lo que faltaba. No y mil veces no. ¡Desviado!…

Tras una larga perorata, Queipo dejó de insultarle y colgó el teléfono.

El presidente del Gobierno pidió a su secretaria que le pusiera en contacto con Mola. Tampoco tuvo ningún éxito en esa conversación.

Martínez Barrio formó Gobierno de madrugada. Al amanecer, el domingo 19 de julio, los partidos obreros y los sindicatos se echaron a la calle tras sentirse traicionados al conocer la designación de un nuevo presidente, pidieron su dimisión y exigieron armas para defender la República. El nuevo gabinete apenas duró seis horas.

4

Esa madrugada refulgían las llamas en Omnium Santorium y Montesión en la calle Feria; en San Marcos, San Román, Santa Marina y San Gil en La Macarena; en San Roque y San Bernardo, extramuros; en Santa Ana y la O en Triana; en conventos y escuelas salesianas... Las turbas destruían a hachazos y martillazos lo que encontraban en las iglesias, cogían los restos y hacían piras en las calles y plazas de alrededor. Pronto llegaría la caza de los curas y de los falangistas, fáciles de identificar. En Triana corría la noticia de que al ceramista Mensaque le habían asaltado la casa y lo habían fusilado en el muro del colegio de Pagés del Corro. Los trianeros se tomaban la venganza por su mano mientras resistían: los cañones de Queipo se tuvieron que dar la vuelta y regresar por el republicano puente de San Telmo.

Las masas obreras de Sevilla la Roja permanecían acantonadas detrás de las barricadas. Las mujeres guisaban y hacían café para los improvisados milicianos. Algunas tiendas y farmacias abrieron gratuitamente y a otras pocas se las obligó a abrir. Barneto y Delicado iban de barricada en barricada, roncos, Saturnino reñía todavía a los hombres por permitir a Queipo conquistar el centro. Se había cansado de rogar al gobernador el asalto a la Maestranza para hacerse con veinticinco mil fusiles, pero los golpistas se les habían adelantado por los miedos de Varela a los «anarcosindicalistas sevillanos disfrazados de comunistas».

A los rojos sevillanos les daba igual la suerte que corrieran el alcalde, el gobernador y las propias instituciones, de tan anarquistas que eran, porque siempre los habían visto como enemigos. ¿Por qué habían destruido Casa Cornelio, cuyas ruinas podían observarse todavía? Esos burgueses seguían pensando que, por defender al proletariado y a los jornaleros, sus representantes eran unos desharrapados. Pero Barneto, Mendiola y tantos otros, acabada su jornada, se enfundaban en traje y corbata para su tarea sindical o política. Los republicanos les tenían más miedo a ellos que a los verdaderos golpistas.

Pese a las discrepancias de los comunistas con los republicanos, Barneto y Delicado se hartaron de afirmar que ellos no tenían nada que ver con los ataques al patrimonio religioso, uno de los mayores obstáculos para la implantación de la República. Había comunistas por todo el mundo, en una mayor proporción, y no se dedicaban a incendiar iglesias, porque ellos sobre todo eran prácticos: no quemarían un local que pudiera servirles alguna vez de garaje o de almacén. Los comunistas del muelle se habían ofrecido a llevar las procesiones e incluso habían ayudado a esconder tallas junto a los hermanos mayores, en previsión de la iconoclastia, porque algunos representantes de hermandades, vinculados con los militares o con los partidos conservadores, sabían previamente que pasaría algo y temían las reacciones de exaltados y de gentes de fuera de los barrios. Ellos no tenían nada en contra de las imágenes, es más, eran sevillanos por encima de todo. ¿Acaso alguien se quejaba de que en el mercado de la calle Feria el pescadero tuviera un retrato de Stalin junto a otro de la Macarena, el frutero uno de Lenin junto a la Esperanza trianera y el carnicero las imágenes del Gran Poder y de la Virgen de los Gitanos junto a Pepe Díaz?

Barneto recordaba que, muy cerca de su plaza del Pumarejo, en un lateral del arco de la Macarena, los obreros pintaron en gruesos caracteres rojos el lema «Plaza Roja». En cuanto se enteró el cardenal Ilundáin, por medio de su acólito Bandarán, ordenó poner un azulejo de la Virgen. Ambos, la pintada y el azulejo, convivieron durante años.

No, aquella no sería una guerra religiosa; las verdaderas causas de la sublevación eran económicas y sociales, en definitiva, sobre quién disfrutaba el poder.

Continuaban pertrechados en armas cuando las tropas de Queipo arremetieron junto a falangistas y requetés locales. Los sublevados utilizaban a mujeres y niños como parapetos para vencer la resistencia de los vecinos, y así se fueron adentrando las fuerzas de Infantería y Falange. Queipo lanzaba soflamas incendiarias por la radio: «Hay en Sevilla unos seres afeminados que todo lo dudan, incluso que en Sevilla está asegurada la tranquilidad (...) ¿Qué haré? Pues imponer un durísimo castigo para acallar a esos idiotas congéneres de Azaña. Por eso faculto a todos los ciudadanos a que cuando se tropiecen con uno de esos sujetos lo callen de un tiro. O me lo traigan a mí, que yo se lo pegaré».

Cuando la batalla parecía perdida, Delicado y Barneto salieron de los barrios a esconderse y esperar, ocultos, a que llegaran las defensas republicanas. Los soldados de Queipo y los falangistas fusilaron en el acto a los sorprendidos con armas en las manos y a los detenidos que protestaban por pasar horas tumbados al sol sin agua. A otros los subieron en camiones. De camino a La Ranilla, los obreros de San Luis, Sol, Castellar o la Enladrillada, maniatados, cantaban «La Internacional» y se despedían de sus barrios, los que los vieron nacer y crecer, derrotada para siempre Sevilla la Roja.

5

Horacio observó entre los barrotes de la puerta la llegada de más prisioneros. Esta vez no hubo gritos de bienvenida, porque los falangistas presos habían sido liberados para unirse al asalto de los barrios. En el patio varios detenidos reconocieron al alcalde y le contaron que el lunes tras el golpe los soldados habían destrozado su perfumería en Amor de Dios. Un teniente rebelde obligó al dependiente a cerrar y a entregarle la llave; a continuación, arrasaron la tienda y saquearon los productos. Horacio preguntó por la identidad de ese teniente. Reconocieron a un Medina Benjumea, uno de los hermanos del conde de Campo Rey.

—¿Y a ese dependiente le detuvieron? ¿Les hizo frente, no sé, con una pistola?

Se había limitado a entregar las llaves. Horacio respiró tranquilo. Su hermano Carlos seguiría en libertad y podría encargarse de Mercedes y los niños.

Mientras tanto, desde la ventana de la habitación de un hotel, Mercedes había contemplado el chisporroteo de miles de luces al otro lado del mar. Ardía Cádiz. Ella recreaba en su memoria el momento en que se despidió de Horacio por última vez. Se había puesto muy moreno y llevaba su traje de hilo blanco y el sombrero de igual color. Antes de marcharse, visitó el cuarto de los niños. Les besó en las mejillas y les tapó con las sábanas. Luego se despidió de ella. Le dijo que había hablado con el gobernador, su responsabilidad le obligaba a regresar.

Desde entonces, Mercedes llevaba tres días sin parar de llamar al ayuntamiento. Las comunicaciones parecían cortadas. Se les ingenió para hablar con Carlos y así fue cómo se enteró de que Horacio estaba preso.

—¿En la cárcel? ¿Horacio? ¡Dios mío! ¿Cómo está?

—Creo que las autoridades lo están tratando con respeto —Carlos intentó tranquilizar a su cuñada.

—Carlos, voy a regresar. No tiene sentido que continuemos en la playa, aquí no estamos seguros.

—En Sevilla es peor, Mercedes. La Guardia Civil ha traicionado a los mineros que venían desde Huelva a defender la República. Les emboscaron en la Pañoleta, ha sido una matanza. Es mejor no intentar entrar, aún menos vosotros; pueden deteneros y utilizaros como rehenes.

—No encuentro motivos para seguir aquí. En Sevilla está mi marido, mi casa… todo.

Mercedes pidió a Carlos que localizara a su hermano Salvador. Carlos se negó porque este era falangista y él correría peligro. Mercedes no quiso recordar a Carlos todo lo que Horacio y ella misma habían hecho por él y Concha todos esos años, y solo le dijo que la intervención de Salvador, bien posicionado en la Falange, podía serle de ayuda a Horacio.

Además, la mujer de Salvador era amiga del dueño de la empresa de autobuses Los Amarillos. Habló con el propietario y logró que un conductor recogiera en Chipiona a Mercedes y a sus hijos. De esa forma regresarían seguros a Sevilla porque los falangistas paraban en la carretera a los coches, pero no a los autobuses.

Al llegar a su destino, Mercedes no sabía a dónde dirigirse. Carlos le había contado que falangistas, requetés y otros bandidos estaban saqueando las viviendas de los republicanos. En la casa familiar del Tiro de Línea habían dejado solo trescientas pesetas, había que darlas por perdidas. Mercedes habló con su hermana María Teresa. Esta habló con su marido, Andrés Contreras, amigo de juventud de Horacio de los tiempos del teatro, y quien ofreció a Mercedes la casa de su hermano, que estaba haciendo las Américas y tenía un chalet adosado vacío en el barrio de Nervión. Era un lugar discreto, muy alejado del centro, con solo campo a la espalda, donde los primos jugarían juntos en un patio común, a unos metros de la cárcel para que Mercedes visitara a Horacio.

Al principio solo ella y Carlos fueron a verlo. Los niños también estaban autorizados, pero Horacio prefirió que se mantuvieran lejos de aquel lugar deprimente y malsano.

Pasadas unas semanas, cuando empezó a pensar que no había ningún peligro inmediato, Mercedes consintió que los niños salieran a la calle. Merceditas seguía encantada de jugar con su prima en el interior, pero el pequeño Horacio sí necesitaba espacio para correr y subirse a los árboles. Había un grupo de niños que jugaban al fútbol, y se arrimó a ellos para que le dejasen jugar, con sus casi nueve años. Estaban jugando cuando llegó un chico, sobresaltado, pidiendo que lo acompañasen a donde estaba el Subcomité, el campo donde jugaban los equipos modestos, al lado del viejo Nervión. La pandilla echó a correr, unos al lado de los otros. Cuando llegaron, comprobaron que en las tapias yacían una decena de hombres muertos. El sol comenzaba a acelerar la putrefacción de los cadáveres. Horacio observó los cuerpos extasiado, hasta que se fijó en un hombre joven, con mocasines de tela de loneta blanca con puntera marrón, a la moda. Dejó de mirar. Su padre tenía unos zapatos iguales.

6

La hija pequeña del doctor Puelles caminaba por la calle cuando la paró un hombre.

—¿Eres la hija de Puelles? Mañana van a matar a tu padre.

La familia había huido de la casa en la calle Bailén cuando se enteraron de que requetés con el corazón de Jesús pegado al pecho acudían al domicilio. Tiraron por la ventana los muebles y un costoso aparato de rayos X, y se apropiaron de los dos coches que poseía el médico. La familia se había alojado en la casa de un fotógrafo de la calle Rioja y allí se dirigía la niña cuando la detuvo en la calle el torero amigo de Queipo, el Algabeño.

Efectivamente, a su padre lo mataron el 5 de agosto. El practicante del cementerio reconoció a Puelles y avisó al director. Este le ató al cadáver las manos y los pies con alambres, por si la familia acudía de madrugada a buscarle, antes de arrojar su cuerpo a la fosa común de Pico Reja.

Sobre sus restos, al día siguiente tiraron el cadáver de Mendiola. El concejal había salido de la sede de Unión Republicana hacia donde pensó que nadie podría encontrarle: la casa de sus padres, que le habían retirado la palabra. Se mantuvo escondido hasta que le delataron, y fue el primero de los concejales en ser arrojado a la fosa común. Su mujer, Carmen, llegó al cementerio y rogó que «la echaran a ella también al montón». Le dieron unas patadas y la expulsaron.

Dos días más tarde los falangistas acudieron a la casa de socorro de El Prado y detuvieron a Emilio Piqueras mientras estaba operando. Arrojaron el cuerpo a Pico Reja. Piqueras le había pedido a Horacio que ese verano fuera su padrino de bodas.

7

Mercedes recibió una llamada de teléfono. Era su amiga Angustias, la esposa de Blas Infante. Le contó que estaba en su casa de Coria del Río haciendo la lista de la compra porque era la onomástica de su hija Mariquilla cuando escuchó la campana de la puerta principal. Angustias tuvo un mal presentimiento. Se lo había dicho cientos de veces:

—¿Quieres dejar ya a Andalucía y a Andalucía, que vas a traer una tragedia a esta casa?

Como nadie abrió, golpearon la puerta falsa, que daba a un pequeño zaguán, algo frecuente cuando el timbre de la puerta principal fallaba o no llegaba al interior. Angustias giró la llave y, al otro lado, encontró a cuatro hombres en camisa azul verdosa y gorro con borlas. Uno de ellos se presentó como sargento. Otra decena de falangistas rodeaban el cerro.

—¿Está su marido? Traemos una orden de detención —anunció el que lideraba el grupo. Tres falangistas entraron en la casa.

—Con mis escritos privados haced lo que os parezca, pero el protocolo notarial ni tocarlo —les gritó su marido haciéndose presente.

—¡Ya vendrá otro notario! —le respondieron.

Angustias García Parias reaccionó furiosa.

—El gobernador civil es el hermano de mi madre. ¿Está informado mi tío de esta actuación? —dijo la mujer invocando a la legalidad vigente.

—Si es así, muévase todo lo que pueda, porque traigo órdenes muy graves.

El sargento esposó a don Blas y le hizo salir por la pequeña puerta trasera. Se había prevenido de que los vecinos no causaran revuelo. Los falangistas hurgaron por la casa y, sin nada aparente de más valor, requisaron una radio y un altavoz. «Ya no hablarás más con Moscú, hijo de puta», justificó uno, aunque se distinguía que el aparato era solo un receptor. El sargento llevaba la orden de aplicarle la ley de fugas antes de que llegara a Sevilla con vida, pero no la obedeció. Llevó a Blas al ayuntamiento, donde este llamó al presidente del Ateneo. Pasada una hora, le montaron en el camión y le encerraron en el cuartel de Falange.

Angustias corrió desesperada a buscar a su tío materno, que siempre la había tratado como su sobrina favorita en las largas temporadas que pasaban juntos. Perico Parias no la recibió. Los Parias eran grandes propietarios, y Blas un defensor de la reforma agraria, de los derechos laborales de los jornaleros y de la distribución justa de la tierra frente a los caciques y los latifundistas. Un mundo mejor para quienes trabajaban la tierra, en definitiva. Angustias acudió a su padre, abogado del Estado, gracias al cual había conocido a Blas en su hacienda de Peñaflor cuando el notario de Cantillana defendía a los jornaleros de la comarca. Le pidió que intermediara por su marido ante el nuevo gobernador civil. Nadie creía que lo fueran a ejecutar; en su vida solo había ayudado a la gente, y por esa razón no se mataba, pero Perico Parias consintió recibir al padre de Angustias para decirle:

—Usted lo que debe hacer es irse, porque si no lo vamos a matar a usted como a él.

Blas había dejado escrito un testamento, donde legaba las propiedades a Angustias y designaba la tutela de los hijos, conocedor de la ira que despertaba en los Parias, empeñados en conservar sus privilegios frente a un defensor de jornaleros que litigaba y litigaba.

—Este pleito lo ha perdido Blasito —sentenció Pedro Parias cuando, al fin, Angustias logró verlo y le pidió de rodillas que liberase a su marido.

Angustias cogió el tranvía y formó fila frente al cine Jáuregui, una de las cárceles improvisadas por Queipo. Le compró una colchoneta, como tenían el resto de detenidos, arrumbados en el suelo donde habían estado las filas de butacas. A los pocos días un soldado le dijo a Angustias que no volviera a llevar comida, que su marido ya no estaba allí, y le devolvió la colchoneta. De regreso a Coria, se presentó un hombre en su casa. Decía ser picador de toros, coriano, el Almohadilla. Este hombre había reconocido a don Blas cuando los soldados subieron a varios hombres al camión, entre ellos el exalcalde José González y Fernández de la Bandera, muy conocido desde que lideró la resistencia al golpe de Sanjurjo. Queipo incorporó a la saca a un socialista, Manuel Barrios Jiménez, que había llegado en tren desde Madrid junto a otros diputados; a Emilio Barbero, concejal compañero de filas de Horacio, y al funcionario municipal Fermín de Zayas, líder de la masonería local.

El camión se dirigió hacia las afueras, a la carretera de Carmona. Al llegar a las inmediaciones de una hacienda, llamada de Hernán Cebolla por uno de sus antiguos propietarios, el camión paró. Los detenidos bajaron y los soldados les hicieron ponerse de frente para la ejecución. El cortijo era un lugar apartado, ideal para una venganza fría. Frente al pelotón de fusilamiento, unas últimas palabras.

—¡Viva Andalucía libre! —gritó don Blas antes de caer fulminado.

Era el 10 de agosto, el aniversario del golpe frustrado de Sanjurjo, protector de Queipo y mártir de este golpe tras accidentarse la avioneta que le transportaba de regreso a España.

Otro camión recogió los cadáveres en la mañana y los condujo al cementerio. Angustias pidió llevarse a su marido. Como no lo consiguió, plantó decenas de rosas delante de la pequeña puerta, para que nadie volviera a pisar el último camino que utilizó Blas Infante antes de morir.

El sepulturero arrojó los cuerpos a una fosa común y echó sacos de cal viva para acelerar la descomposición.

8

Mercedes le iba contando a Horacio las noticias que llegaban a la casa sobre las muertes de sus amigos. Él la tranquilizaba, pero Mercedes no las tenía todas consigo. La mujer desconfiaba de los curas, como le sucediera a la madre de Horacio, Adelaida.

—Horacio, tú los desafiaste. Celebraste la Semana Santa.

—Soy el alcalde. Todos los sectores estaban empujando en el mismo sentido, hasta el Círculo de Labradores y el Ateneo. ¿Cómo me iba yo a poner de perfil?

—Las procesiones han desfilado cuando las clases adineradas lo han permitido. Siempre ha sido así. Pero tú superaste el boicot. Y te señalaste.

—Se trata de Sevilla, Mercedes, está por encima de los intereses de cualquiera de sus habitantes. La Semana Santa es religión, sí, pero también es economía, turismo, familia, memoria, identidad individual y de los barrios. Y política, por supuesto, no soy ajeno a ello.

El cardenal Ilundáin había acudido a la cárcel a visitar a los presos por el día de la patrona. Se le veía disgustado por tener que hacerlo, y apenas miró a los reclusos. Se le escuchó decir que había visto a Varela Rendueles «más grueso». El gobernador tenía amistad con un jesuita de sus tiempos en Vizcaya, e intercedía por él ante el cardenal. El resto de los presos estaban de enhorabuena: a diferencia de otras ciudades, donde había programadas matanzas de presos por la festividad de la Asunción, Ilundáin había exigido a Queipo que no se ejecutara en los días festivos, y este había consentido.

Ilundáin fue el anfitrión de honor de la celebración religiosa y de un acto civil posterior en el ayuntamiento el 15 de agosto. Queipo se lo había ofrecido cuando acudió un domingo a misa a la Catedral para recibir un baño de masas. Al gran acto público, Ilundáin podía invitar, con los gastos pagados, a sus familiares navarros.

Queipo había ordenado a Carranza la instalación en la plaza Nueva de dos letreros luminosos —uno de Viva España y otro de Viva el Ejército—; unos amplificadores de doscientos vatios en los laterales del ayuntamiento para que se escuchase bien su discurso, y dos tribunas de madera con capacidad para quinientos invitados, ordenadas de manera que dejaran en el centro un gran pasillo por el que pasara la procesión. La pelea de Queipo con Carranza se centró en la colocación de los músicos.

—No tienen una ubicación fija como tuvieron hasta noviembre. Puedo recuperar una pequeña tribuna, pero va a molestar a la procesión.

—La Virgen parará unos momentos en medio de las gradas de invitados.

—Hemos puesto otro altar para el coro de los niños de Falange. Lo han pedido y veo bien no negarnos. No podemos contar con las escuelas salesianas; están de vacaciones o han sido reclutados por el requeté.

—Hacen falta más niños además de los balillas. Que vengan los del asilo municipal y los huérfanos del hospicio.

A las siete y cuarenta y cinco de la mañana, el director de la banda municipal, José del Castillo, cumplió puntual y esperaba junto a sus músicos en la puerta de Palos de la Catedral. Queipo aguardaba el comienzo del desfile en el balcón principal del ayuntamiento junto a sus invitados, el rebelde Francisco Franco Bahamonde y el mutilado José Millán Astray, fundador de la Legión y héroe de guerra. Los sevillanos abarrotaban las dos plazas entre las que se alzaban las Casas Consistoriales, y la procesión discurrió entre manifestaciones estentóreas de fe.

Terminado el desfile, a las diez de la mañana, Queipo ordenó que le trajeran la bandera, realizada por los hermanos de confecciones Algarín y donada como una enseña «de la patria, la de los colores de sangre y de sol, y que se amorató como el cuerpo de Cristo al sufrir el traumatismo producido por los golpes de los fariseos». Queipo arrancó la bandera republicana y la tiró al suelo.

—¡Soldados! ¡Ciudadanos de Sevilla! —comenzó diciendo—. En este ambiente de patriotismo que aquí se respira y que alienta y fervoriza el alma, estamos reunidos para dar satisfacción a nuestros anhelos de ver ondear la bandera roja y gualda, oficialmente, bandera gloriosa que veneraron generaciones de antepasados y que se cubrió de honor en tantas acciones y en tan memorables gestas. Una de las mayores torpezas que cometió el Gobierno de la República fue modificar los sagrados colores de la bandera nacional, introduciendo en ella el morado, que nadie sabe por qué; a mí al menos no me alcanza la razón que tuviera para variarlo. No quiso comprender aquel Gobierno el valor moral tan grande que tiene la bandera de un país para todos los ciudadanos, y esta reforma de la bandera influyó de modo notable para que los ciudadanos rectos y honrados, que aman a su Patria, añoraran los colores a cuya sombra se escribieron páginas de gloria. Y muchos que vieron con indiferencia el cambio de régimen se abstuvieron de adscribirse a la República, porque le repugnaba aquel cambio de los colores que tanto amaban. —Se produjo una ovación—. No me alcanzan, repito, las razones que tuvieron para ello. Yo voy a pretender demostrar que este color morado de la bandera que puso la República no tiene valor, de ninguna clase; es más, es un color que todo hombre honrado, todo caballero español, debe rechazar.

—¡Bravo! —se escuchó junto a una clamorosa ovación.

—Este color no es, pues, de ningún modo, compatible con la rectitud y el ímpetu patriótico de las nuevas generaciones que quieren una Patria renovada para que pronto pueda llegarse con justicia al día en que se diga que todos los españoles somos hermanos. —La multitud le aclamó de nuevo entre vivas a España y al Ejército—. Vais a ver ondear enseguida la bandera roja y gualda que debéis mantener siempre como colores indelebles en vuestro corazón, ofrendándola sin vacilar vuestra vida y vuestro oro. —Más vítores y aplausos estruendosos—. La bandera roja y gualda es la que anhelan nuestros corazones; es la de la tradición, es la gloriosa enseña por la que murieron tantos soldados españoles. Quiero que gritéis conmigo, por tres veces: ¡Viva España! ¡Viva España! ¡Viva España!

Una avioneta del Aero Club volaba sobre la muchedumbre mientras dejaba caer octavillas rojas y gualdas al tiempo que sonaban himnos patrióticos y cantos a la bandera nacional. El público quería escuchar a Franco.

—¡Sevillanos! Ya tenéis aquí la gloriosa bandera española; ya es vuestra. El heroico general Queipo de Llano la ha inaugurado en esta fiesta solemne y en forma oficial. Esta bandera roja y gualda es la que está en el corazón de la inmensa mayoría de los españoles. —Se oyó una voz que dijo «¡De todos!»—. Él os ha explicado el origen de la bandera y os ha repetido cómo nuestros heroicos soldados se batieron y supieron morir en defensa de la Patria, a la sombra de la bandera roja y gualda. Cuando se ha pasado toda una vida con una enseña, con una religión y con un ideal, eso no puede destruirse, eso no puede variarse, porque sería lo mismo que si quisiéramos quitar a Dios de los altares.

Una enorme y clamorosa ovación estalló en la plaza.

A requerimientos de la multitud, que reclamó su palabra con insistencia a grandes voces, hizo uso de la palabra el fundador de la Legión, Millán Astray:

—Silencio, silencio, silencio, que voy a ser muy breve. ¡Sevillanos! ¡Legionarios sevillanos! Ya habéis escuchado al glorioso general Queipo de Llano contaros los orígenes de esta enseña gloriosa. Yo solo voy a glosar el lema de la Legión: ¡Viva la muerte! ¡Viva la muerte! ¡Viva la muerte! ¡Y viva España!

Los balillas iniciaron un desfile a los compases del himno de la Falange mientras el público, con el brazo derecho en alto, coreó la letra. Queipo besó la rojigualda. Franco, Carranza y Millán Astray le siguieron, besándola frenéticamente. Ilundáin sonreía. La plaza rugía.

9

A Queipo le escoltaba Manuel Díaz Criado, su hombre de confianza como delegado de Orden Público. Manolo se ocupaba con gusto de las listas negras, las delaciones y los ajusticiamientos; cumplía el encargo de dignificar la Patria.

Monárquico fanático, legionario africanista y uno de los conspiradores que fundaron la Unión Militar de España (UME), tenía experiencia en el arte de matar; Díaz Criado había liderado un comando de guardias cívicos reclutado por el gobernador para sofocar las protestas en la Semana Sangrienta del 31. El comando detuvo a cuatro obreros comunistas y, cuando los llevaban detenidos a los sótanos de la plaza de España, les dispararon por la espalda. Invocaron la ley de fugas y la investigación quedó en nada. Años después intentaron asesinar a Azaña en un mitin, estuvieron cerca de conseguirlo con el socialista Largo Caballero y preparaban el de Martínez Barrio cuando la policía descubrió los planes y les procesó. Díaz Criado se benefició de la Ley de Amnistía aprobada por el propio Azaña y salió de la cárcel en las semanas anteriores al golpe. Como no tenía domicilio militar, volvió a la casa familiar en la calle Jesús del Gran Poder junto a su hermano Antonio, teniente de Intendencia y el más listo de la familia. Había sido captado por el comandante Cuesta para controlar la red de gasolineras con las que abastecer a los sublevados.

—El Jefe es un hombre de confianza, serio, el cerebro gris de la operación. Nos vemos a menudo porque ambos pertenecemos a la directiva del Gran Poder. Te mantengo informado.

—A la tercera será la vencida, hermano —respondió Manuel.

Queipo estableció la delegación de Orden Público en la calle de los Díaz Criado, en un edificio del que habían sido expulsados los jesuitas y que los republicanos habían utilizado de escuela. Díaz Criado pasaba las madrugadas con borrachos, fulanas y guardias civiles. A veces las reuniones eran en su casa, y otras en la de su vecina, doña Mariquita, quien le había refugiado cuando obreros y sindicalistas le buscaron para aplicarle a él la ley de fugas.

—Los hombres altos tienen más sangre en el cuerpo, y un hígado mayor, por eso toleran mejor la bebida —se burlaba doña Mariquita de Manolo, que era muy bajito, casi enano, y se quejaba del esfuerzo de estar una noche tras otra en juergas y orgías.

—Tiene que ser otra cosa, no ves que tengo los huevos muy gordos. Si me miras por detrás, cuelgan como los de los cerdos —replicaba el militar, a quien sus adversarios apodaban Criadillas.

Pese a que Queipo había dejado claro que «serían considerados enemigos quienes amparen o recomienden» asesinatos, Díaz Criado confiaba en el respaldo absoluto de su superior desde que fuera uno de los que acorralaron a Villa-Abrille en Capitanía en la sobremesa del golpe. Inspirado por grandes vasos de aguardiente, Díaz Criado escuchaba las causas que pendían sobre los detenidos de boca de sus asesores y, antes de que saliera el sol, acudía a la delegación. Buscaba el expediente, que no era más que una hoja de papel por las dos caras y, si firmaba con la consigna X2, esa persona era sacada del calabozo para fusilarla. A veces los detenidos pensaban que los llevaban a casa.

Otras veces eran los soldados quienes le ayudaban a hacer memoria.

—Este es aquel que vio usted el otro día que es gordo y calvo.

—No, este no. Esperaremos… O, si no, también.

A la salida del sol, se retiraba a dormir, y regresaba a la delegación no antes de las cinco de la tarde. Le esperaban decenas de sevillanos acalorados que rogaban por un detenido, a veces con la única inculpación de rencillas, pleitos perdidos y simples antipatías. El Verdugo de Sevilla solo permitía la entrada a su despacho a mujeres jóvenes. Cerraba la puerta y les hacía una proposición: aceptaba recomendaciones por un marido, un hermano o un padre con la única condición de que se levantaran la falda y se tumbaran en el escritorio. Decenas de mujeres aceptaron el trato sin que todos los recomendados llegaran a salvarse.

A pesar de firmar unas sesenta ejecuciones a diario, las hojas no paraban de crecer y de acumularse en montañas. Para mayores obstáculos, a la delegación habían comenzado a regresar los jesuitas, que rondaban por las dependencias y convivían con los detenidos, convirtiendo el recinto en un espacio intratable. Los sevillanos que formaban en la cola aprovechaban la entrada de los religiosos para pedirles su intermediación, pero ellos solo contestaban que dispensaban ayuda para la preparación cristiana ante la muerte. «¿No escucháis los gritos de los detenidos en el cuarto del piano ni el enorme cencerro que se hace sonar para ahogar los espantos de los interrogatorios?», protestaban los familiares.

La campaña de represión que las tropas de Queipo, la Falange y los requetés hacían por los pueblos de la provincia producía diariamente una gran cantidad de detenidos que tenían que ser alojados en cualquier parte. Díaz Criado contaba con la antigua residencia de los jesuitas, el cabaret Variedades, la plaza de toros de la Real Maestranza, el cuartel del Duque, la Casa del Pueblo de la calle Cuna, el cine de la calle Jáuregui, los sótanos de la plaza de España y dos barcos-prisión atracados en el río, el Cabo Carvoeiro y el Mogador. A veces movía a los detenidos de unas dependencias a otras sin un motivo aparente, por el simple gusto de torturarles.

A Horacio le condujo a principios de septiembre al antiguo *music hall* Variedades, en la calle Trajano, a escasos pasos de su antigua perfumería. A diferencia de la cárcel, los grandes salones de baile del Variedades permitían a los recluidos moverse con mayor autonomía que en la cárcel, aun cuando los fascistas querían imponer una disciplina aparatosa de orden germánico, a base de duchas, gimnasia y empaque militar. Por suerte los presos eran andaluces, de buen aire y gracejo, y los fascistas se aburrieron pronto y les dejaron hacer. Aparecieron vendedores ambulantes con chucherías a las puertas de la prisión, y hasta camareros con bolsitas de gambas y patas de cangrejo, que los reclusos compraban para mordisquear como distracción. Debido a la distancia, Mercedes encargó a su padre que fuera él quien le llevara a Horacio la cesta de comida y la muda limpia mientras ella se ocupaba de la casa y los niños. Vicente acudía a diario hasta la Alameda para presenciar y participar de la pintoresca sugestión, recordando con frecuencia los espectáculos que él mismo había presenciado en la sala, con coros de señoritas medio desnudas. Le asomó una sonrisa cuando recordó el enfado de su hija una vez que, antes de ser alcalde, sorprendió a Horacio en compañía de amigos visitando la sala de fiestas.

«No hay ninguna otra como tú», se defendía su yerno ya en casa para sortear los reproches.

Las noches en la sala ahora eran diferentes, y la misma alegría de los hombres en las mañanas desaparecía. Ellos mismos se replegaban y acurrucaban temerosos, contaban las horas que quedaban para el amanecer. Un guardia llamaba a los presos por los nombres que figuraban en una lista. Los hombres se dejaban llevar, sin grandes rebeldías ni tragedias, dignos ante los demás y dando ejemplos de valor. Al rato sonaba en la quietud de la noche el motor de un camión, y nada más se sabía.

A la semana de reclusión en el Variedades, los falangistas informaron a Vicente de que Horacio ya no estaba allí. Superada la primera palpitación, con la boca seca, Vicente preguntó y se enteró de que le habían trasladado a la vuelta de la esquina, al edificio de los jesuitas de Jesús del Gran Poder, al que algunos sevillanos habían comenzado a llamar la antesala de la muerte.

10

Horacio llegó al edificio de los jesuitas acompañado de su hermano Fernando. Las noches eran terribles porque los detenidos sabían que los jesuitas habían regresado con sed de venganza hacia los republicanos. Todas las noches se convirtieron en una tortura hasta que, bien entrada la madrugada, sonaba un cencerro, y los guardias leían un listado.

—¡Bartolomé Palacios! ¡Arturo Fernández! ¡Rafael Gómez! ¡Matías Pérez Pinto!

Así todas las noches, hasta que se escuchó…

—¡Fernando Hermoso!

Fernando abrazó fuerte a su hermano Horacio, entre lágrimas. Los soldados le montaron en una camioneta. Fernando se mantuvo callado junto a los otros presos en el camino mientras observaba las estrellas de la noche y escuchaba el crujir de las hojas de los árboles que anticipaban el otoño por la Cruz del Campo, la huerta de Santa Teresa y el parque de Miraflores. Tenía claro que no le conducían a su casa en el Tiro de Línea.

Pasaban carromatos, con destino desconocido, mientras los conductores y hasta algunos caballos aceleraban la marcha y cambiaban el rumbo al adivinar el sentido de aquel camión lleno de hombres esposados con las manos a la espalda.

Al llegar a las tapias del cementerio, los soldados les bajaron y, de un culatazo, los empujaron para que caminaran hacia un muro. Ninguno de los hombres protestó. Fernando esperó la descarga a su espalda, pero los obligaron a darse la vuelta y mirar de frente al pelotón de ejecución. Sin tiempo para pedir una venda, Fernando cerró los ojos y esperó que una lágrima le resbalase por la mejilla. Pero no le dio tiempo. Mientras salía un grito del interior, escuchó disparos y el sonido del abatimiento de cuerpos, uno encima de su pie izquierdo. El suyo permaneció erguido. Sorprendido, se quedó inmóvil hasta que un soldado le cogió del brazo y le montó en la parte trasera del camión.

Fue la primera de las tres veces que le hicieron el paseíllo sin matarle.

Luego pareció que se olvidaron de él.

Su suegro había atendido la súplica de su devota hija. Este hombre era uno de las decenas de militares retirados que acudieron en auxilio de Queipo nada más conocer la sublevación y le dejaban entrar en el edificio de los jesuitas sin que tomaran precauciones. El hombre se adentraba hasta llegar al despacho de Díaz Criado, localizaba la montaña de expedientes y buscaba el de su yerno, relegándolo al fondo del mismo. Así semana tras semana.

Más adelante, cuando a finales de septiembre Franco fue nombrado Generalísimo, obligó a Queipo a acatar sus órdenes. La primera decisión fue exigirle que cesara a Díaz Criado por nula profesionalidad en la elección de los sentenciados. Además, se debían revisar desde el principio los expedientes uno a uno, para comprobar a quiénes se les habían concedido favores e indultos. No debía quedar ni un sospechoso vivo.

11

La persecución de Queipo seguía siendo arbitraria y afectaba incluso a personalidades de derechas. Al exministro Giménez Fernández casi le matan en Chipiona. Al exalcalde Contreras le persiguieron y le encarcelaron, sin que las explicaciones que le daban a Queipo le convenciesen. Solo logró salvarse cuando su rica mujer, Luisa Isern, ofreció a Queipo cien mil pesetas.

Al republicano García de Leániz le persiguieron, pero a quien detuvieron primero fue a un primo que tenía, médico, masón y amigo de Martínez Barrio. Cuando iban a fusilar a su primo, Leániz trasladó su deseo de que le fusilasen a él en sustitución. Él se había quedado viudo recientemente por la enfermedad venérea común en las mujeres que contraían poco después de casarse, y su primo sí tenía descendencia. Queipo aceptó el canje y que, excepcionalmente, la familia diese sepultura a su cadáver en un panteón familiar.

Magadán desapareció sin dejar rastro, de los pocos concejales que se libraron, al igual que los líderes comunistas. Delicado permanecía oculto desde que cayeron los barrios obreros. Los sublevados encontraron a su hermano, al que detuvieron bajo la acusación de intervenir en las luchas obreras y participar en las barricadas. Era imposible porque padecía una tuberculosis avanzada que le impedía salir de casa. Le fusilaron, pero las balas no llegaron a matarlo del todo y le enterraron cuando aún estaba vivo.

Barneto seguía escondido en un campo cuando un día leyó que él y Delicado, los dos hombres más buscados de Sevilla, habían sido detenidos en Riotinto. Se recomendaba a los sevillanos estar atentos porque los comunistas regresarían exhibidos en jaulas. Queipo tuvo que salir a desmentirlo y fusilar a otro detenido, el segundo de Barneto en el sindicato del puerto. La familia envió a un sobrino de trece años al hotel de los requetés, el Inglaterra, el lugar anunciado para el fusilamiento, y este escrutó el cadáver en el suelo para comprobar que no se trataba de su tío. Queipo había detenido a varias mujeres emparentadas con Barneto: a una hermana, a la madre, a una tía materna y a su esposa, que llegó acompañada de una hija. Junto a un hijo de Largo Caballero también capturado, pretendieron canjearlas por José Antonio Primo de Rivera, que estaba preso en una cárcel de Alicante, pero el pacto no llegó a materializarse.

A la madre de Barneto, Isabel Atienza, de setenta y dos años, los requetés la interrogaban noche y día. Como no contaba nada porque nada sabía, la llevaron al cementerio y la obligaron a presenciar los fusilamientos. La mujer entró en un estado de nervios, la volvieron a subir a ella sola al camión de detenidos y en el regreso la dejaron frente a su casa en el Pumarejo. Cuando se dio la vuelta y comenzó a andar, sobre la mitad de la plaza, dos requetés le dispararon dos tiros en la nuca. Su cadáver estuvo tres días tirado en el suelo sin que nadie se atreviera a acercarse.

El concejal socialista Estrada también huyó. Primero se escondió en la iglesia de Santa Catalina con la complicidad del cura y fue conducido por este a casa de un dentista. Estrada tenía dos hermanas teresianas que luego le pusieron en manos de un falangista que conocía a Alfonso Medina Benjumea, hermano del conde de Camporrey, gracias a cuya intervención consiguió una identidad falsa para salir camino a Lisboa.

Como los sublevados no encontraban al joven socialista, detuvieron a su hermano Antonio para que Pepe saliera de la madriguera. Antonio había sido militante socialista, pero estaba muy alejado de la primera línea política. Era corpulento, más grueso que flaco, grande y fuerte como un oso. Los guardias civiles lucharon contra él para cumplir la sentencia. El texto incluía una consigna secreta, X2, escrita a mano por el propio Díaz Criado, y que servía para señalar a quiénes había que ajusticiar de inmediato. Al final consiguieron atarle con las manos a la espalda junto a otro hombre mucho menos corpulento, al que le costaba seguir el paso y que lamentaba que se le habían caído las gafas al suelo. Cuando subieron al camión y les obligaron a sentarse, Antonio Estrada giró la cabeza y comprobó de quién se trataba. Era Horacio Hermoso Araujo, el alcalde de Sevilla.

12

Horacio había escuchado su nombre y apellido, al igual que el de todos los demás, porque solo sus compañeros le llamaban alcalde. Como había visto hacer decenas de veces a otros hombres, se levantó del suelo con aire de dignidad y acudió a donde le llamaban. Otros guardias forcejeaban con un hombre corpulento con el que apenas había coincidido, pero sí sabía de quién se trataba. Maniatados con las manos a la espalda, a Horacio se le cayeron las gafas. Se quejó en vano, si bien la miopía era todavía leve, revelada hacía tres años. Un camión les esperaba en la puerta y subieron solo ellos dos. Para finales de septiembre escaseaban las ejecuciones masivas.

Horacio seguía preguntándose a qué se debía la espera. Era el alcalde, Queipo lo sabía y, si tenían que matarle, ¿por qué no hacerlo en las primeras semanas de verano como al resto de amigos y autoridades? ¿Solo por torturarle? Podía ser una posibilidad, así de perversos eran quienes comandaban la represión. Conocía por Carlos y Mercedes las gestiones que habían hecho desde su cautiverio, confiados en que el paso de los días sin noticias supusiera una oportunidad. Se lo había dejado escrito a Mercedes en la última carta que le escribió, en un papel con el sello de la perfumería Iris, y fechada el 25 de septiembre:

Mercedes:

La única felicidad que tengo es la de pensar en volver a verte, a ti y a mi hermano Carlos, alguna vez, cuando nos dejen comunicarnos. Y a nuestros hijos. Deja que sean revoltosos, porque la niñez es la única época feliz de la vida. ¿Quién sabe lo que el futuro les puede deparar? Ten paciencia. Solo deja pasar los días, déjalos pasar, hasta que podamos estar juntos de nuevo. Dile a mi hermano Carlos que te he escrito. Muchos besos para mis niños de mi alma.

Ella se había creído lo que Queipo le había dicho al bueno de Camilo Perreau, que la responsabilidad sobre su vida pendía de la decisión del cardenal. Horacio no daba crédito a esa acusación. Queipo había demostrado mil veces que era un mentiroso, como cuando prometió al gobernador civil que respetaría la vida de quienes lo acompañaban el 18 de julio en su despacho. O las promesas al mismo Franco, el Generalísimo, a quien de nada le valieron los ruegos y peticiones de indulto para su mejor amigo, el general Campins, a quien Queipo detuvo incluso cuando este ya había renegado de la defensa de la legalidad republicana, sometió a un rápido juicio sumarísimo y fusiló frente a las murallas de la Macarena al día siguiente de los actos de la Patrona.

¿Por qué matarle a él a estas alturas? Compartía con Mercedes que a una parte de la Sevilla tradicional le había indignado la celebración de la Semana Santa. Él mismo había sorteado el boicot de las clases acomodadas cuando se negaron a presenciar los desfiles financiando los palcos. Estas élites, apoyadas por el cardenal y políticos de derechas, utilizaban la celebración a su antojo: cuando gobernaban quienes les gustaban, había procesiones; de lo contrario, se amparaban en que se trataba de una manifestación religiosa y la boicoteaban. Él se atrevió a romper esa cadena, pero por eso no se mataba a una persona, por mucho odio que les engendrara. Apenas llevaba unos meses en política, no había tiempo o lugar para inquinas personales profundas, era casi un absoluto desconocido para muchos, no un nombre que llevara meses o años en los periódicos por su contribución republicana o revolucionaria.

Horacio tenía la conciencia tranquila. Una vez había leído que las habilidades de un héroe son saber mandar, obedecer y morir por su deber si era preciso. Él se había dedicado estos meses a que Sevilla siguiera siendo un sitio habitable, y lo había conseguido a pesar de los fervores religiosos, de la Iglesia, de analfabetos anarquistas y comunistas, de los terroristas de Falange y de cuatro requetés fanáticos, hasta que resultó imposible por la traición de unos militares. Para colmo, campaban ahora unos bárbaros moros como los que le atormentaron en la aventura africanista de su juventud.

Interrumpió sus cavilaciones cuando el camión frenó frente a las tapias del cementerio. Los soldados hablaban a voces, pero él prefirió no escuchar. Pensaba en permanecer sereno, ser un alcalde ejemplar hasta la última bocanada de aire, aunque los nervios se lo impedían. Podía decir unas palabras que le sirvieran de ayuda, una torpe protesta, una petición de clemencia, probar con una manifestación de adhesión al pueblo, pero optó por lo mejor que se podía hacer en los momentos importantes: dejarse llevar.

Antonio estaba calmado, firme en su destino. Los soldados hablaban de no quitarle las cuerdas, no fuera el oso a atacar, pero era inviable bajarle del camión pegado a la espalda de otro hombre. Procedieron a desanudarles sin dejar de apuntar. Horacio manoseaba sus muñecas, aliviándolas de la presión, cuando Antonio se puso frente a él y le abrazó. Horacio notó el latido en el pecho de sus corazones y, consolado, pensó que ese simple momento merecía una vida. Los soldados por su parte estaban tan asustados por la imponente presencia de Antonio que Horacio tuvo que calmarles, ante la impresión de que abreviarían el acto con sendos tiros en la nuca.

—Esperad, dejad que nos pongamos de frente —solicitó Horacio.

Los ejecutores quedaron desconcertados, se alinearon torpemente, encañonaron con armas dispares y una voz de mando ordenó:

—¡Disparen!

Apenas quedaron unos segundos para pensar en Mercedes, en los hijos, en los padres, en su hermano Carlos, en Sanlúcar…

Oír el sonido de las balas contra el viento. Caer al suelo, dolorido. Cerrar los ojos. Desaparecer.

13

Mercedes había preparado patatas fritas, la comida preferida de su marido. Alguien, un policía amigo de Carlos, le había visto comérselas con un palillo de dientes en el patio de los jesuitas, y desde que lo supo les hacía un corte más fino y las freía con un fuego más fuerte para evitar que a Horacio se les desmoronaran.

A su padre, Vicente, los policías de guardia en la cárcel no le recogieron la canastilla que llevaba con comida para Horacio. El hombre vagó por Sevilla hasta que encontró fuerzas para regresar al domicilio y comunicar a su Mercedes que Horacio estaba, oficialmente, desaparecido. Era 29 de septiembre.

14

Mercedes llamó a Carlos, que arrancó la BSA y regresó directo a casa. Todos sus intentos de salvar a su hermano desde que conoció el traslado a los jesuitas habían sido en vano. Ni la intermediación de los cónsules de Bélgica e Italia. Ni la petición al capitán falangista al que Horacio había salvado de un linchamiento. Ni los ruegos a la mano derecha del cardenal. Horacio estaba desaparecido, y eso significaba el peor de los presagios.

Carlos llegó a la casa, sentó a cada uno de sus sobrinos en una rodilla y les contó una historia:

—Vuestro padre se ha tenido que marchar a Roma, a un viaje que durará unos diez años. Mientras tanto, tenéis que obedecernos a vuestra madre y a mí.

Sentado en el regazo, el pequeño Horacio miraba a la ventana que su tío tenía a la espalda, en la que se vislumbraba un enorme jazmín. El niño se comenzó a fijar en el alféizar de la ventana, donde estaban apoyadas dos cajas de cartoncillo gris de las que salían, entre papel de manila blanco, dos pares de zapatillas negras. Y comprendió: «Esas zapatillas nuevas son para el luto de mi madre y de mi tía Concha».

A los niños los mandaron a la cama porque comenzaron a llegar visitas. De los treinta y cinco hombres que posaban orgullosos en las fotografías junto a Horacio cuando estrenaron sus casas, solo acudieron tres.

El pequeño Horacio no podía dormir. Distinguía voces familiares como la de las primas de su madre, y el suave acento francés del cónsul Perreau. Desvelado, se levantó de la cama. Escondido entre los barrotes de la escalera advirtió a su tío Salvador, el hermano de Mercedes, vestido con camisa azul, pantalón militar y boina roja. A Horacio le entró miedo, porque en la calle y en los patios de vecinos decían que los falangistas mataban. Y a su padre lo habían matado.

Las visitas continuaron al día siguiente. Agotados, Mercedes y Carlos encendieron la radio por la noche. Oyeron en Radio Barcelona al presidente Companys mandando un mensaje de condolencia a los familiares del alcalde de Sevilla, el mismo que tan calurosamente le había invitado y recibido en la pacífica primavera sevillana de 1936.

Parte V

Coda (1936 – 2022)

1

«Y tu padre, ¿se ha muerto o lo han matado?», le preguntaban en el colegio a Merceditas. Ella sabía que su padre estaba muerto, pero pensaba que algún día regresaría porque eso era lo que le habían dicho y, además, a los seis años la muerte no parecía eterna.

Mercedes había metido a los niños en la casa de una señora del barrio a la que también habían asesinado al marido y que daba clases para ganar algo de dinero. Mercedes no tenía trabajo, era una más de tantas maestras a las que el Nuevo Estado prohibió trabajar. La comisión de enseñanza lo llamó «depuración del profesorado» y Mercedes, siendo mujer de quien era, estaba condenada a vejaciones, hambre y miseria. Por ahora se podía permitir la falta de empleo porque Juan María Moreno, el que fuera jefe de su marido en el Instituto Español antes de que Horacio fuera elegido alcalde, se comprometió a abonarles el sueldo mensual de su antiguo empleado durante todo un año.

A Moreno el golpe le había sobrevenido de visita en Madrid. Hizo gestiones telefónicas con amigos conservadores y católicos, pero su influencia lejos de Sevilla perdía fuerza. Ordenó estas transferencias mensuales para suerte de Mercedes, que carecía de cualquier otro ingreso o pensión.

A Mercedes le podía dar igual lo que le sucediera a ella, pero no a sus hijos. Preocupada por el examen de ingreso en el bachillerato de Horacio, se mudaron al piso de soltera de la familia Serra en la calle Gravina y buscó un colegio. Solo encontró rechazos de los directores hasta que preguntó si podía matricular a sus hijos en el Liceo Escuela. El propietario y director era un cura llamado Ildefonso Sánchez.

—Usted es la viuda de Horacio Hermoso, el alcalde republicano —la reconoció Ildefonso Sánchez.

—Así es. Los niños no causarán ningún problema, saben leer y escribir, les he enseñado yo. He sido profesora —asintió Mercedes.

—Permítame que le diga una cosa: si quiere usted que sus críos estudien en este colegio, sus hijos nunca pagarán nada, ni un céntimo. ¿Está de acuerdo?

—No sé cómo agradecérselo, de verdad. Pero puedo pagarle, tengo dinero —se emocionó Mercedes.

—No, esa es mi parte del acuerdo. Vigilaré a sus hijos de cerca y estaré muy pendiente de su evolución, sin tenerles ni un ápice de lástima, porque les voy a exigir que sean los mejores de esta escuela.

Ildefonso Sánchez estaba peleado con la Iglesia, quien le tenía retirado casi de todo —por supuesto de confesar y dar misa—, si bien él seguía vistiendo la sotana. Cumplió con su promesa con los niños. Horacio ingresó en el bachillerato y en el primer curso sacó un 9,5 de media.

2

La familia seguía en una posición desahogada gracias a la remesa de quinientas pesetas que cada final de mes enviaba Juan María Moreno y, también, al trabajo de Carlos. Destrozada la perfumería, el menor de los Hermoso Araujo se quedó sin ocupación, con dos hermanos en la cárcel, tres mujeres desempleadas y dos sobrinos. Pasaba los días en la casa en Nervión que le había prestado a Mercedes su hermana María Teresa. Andrés, el marido de esta, le dio un consejo a Carlos para ganarse la vida:

—Deberías ponerte de taxis. No te puedes imaginar lo que estaba ganando yo vendiendo radios como representante de Telefunken, pero eso se ha acabado. Aproveché los ahorros y compré otro coche, y los puse los dos de taxis. ¡Me están dejando más dinero que las radios! Cómo será que antes del movimiento la carrera se cobraba a dos pesetas y Queipo ha ordenado que sea a una peseta, y aun así se gana dinero. Hay cientos de italianos y alemanes moviéndose de un lado para otro.

Carlos se entusiasmó con la idea de volver a ganar dinero como en sus tiempos de pintor ceramista y pensó cómo le sería posible adquirir un automóvil, siguiendo el consejo de Andrés. Visitó a las primas de su madre, las hijas del tío Tomás que jugaban con ella en La Línea y las acogieron de joven en la calle Sierpes. Las dos estaban forradas. Marina había heredado una fortuna de su difunto marido. La otra, Victoria, se había casado muy joven —en lo que llamaban un matrimonio de interés o blanco— con el cónsul Perreau, cuyos intereses estaban más centrados en las minas de Riotinto. Fue a Victoria a la que Carlos pidió que llevara a cabo la inversión.

—Un coche ahora tiene un precio muy alto, tendría que ser de importación —le dijo Victoria.

—Sí, pero pronto recuperaré el dinero y te lo devolveré, lo prometo. Necesito dedicarme a algo y sacar a la familia adelante —rogó Carlos.

Victoria compró un Morris inglés verde y negro, con matrícula SE-17700. Para ahorrar gastos, en lugar de contratar a un chófer, Carlos se enfundó el baby gris y la gorra, el uniforme reglamentario.

—Bueno, ¿y ahora dónde me pongo? —le preguntó Carlos al marido de María Teresa.

—Hay buenos sitios. En el hotel Cristina están los alemanes, y en el Majestic los italianos. Te aconsejo los alemanes, hacen viajes más largos. A los italianos los puedes reconocer por los gorros esos estúpidos con orejeras abrochadas hacia arriba y las vendas caquis en lugar de las polainas, pero no te los recomiendo. Fuman el asqueroso Stella y te dejan el coche amarillo —Andrés puso cara de repugnancia.

Carlos desoyó los consejos de Andrés, le daban igual italianos o alemanes, incluso esos comisionistas que se estaban enriqueciendo con los abastecimientos al engañar al ejército sublevado o, más bien, a los aristócratas y señoritos que lo financiaban. Carlos eligió la plaza de San Francisco, en la acera del ayuntamiento, donde había gobernado su hermano Horacio ciento cuarenta y tres días hasta que el mundo cambió. Los taxistas sabían que mantenía a la familia y le reservaban los viajes más largos a don Carlos, con la excusa de que el coche era nuevo y así los clientes viajaban más seguros.

Carlos trasladó a muchos oficiales alemanes al Campo de Gibraltar, donde inspeccionaban los movimientos de los ingleses. En muchos de los trayectos, mientras conducía en silencio, escuchó a individuos que se jactaban de haber matado a rojos. Carlos se mantuvo dos años en el negocio de los taxis y volvió a ganar mucho dinero. La consecuencia directa de la mejora de la economía familiar fue que en los desayunos apareció, un día y para quedarse, la mantequilla.

Cuando Horacio aprobó el examen de ingreso al bachillerato, Carlos le regaló un perro mixtolobo de color canela, Canelita. Dejó el taxi cuando una empresa, Informes Unión, le propuso dibujar las ilustraciones de su revista mensual y, a la vez, comenzó a trabajar como dibujante para un tal Andreu, dueño de una agencia de publicidad fascista, llamada Victoria.

Mercedes se hartó de las estrecheces del piso del centro y quiso volver a su casa del Tiro de Línea, donde todos, también Canelita, disfrutarían de más espacio. La vivienda estaba intacta porque el nuevo alcalde, Ramón de Carranza, había considerado excesivo el asesinato de Horacio y prohibió que la allanaran. De regreso, un día llamaron a la puerta. Era un vecino.

—Vengo a informarte de que el teniente general don Gonzalo Queipo de Llano viene esta tarde al barrio con el cardenal arzobispo don Eustaquio Ilundáin. A Mercedes casi le da un patatús. Ante la reacción de la mujer, el hombre continuó:

—La asociación de vecinos hemos pensado en engalanar los balcones. Cualquier prenda roja valdrá, una bandera o una colcha que conserve el color de la bandera nacional y no se haya desteñido. Queremos dar una buena imagen del barrio.

—Lo siento, pero no tengo telas —dijo Mercedes.

—Vecina, está implicado todo el vecindario, pero es que, además, en su caso, es todavía más importante que usted lo haga —tragó saliva el vecino.

—No lo entiendo, ¿por qué? ¿Qué más dará una casa más o una casa menos? —preguntó Mercedes.

—Don Gonzalo y el cardenal pondrán la primera piedra de la iglesia dedicada a la mujer del general salvador de Sevilla, doña Genoveva. Y, verás, la parroquia se va a situar aquí, justo enfrente de su casa.

Mercedes cerró la puerta. Había recibido malas miradas de los vecinos del Tiro de Línea, que ni siquiera le devolvían el saludo, disconformes con que vistiera de negro por el duelo a su marido, algo que las nuevas autoridades habían prohibido. Algunos de esos vecinos ni siquiera creían que Horacio estuviese muerto; hablaban de que algún día aparecería y todo habría sido un engaño de los frentepopulistas. Mercedes arregló a sus hijos, hizo las maletas y volvió de nuevo al piso de Gravina. Había sido un error regresar al barrio.

3

Mercedes y el resto de la familia tenían muy claro el motivo por el que habían matado a Horacio.

Queipo y el cardenal. El cardenal y Queipo.

Y todo por esa obcecación de Horacio de desafiar a las élites y sacar las procesiones de Semana Santa.

Desde el golpe, prácticamente salía una procesión cada tres días. La Macarena, por ejemplo, recorrió las calles de Sevilla dos veces en menos de tres meses. Delante del paso de la Virgen desfilaba Queipo de Llano, al que la hermandad nombró hermano mayor de honor. En las mismas fechas Queipo se autoproclamó Hijo Predilecto mientras bombardeaba salvajemente Málaga, obligando a exiliarse hacia el oriente a miles de personas, decenas de niños entre ellos.

La Macarena tuvo un tira y afloja con el general a causa de la corona de oro de la Virgen. Queipo se la apropió para financiar al Ejército y, unos meses después, la devolvió a causa de los recelos de los hermanos. Tras la disputa, el general prometió construir una nueva basílica que les resarciera por el incendio de la capilla de San Gil tras la sublevación. Como arquitecto, el encargo recayó en uno de los hermanos Gómez Millán, Aurelio, el mismo que trabajó para Horacio en el Tiro de Línea y al que Queipo quería para la iglesia de Santa Genoveva.

Para supervisar el proyecto, el hermano honorario colocó al frente de la hermandad al auditor de la división, Francisco Bohórquez, quien firmaba las sentencias de ejecución dictadas con la aplicación del «bando de guerra». Y, sobre la ubicación, con toda la premeditación, el antiguo general favorito de la República eligió los terrenos que ocupara el demolido centro anarquista y comunista del barrio, Casa Cornelio.

4

Queipo asimiló el fervor religioso y se propuso brindar a los sevillanos una Semana Santa única en 1937. Ordenó imprimir dos millones de octavillas que anunciaban la celebración en cinco idiomas: español, francés, alemán, italiano y portugués. La maquinaria propagandística incluyó aviones que lanzarían los panfletos a kilómetros de distancia. Queipo tenía el propósito de gastar todo el dinero que fuera posible, aunque la prioridad fuese subvencionar la rebelión. En esos propósitos estaba cuando Carranza le explicó que las hermandades necesitaban unas ciento cincuenta mil pesetas para procesionar.

Entonces, las élites sevillanas recibieron una carta del Ayuntamiento que les informaba de que la prensa local publicaría un requerimiento para recoger la licencia de utilización del palco a su nombre por el precio de doscientas cincuenta pesetas. El concejal de Fiestas, Manuel Bermudo Barrera, advirtió del deber de cooperar para que «las solemnidades religiosas adquieran mayor esplendor si cabe que en otras ocasiones» y así «demostrar al mundo nuestra religiosidad y la confianza que nos anima, en que el Cielo habrá de otorgar a los que luchan por su causa y por la de España el precio merecido». Bermudo utilizó el listado de las personalidades que ocuparon los palcos en el 35, porque en el 36 habían rehusado la invitación del Ayuntamiento.

Queipo vio claro el afán recaudatorio, y hasta los balcones y ventanas de la propia Casa Consistorial, que en tiempos pretéritos eran cedidas gratuitamente a concejales y otras autoridades, los distribuyó con la obligación de que los exalcaldes primorriveristas y el de las derechas, Isacio Contreras, así como los exministros y el director del *ABC* de Sevilla dejaran un donativo de cincuenta pesetas, mientras que la dádiva de otros gestores municipales ascendería a veinticinco pesetas. La recaudación fue por un total de mil trescientas pesetas, lo que llegaba para subvencionar a una hermandad, por ejemplo, a la que menos lo necesitaba, la de la Santa Cruz.

Las hermandades cooperaron y salieron prácticamente todas. En la plaza renombrada de nuevo como San Francisco, se quejaron los magistrados, fiscales y funcionarios de la carrera judicial, a quien Queipo dejó de instalar su habitual tribuna, facilitada desde tiempo inmemorial, con la excusa de la falta de maderas. Las élites sí volvieron a ocupar los palcos y el suelo se llenó de nuevo de cáscaras de gambas, camarones y patas de cangrejo. El público a pie de calle y desde los balcones saludaba a los pasos de Vírgenes, santos y Cristos con el puño en alto, al tradicional estilo fascista.

Ilundáin apoyó la celebración. El cardenal se había sumado a los golpistas ante lo que él llamaba «las fuerzas mancomunadas del averno».

«Tienen la intención de fundar un estado social esencialmente revolucionario, destructor de nuestra religión, de nuestra fe católica, de nuestra tradición, de nuestra autonomía en el concierto de la vida de los pueblos civilizados», dijo en la carta pastoral de la cuaresma.

Ilundáin divulgó sus propias cuentas: solo en Sevilla «la fiera cebó sus odios antirreligiosos» con la matanza de veintisiete sacerdotes, y la destrucción de doscientas cincuenta iglesias y capillas destrozadas y saqueadas. Nunca llegaría a mencionar a otras personas asesinadas o desaparecidas, mientras que concedió miles de indulgencias a aristócratas y personas de la alta burguesía muertos en «la reconquista».

Su estado de salud comenzó a verse perjudicado por tanto dolor ajeno. Sus problemas estomacales se agravaron y su rostro estaba cada día más amarillento. En agosto del 37, doce meses más tarde del acto de reposición de la bandera en el ayuntamiento, Ilundáin falleció.

Su último acto había sido sumarse a la pastoral colectiva del Episcopado español en el extranjero. La Iglesia española había salido ese verano en defensa de la «Santa Cruzada que se está librando en el país», sumándose a la propaganda antimarxista de los rebeldes sobre un complot comunista para conquistar el país, desatado tras la victoria del Frente Popular. «El Episcopado español está en su totalidad y sin reservas al lado del general y a favor del movimiento», proclamaron los dos cardenales, seis arzobispos, treinta y cinco obispos y cinco canónigos. Ilundáin era el otro cardenal tras la restitución del primado de Toledo. Tras su muerte, le sucedió el cardenal Segura, rescatado de Roma, donde estaba exiliado por maniobras conspirativas contra la República y venta de bienes fuera del país.

5

En el Tiro de Línea habían sido felices. Los niños recordaban cómo su padre se tumbaba con ellos en una manta en el patio y dormían la siesta. Y cuando la última Navidad apareció el Día de Reyes cargado de regalos y dijo que se los había encontrado por el camino. Siempre, antes de dormir, les daba un beso, y les preguntaba qué había sido lo mejor y lo peor del día, para recordar los momentos felices y espantar los infelices. Eso nunca más volvería a suceder. A Horacio le habían asesinado y Sevilla se había convertido en fascista. Carlos, viendo el sufrimiento de Mercedes, le propuso:

—Andreu, el editor de la revista, me habló de la intención de trasladar la agencia. Él piensa que en Barcelona existen más oportunidades de negocio cuando los sublevados ganen la guerra. Me tiene aprecio, no será ningún inconveniente.

Barcelona recibió a los Hermoso con una bruma gris, mucha niebla y un ambiente húmedo que les sorprendió vestidos para el verano sevillano. Era el 25 de julio de 1939, recién finalizada la Guerra Civil española.

A las ocho de la mañana, en la estación de Francia de la Ciudad Condal, Mercedes, Carlos, Concha y los niños Horacio y Merceditas cogieron un taxi que les condujo Rambla arriba hasta la plaza de Cataluña y, a continuación, por el paseo de Gracia hasta la confluencia con la Gran Vía. Pararon en el hotel que les aconsejó el taxista. Este se ahorró descargar las maletas porque la familia solo viajaba con las ropas puestas.

Carlos había sido contratado con una generosa retribución de mil pesetas mensuales. La estancia en el hotel sería cuestión de días, hasta alquilar un piso, algo fácil en Barcelona acabada la guerra. Los Hermoso encontraron acomodo en el Ensanche. El pequeño Horacio, a punto de cumplir los doce años, aspiró por primera vez el aroma primaveral de los grandes plátanos que adornaban las calles. En primer lugar, se mudaron al número 405 de la calle Consejo de Ciento, y lo abandonaron poco después por una plaga de cucarachas. Alquilaron otro piso muy cerca, en la calle Bailén, 66, a unos pasos del Taller Masriera. A los niños les daba miedo el misterioso edificio, semejante a un templo romano de grandes columnas dóricas de piedra.

«Cuentan que en su interior habitan monstruos y dragones de dos cabezas que se comen a los niños», atemorizaba Carlos a Merceditas, porque Horacio decía que no tenía edad para sustos, aunque si podía pasar por la acera de enfrente del teatro lo prefería.

Mercedes les contaba que en ese teatro un poeta muy importante había leído por primera vez *Doña Rosita la soltera o el lenguaje de las flores.* No obstante, apoyaba la teoría de los monstruos, porque Franco había adjudicado el edificio a una congregación religiosa.

El pequeño Horacio ingresó en el Instituto Balmes para cursar el segundo grado de Bachillerato. Por lo general, le gustaban sus profesores, sobre todo los de Historia y Lengua, pero no podía ni ver al de Matemáticas, que llevaba en la solapa la insignia de camisa vieja de Falange, es decir, que era fascista antes de la rebelión. A Horacio le gustaba Barcelona porque no era fascista, a diferencia de Sevilla, donde a la menor oportunidad te encontrabas a gente saludando con el puño en alto y donde abundaban los uniformes y los escapularios, los detentes de los requetés, las flechas de Falange y las medallas con las caras de Franco, Queipo o Mola. La habían invadido tantos alemanes e italianos que unos niños le habían querido obligar a levantar el brazo cuando los extranjeros pasaban con su charanga y sus banderas, recién llegados a la plaza de Armas y de camino a sus hoteles. Horacio se negó y estuvo a punto de recibir una paliza si no hubiese salido corriendo. En Barcelona, de casi cuarenta compañeros de clase, solo uno, Cortés Giovino, era Flecha, y porque su madre era italiana.

El casi adolescente Horacio estaba encantado con la vida catalana, aprendía el idioma en el instituto, tenía amigos con los que se sentaba en los curvados bancos modernistas de piedra y contaba con la edad propicia para comenzar a fijarse en las chicas que caminaban, arriba y abajo, por el paseo de Gracia.

Pero su bienestar contrastaba con el estado del resto de su familia. Quien peor lo llevaba era su madre, que buscaba andaluces por toda Barcelona para sentirse abrigada. Así, descubrieron que en la ciudad vivían dos parientes remotos de la familia de su marido, sanluqueños. Eran hijas de Juan Isidro Hermoso Bernal, aquel cuya casa había creído ver su hermano Fernando cuando un golpe de mar lo tiró del barco y su cuerpo apareció en la playa de Rota. Estas tías lejanas se llamaban Antonia y Ana, y eran unas viudas adineradas con un bar en las Ramblas, el Andalucía.

—Este es el mejor bar de toda Cataluña. En ningún sitio te tomas una ración de pescado frito y una manzanilla como estas —presumían los hijos de las propietarias, rescatados a tiempo de una vida alcoholizada e inútil.

—Pues en la esquina hay otro bar que se llama Sanlúcar, habrá que ir a probar algún día —decía Horacio medio en serio, medio en broma, un poco harto de las reuniones familiares con idéntico menú.

Una de estas tías, Ana, propuso a Mercedes que se fuera a vivir con ella. Carlos y Concha se quedaron con los niños, pero al poco Merceditas pidió ir con su madre, harta de tener las manos llenas de sabañones por los trabajos a los que la obligaba su tía Concha. La tía Ana proporcionó a Mercedes y a su hija una vida holgada y confortable. Las conocían en los mejores puestos de La Boquería.

A Horacio le agradó quedarse con su tío. Carlos frecuentaba a otro sevillano, Juan Sánchez Ramade, cuyo hermano Luis había sido un gran amigo de su hermano Horacio. Juan vivía justo en el edificio de detrás de la calle Bailén y tenía tres hijos. Como los llevaba mucho al cine Savoy, le pidió a Carlos si Horacio quería acompañarlos, y así el chico descubrió a Fred Astaire y, sobre todo, a Ginger Rogers. Al poco, su tía Concha chocó con la mujer del amigo de Carlos, también sevillana, y a Horacio dejaron de recogerle. Obligado a quedarse con la bruta de su tía Concha, comprendió lo mucho que echaba de menos a su madre, incluso que estuviese siempre encima de él con los estudios.

El hueco de su madre vino a ocuparlo Carmela Montes, una sevillana muy guapa, con un cutis de nácar y unos ojos verdes que Horacio pensó que no volvería a ver. Estaba casada con un *cañaílla*, un oriundo de San Fernando, de profesión abogado y al que habían destinado a la sede catalana de La Previsión, la compañía de seguros sevillana. Carmen era amiga de la infancia de Concha y Pura, las hermanas de Mercedes, y fue la propia Concha quien invitó a Carmela y a Tomás a compartir piso con ellos tras la marcha de Mercedes y su hija. El hombre se encariñó con Horacio y le regaló un libro, el primero de su vida, *La historia de San Michele*. A los pocos meses la pareja buscó su propia casa y tuvieron una hija; desgraciadamente Carmen murió de ese parto. Tomás rechazó nuevas propuestas de matrimonio, se dedicó a cuidar de su hija, y nunca descuidó su afecto por Horacio. Muchas tardes le invitaba a merendar y compartían su visión sobre la realidad de España. Un día Tomás le dijo:

—Horacio, este país no será un lugar decente hasta que todos sus pueblos y todas sus ciudades tengan una calle con el nombre de Antonio Machado.

Horacio habló por primera vez de la muerte de su padre con él a los catorce años.

6

Cuando llevaban dos años en Barcelona, Carlos abandonó la agencia publicitaria de Andreu para pintar la cartelería de películas que se mostrarían en los vestíbulos de los cines, el Fantasio entre ellos. Contaba con la ayuda de Horacio, que muchas noches salía con su tío a pegar papeles subido a una escalera, con una caja de chinchetas en la mano.

Le encantaba pasar tiempo con su tío. Entre sus momentos favoritos estaba llegar a casa y analizar la Segunda Guerra Mundial. En un cuadro comparaban las producciones de materias primas y reservas de petróleo de los aliados, de una parte, y de los países fascistas de otra. Los alemanes se habían comido el mundo los primeros años, pero Horacio convenció a su tío de que, incluso sin la participación de los estadounidenses, la diferencia a favor de los aliados era espectacular.

—Tío, los aliados ganarán la guerra y, a continuación, le ajustarán las cuentas al fascismo español. Que no te quepa duda.

Una mañana Horacio pasó por delante de un quiosco donde su tío compraba el Diario de Barcelona. El periódico anunciaba que Mussolini había sido apartado por sus compañeros del Gran Consejo Fascista. Rápidamente compró un ejemplar, salió corriendo, subió los peldaños de la escalera sin parar y, sin aliento, le enseñó la portada a su tío Carlos. Comenzaron a llorar de felicidad. Esta guerra era de una importancia vital para todos, pero sobre todo para ellos. Con la victoria de los países aliados, la derrota de Franco sería inevitable.

7

Carlos volvió a cambiar de trabajo. Le encantaba dibujar carteles de cine, pero no ganaba lo suficiente. Gracias a sus conocimientos en la perfumería de su hermano, aceptó una oferta del segundo fabricante de España, Perfumería Parera, pero no como dependiente, sino como dibujante de estudio. Le fue tan bien y sus dibujos eran tan buenos que la empresa accedió a que Horacio, cumplidos los diecisiete años, entrase también a trabajar como auxiliar administrativo, incluso cuando su tío ya se había marchado de la empresa a finales del 44. Carlos y otro dibujante del estudio habían montado su propio negocio de dibujo publicitario e industrial, llamado Astro, con despacho en el Paseo de Gracia.

Horacio tenía un trabajo cómodo y unas buenas retribuciones de ciento cincuenta pesetas, suficiente para contribuir al alquiler del piso de su tío. Aprovechó para aprender a escribir a máquina al redactar las facturas a los clientes, con una coletilla final de cara a la inspección que hacían los británicos en el Mediterráneo para impedir que alguna empresa pudiera colaborar con los fascistas: «Garantizamos que la mercancía aportada por esta factura es de origen y fabricación nacional, y que ninguna firma extranjera ni empresa incluida en la lista negra tiene interés directo o indirecto en la misma». La empresa tenía comedor y cocina, aunque todos los días servían de primer plato habichuelas verdes y patatas cocidas regadas con aceite de oliva. Horacio iba a morir de acidez y tenía que buscar una solución. El segundo plato se traía de casa y lo único que sabía hacer su tía Concha era una tortilla francesa metida en un pan de Viena.

Además de trabajar, Horacio continuaba con sus estudios. Se matriculó por las tardes en quinto de Bachillerato. Le quedaban los domingos para pasear por las Ramblas y quedar con los amigos, aunque en los últimos tiempos estaba muy ocupado con una barcelonesa a la que le traía loca algo que él pensaba perdido: su acento andaluz.

María Bosch era una de las jovencitas que paseaban arriba y abajo por el paseo de Gracia a la salida del colegio de monjas, vestida con un uniforme negro, el cuello duro blanco y una corbata de pajarita roja.

—Hola, me llamo Horacio. Te veo pasar a menudo por aquí. Me gustaría pasear contigo.

A la muchacha le agradó el desparpajo del sevillano y se hicieron amigos. Al joven se le aceleraba el corazón cada vez que la veía, y a ella se le ponía la cara roja como una amapola. Caminaban juntos y los domingos asistían a los bailes que organizaban las salas de fiesta de Barcelona.

8

Horacio cumplió diecisiete años en la navidad del 44. Tenía un trabajo estable, disfrutaba de la vida cultural y social de Barcelona con buenos amigos y estaba ilusionado con una chica dulce y sonriente como proyecto de novia, cuando la tragedia le volvió a reclamar desde Sevilla.

Fernando continuaba en los jesuitas cuando los sublevados le habían reclamado una deuda que tenía con el Ayuntamiento. Las nuevas autoridades se habían apropiado de la recaudación de la corrida de toros organizada por Horacio para sufragar a su Ejército y, salvo mil pesetas que les ingresaron a los ganaderos Domecq, se quedaron con las casi treinta mil pesetas de la venta de entradas y los donativos. De esta última parte faltaban mil quinientas pesetas y se las reclamaron al que fuera secretario municipal del alcalde. Fernando dijo que le constaba el ingreso porque tenía el recibo, y que como mucho faltarían unas seiscientas pesetas. Tenía parte de ese dinero junto a efectivo de su propiedad y calculó que podría devolver unas cuatrocientas pesetas.

A los sublevados esas cuentas les dieron igual y le amenazaron con matarle. Fernando les respondió que poco dinero podría devolver estando muerto, así que le abrieron la puerta y pactaron unas condiciones de pago, si bien lo primero que hizo Fernando fue ir a celebrarlo con mujeres distintas a su esposa.

Fernando Hermoso acudió al amigo de Horacio, Luis Sánchez Ramade, y consiguió financiación para pagar la deuda y montar una fábrica de losetas de cemento, en cuyo capital participó su cuñada Mercedes con la venta de la casa del Tiro de Línea. Entre los empleados tenía a dos hombres a los que llamaban los Matrones de Triana, honrados de trabajar para el hermano del hombre que les había proporcionado mantas y comida durante las riadas del 36.

La empresa tuvo un inicio prometedor, aunque Fernando siguió a lo suyo y rápidamente enfermó, a juicio de todos, de alguna enfermedad venérea. Fernando llamó a Carlos y a Mercedes, y estos, sin consultarle, decidieron que Horacio regresara a Sevilla para hacerse cargo del negocio familiar mientras su tío estuviera enfermo.

El 13 de enero del 45, a las doce de la mañana, Horacio se montó en el barco Ciudad de Sevilla en el muelle cercano a Colón, seguro de que nunca más volvería a vivir en Barcelona. Como el día de su llegada, le acompañó en su despedida una neblina espesa que solo permitía ver las siluetas del Tibidabo y de Montjuic.

A los tres días llegó a Sevilla tras sortear un tremendo temporal y una noche de tránsito en Cádiz. En la plaza de Armas le esperaba el hermano de su madre, su tío Salvador, con la indumentaria que se había convertido en habitual en Sevilla. Salvador le llevó al Tiro de Línea.

—Vamos, Horacio, llegas cuatro días tarde. Necesitas ponerte al día, imponerte en el negocio y conseguir los mejores precios y condiciones de venta —le espoleó su tío Fernando desde la cama nada más entrar por la puerta.

El joven Horacio comenzó su trabajo en la fábrica, que no

le interesaba lo más mínimo, y al terminar cada día le contaba la jornada a su tío, presenciaba sus males y soportaba a la tonta de su tía Carmela. Fernando apenas duró dos semanas. Falleció el 29 de enero, y a Horacio le tocó organizar el primer entierro de su vida.

9

A Horacio le ofrecieron vivir, como única posibilidad, en la casa de su tío Salvador, el falangista. Al menos sus primos eran casi de su misma edad. Estudiaban en un colegio elitista, el San Francisco de Paula, y un día dos amigos fueron a recoger a uno de sus primos. Horacio atrajo la atención de los chavales al hablar de los bailes que celebraban en sus casas las chicas barcelonesas, cuando bailaban la música de las orquestas estadounidenses de Tommy Dorsey, Artie Shaw, Harry James o Benny Goodman.

—A mí me gusta mucho la orquesta de Bernard Hilda. Es un director judío que huyó de los nazis con su mujer y cinco músicos, y se refugió en Barcelona. Tuvo un éxito enorme en las salas de baile —se entusiasmaba Horacio ante la curiosidad de los amigos de su primo, quienes al poner la radio solo escuchaban canción española, algo de flamenco y, como toda música seria, zarzuela.

Uno de ellos comenzó a estudiar la carrera de piano, se interesó por el jazz y se hizo concertista. Con Horacio acudía al campo del Betis cada dos semanas, como afición compartida, pero sobre todo les interesaban los cabarets y las salas de fiestas. Una noche fueron a cenar y tomar una copa a La Manigua, una sala al aire libre en la calle Betis, y este amigo insistió en presentarle al pianista. Era un viejecito atildado, lleno de arrugas, vestido con un traje de hilo blanco, que rompió a llorar cuando conoció que la persona que le saludaba era el hijo de Horacio Hermoso Araujo. Se trataba del maestro José del Castillo, a quien habían cesado como director de la banda municipal poco después del golpe. Horacio se permitió llorar, abrazado a Castillo, recordando a su padre, un hombre bueno y desafortunado.

10

En septiembre del 45 los Hermoso no encontraban motivos para seguir cabizbajos. Los aliados habían derrotado al eje fascista, por lo que podían regresar a Sevilla en vista de que el mundo iba a cambiar de nuevo, convencidos de que, pese a la derrota parcial, el progreso de la humanidad pasaba por la continuación de la lucha frente a los reaccionarios. Mientras llegaba la hora de ajustar cuentas, Carlos buscó de nuevo a los Sánchez Ramade y estos le presentaron a un sobrino que tenía una agencia de publicidad, Gong. Se asociaron, pusieron un estudio de dibujo y comenzaron a llevar con gran éxito la publicidad de cines como el Alcázar, que pertenecía a la cadena familiar de los Ramade, propietaria también de las salas Florida y Victoria.

Mercedes seguía esperando beneficios de su inversión en la fábrica de losetas de cemento, pero era una mala época para la construcción. Cuando Horacio era alcalde le habían ofrecido el metro cuadrado de suelo en el barrio de Los Remedios, anexo a Triana, a 0,25 pesetas, pero rechazó la oferta porque no le pareció ético. Otros republicanos sí compraron terrenos, con la previsión de vender y hacer negocio. Pero en ese momento la fábrica de losetas era una ruina y Mercedes la cerró.

De nuevo en el piso de soltera de la calle Gravina, Mercedes comenzó a buscar trabajo. Acudió a una prima hermana, María Galiana Serra, teresiana y muy bien relacionada, que era inspectora de primera enseñanza y había formado parte de los tribunales de la Comisión Depuradora del Magisterio sevillano.

—Por favor, le ruego que me levante la suspensión. Necesito lo que sea, tengo a varios familiares a mi cargo. Lo que sea, alguna sustitución…

—Para ti y para tus hijos no os doy nada —respondió la monja.

Unas semanas más tarde, su padre se jubiló. Vicente había ganado mucho dinero en la empresa que fundó con sus hermanos, dedicada a la construcción de carreteras. Cada uno de los hijos había nacido en un lugar distinto, siendo Mercedes natural de El Fresno, en Zaragoza. Vicente y sus hermanos eran de Alcolecha, cerca de Villajoyosa, y dieron el pelotazo cuando denunciaron unas minas en Huelva que llamaron Minas de Teuler, en recuerdo de su padre, Salvador «el Tejero». Vendieron la explotación a una compañía de Bilbao por dos millones de pesetas e hicieron el reparto junto con lo que habían ganado con las carreteras. Los otros dos hermanos —uno de ellos, Salvador, un importante diputado nacional del partido de Eduardo Dato— decidieron que Vicente se administraba fatal y le asignaron una pensión vitalicia mensual de seiscientas pesetas y el disfrute de una gran finca en Villajoyosa, donde los pequeños pasaron los veranos. Pero, cuando comenzó la Guerra, las viudas le quitaron esa asignación con el pretexto de que ellas habían quedado en zona republicana y sin dinero, algo completamente falso porque mantenían hasta yates en el puerto de Valencia. Sin otra solución, Vicente volvió a trabajar en las minas. Cuando se jubiló se fue a vivir con su hija Mercedes, y entonces la llamó su prima teresiana.

—No lo hago por ti ni por tus hijos, sino por la labor cristiana de mantener a mi tío —dejó claro.

A Mercedes no le extrañó la actitud de esta mujer. Esta prima tenía un hermano, Juanito, maestro nacional, casado y con una niña. Estaba destinado en Valencia y se alistó para defender al Gobierno republicano. Cuando los rebeldes tomaron Cataluña y el bando republicano comenzó a retirarse, este hermano se encontraba en un hospital de sangre en Villanueva y Geltrú, donde entraron las tropas del general Yagüe y asesinaron a todos los oficiales republicanos heridos sin esperar a que se levantaran de la cama, entre ellos Juanito Galiana. Su hermana conoció cómo mataron a su hermano y siguió defendiendo a los fascistas.

11

Horacio acudía a comer, por turnos, a las casas de las primas de su madre, Victoria y Marina. Seguían siendo muy religiosas y adineradas, y en cada encuentro recordaban la comunión de Horacio, le reprochaban que no quisiera haberse vestido de almirante y hubiera tomado el cuerpo de Cristo vestido con camisa blanca y pantalón azul. Además, cuando salió de la iglesia de La Magdalena, el mismo lugar donde había sido bautizado y sus padres se casaron, sus primas le preguntaron qué sentía.

—Hambre —contestó Horacio lacónico, lo que le parecía la respuesta más natural al estar en ayunas.

Cuando en estos turnos de fin de semana a Horacio le tocaba con Victoria y el cónsul belga, lo sobrellevaba, pero suponía un horror de una inmensidad incalculable la obligación de acudir a Villa Marina, en la calle Progreso, junto a su tía Marina. El motivo no era otro sino que esta prima estaba casada en segundas nupcias con el sublevado Gabriel Fuentes Ferrer, golpista de primera hora que regresaba de permiso los fines de semana.

—Marina, el chico tiene que aprender de la vida. Mira, yo cogí una ametralladora en el barrio de San Julián y maté a esos rojos como conejos. Luego, las ejecuciones en los pueblos no las hacían los soldados, sino directamente los oficiales. Así no derrochábamos balas.

Fuentes había asaltado el primer blindado que quedó inmovilizado en la plaza de la Gavidia, cuando Queipo dio la orden de neutralizarlo con los morteros de Artillería. Fuentes condujo el acorazado al barrio de la Macarena y, vencida la resistencia, acompañó a Castejón para acabar con las fuerzas de Triana. Una vez sucumbieron, Fuentes se sumó con el blindado a la sanguinaria columna Castejón, que dejó miles de cadáveres en su camino hacia Badajoz. Cuando los aliados ganaron la Segunda Guerra Mundial, huyó disparado a Argentina, pero volvió cuando le garantizaron que todo seguiría igual. Era la constatación de que nada cambiaría, una nueva derrota para los Hermoso.

12

Horacio se escapaba por las tardes de la casa de sus tías y regresaba al Tiro de Línea. Allí no quedaban ni su madre ni sus tíos ni sus abuelos, pero había una chica. Había comenzado a salir con Carmela Llorens, la hermana de Anita, unas mellizas rubias de ojos verdes a las que había conocido de niño en el colegio que montó su vecina en el barrio. Se llevaban muy bien cuando Horacio marchó a Barcelona y, al regresar, Carmela preguntó por él al novio de su hermana, Alfonso, también del barrio. Horacio se puso loco de contento, como unas castañuelas, y, como siempre había sido muy atrevido, la invitó a salir. Durante años regresó al Tiro de Línea, el barrio de su padre, para ver a Carmela, incluso cuando Anita dejó a Alfonso y comenzó a salir con otros chicos. Con uno de ellos, Rogelio, pasaba horas y horas de guardia hasta que al fin las chicas se acercaban a hablar desde las ventanas de la planta baja, porque la madrastra no consentía otro tipo de relación. En Semana Santa y Feria sí podían salir hasta el centro, pero siempre custodiadas por la abuela o por el hermano pequeño.

Así las cosas, Rogelio se aburrió y terminó la relación, pero no con Horacio, a quien invitó a una finca que tenía en La Puebla del Río. Uno de esos domingos Horacio conoció a las hijas de uno de los amigos de su padre, Blas Infante. Se fijó en la mayor, María Luisa, y en sus hermosos ojos, pero a sus diecinueve años estaba harto de noviazgos.

Cumplida la mayoría de edad, y desempleado, Horacio comenzó a preparar unas oposiciones aconsejado por un primo lejano de su padre, abogado del Banco Hispano con un prestigioso bufete propio, que había sido capitán del Ejército y ayudante del auditor Bohórquez.

«Horacio, las oposiciones a la banca son la salida natural para la gente de a pie, es decir, para quienes no tenéis cuna aristócrata ni militar ni el abrigo de la Iglesia, así que puedes darte con un canto en los dientes», le convenció.

Se había prometido cumplir con lo que le escuchó decir a su padre miles de veces: «Mi hijo no será nunca empleado de oficina», pero no le había quedado otra. Trabajó en el primer banco de este país, el Banco Hispano, y su madre pudo dejar las sustituciones temporales en los colegios.

13

Horacio tenía un empleo fijo y las tardes libres, que las dedicaba a las actividades propias de su edad. No pasaba un día sin acordarse de su padre, aunque ignoraba muchas cosas sobre él. A finales de los años cuarenta llegó la condena por pertenecer a la masonería, cuando llevaba trece años muerto. Horacio no comprendió esa sentencia, sin consecuencias, a diferencia de las cuantiosas multas del inventado Tribunal Nacional de Responsabilidades Políticas, que arruinó a miles de familias, entre ellas, a la de Blas Infante.

Sí sabía que Queipo había regresado a Sevilla tras su destierro temporal en la embajada de Roma, donde le había enviado Paca «la Culona», como el general llamaba a Franco.

En el Vaticano, Queipo presumió no solo de que había creado una hermandad para su mujer, sino también para él, San Gonzalo. Nada menos que en el barrio de León, a cuyos vecinos, obreros en una amplia mayoría, aconsejó hacerse hermanos para evitarles consecuencias.

Antes de marcharse, el general se había regalado una finca en el limítrofe municipio de Camas. Gambogaz pertenecía a un empresario gaditano, pero la cuestión se resolvió fácilmente ante notario, en presencia del director regional del Banco de España y, como testigos, el auditor Bohórquez y un Benjumea al que había colocado de presidente de la Diputación.

Para disimular, Queipo había hecho una cuestación popular de una semana, con mesas de falangistas repartidas por los centros de las ciudades andaluzas. Obtuvieron unas cien mil pesetas, lejos del millón y medio que costaba la finca. Era irrelevante, porque le dieron todo tipo de facilidades. La mitad de la finca se le expropió al dueño con la única promesa de que no lo matarían; para la otra parte del dinero se hizo un apaño con el banco, que aceptó todo tipo de donaciones. La compra la hizo una fundación de ayuda a los jornaleros, que era una tapadera para la transmisión de la propiedad.

En esta inmensa hacienda, Queipo falleció en el 51. Sus restos se depositaron en un panteón en la basílica de la Macarena, a la que tanto contribuyó y que había inaugurado dos años atrás. Le acompañarían en sus respectivos nichos de honor su esposa y su auditor.

14

La afición favorita de Horacio seguía siendo ayudar a su tío. Este andaba de nuevo ilusionado con el dibujo. Se presentó a un concurso de la Exposición Regional de Bellas Artes patrocinada por el Ayuntamiento y el Ateneo. El crítico de arte del *ABC*, Eduardo Paradas, había comenzado la reseña del evento con una referencia a Carlos, destacándole sobre el resto de autores.

> No sé si Carlos Hermoso Araujo será un profesional de la pintura. Creo que no ha de ser tan lego cuando con tanta audacia acomete un gran retrato masculino erizado de dificultades. No es una obra perfecta, ni mucho menos. Cuando la experiencia le obligue a limar ciertas durezas, podrá llegar al dominio de un género tan difícil como el retrato.

Entre los autores del catálogo figuraron grandes pintores como Adelardo; Arpa Perea; Daniel Bilbao, el hermano de los muy conocidos Gonzalo Bilbao y Joaquín Bilbao, autor de la estatua ecuestre de la plaza Nueva; Martínez Martín y Rodríguez Jaldón, discípulos de Bilbao; Hohenleiter, Grosso… y pintoras como María Barrau, Clara Contreras, María Teresa Domínguez Adame, Mercedes Torres, Enriqueta Peinado, Josefa y Dolores Sánchez Díaz…

Horacio admiraba tanto a su tío que, siendo bético hasta la médula, le convenció de que se presentara al concurso de carteles que había convocado el Sevilla Fútbol Club para conmemorar sus cincuenta años de historia. Le dio la idea completa del cartel y lo realizaron con el mayor esmero. El primer premio fue para Carlos Hermoso, que ganó nada menos que veinticinco mil pesetas, sin que los sevillistas conocieran que la idea había partido de un bético.

Horacio tenía ojo para la pintura. El otro amigo que llegó a casa de sus primos junto al concertista había sido Santiago del Campo, con quien disfrutó de una gran amistad. Cuando a Del Campo le encargaron pintar el gran mural cerámico de cuatrocientos ochenta metros cuadrados que decoró la fachada del estadio Ramón Sánchez-Pizjuán, invitó a trabajar en él a familiares de Horacio, que dejaron estampadas sus firmas.

15

Una tarde del 57 el Betis no jugaba en casa y el joven Horacio aceptó la invitación a una fiesta. Otra vez que el Betis jugaba fuera, tres meses más tarde, aceptó sin mucho interés otra invitación y allí encontró de nuevo a la misma joven. Ella, Matilde, llevaba un traje blanco con unas cerezas pintadas en dos tonos de azul. Conversaron y, sin pensarlo dos veces, Horacio la invitó a bailar. La joven sabía bailar muy bien, y Horacio la sorprendió con su ritmo; no solo bailando, sino cuando, sin cortarse un pelo, le dijo que tenía unas hermosas piernas.

Se hicieron novios. Un día que estaba en casa de los padres de la novia, en la calle Sierpes, donde también se encontraba su oficina bancaria, su madre lo llamó por teléfono para informarle de que Vicente agonizaba. Cuando Horacio llegó, su abuelo materno había muerto. Sus últimas palabras habían sido para su mujer, Teresa, que había fallecido hacía cuarenta años. Los dos hijos de Vicente se desentendieron y Horacio organizó el segundo de sus entierros.

Su tío Carlos había dejado el dibujo de los carteles de cine y viró hacia la publicidad de escaparates comerciales. Llegaron a ser muy populares unos que hacía para una gran tienda de pañería de la calle Sierpes, Izquierdo Benito. No los pintaba, sino que construía figuras y, mediante artilugios, se movían. Los armaba el sábado por la noche y al día siguiente dejaba a la gente arremolinada al otro lado del cristal. Para seguir ganándose la vida confeccionaba litografías, almanaques y reclamos publicitarios para diversas marcas de Barcelona.

A Horacio le iba bien: había progresado y dejado el Banco Hispano tras siete años por un sueldo mejor en el Banco Coca.

De vuelta de unas visitas a unos clientes, el director le estaba esperando. Era este un señorito hijo de una de las familias bodegueras de Sanlúcar, que conocía a su padre y a toda la familia. Impresionado, le dijo a Horacio que le esperaban unos señores a los que había que atender. Resultaron ser dos policías, uno con un pequeño bigote, de la temida Brigada Político-Social. Fueron primero a su casa, donde los policías registraron libros y papeles —cariacontecidos al comprobar que Horacio tenía libros de Ortega y Gasset— antes de llevarle a la comisaría de los jardines de Murillo. Le interrogaron toda la mañana, turnándose entre ellos, hasta que le llevaron al despacho del jefe, Antonio Neto, quien hizo pasar a otros seis policías. Entre los siete le rodearon y quisieron saber si era del PSOE clandestino, lo que Horacio negó. Al fin uno de ellos le preguntó:

—Pero tú, políticamente, ¿qué eres?

Y Horacio contestó:

—Yo republicano, como mi padre, pero, fundamentalmente, antifranquista.

Horacio agachó la cabeza esperando recibir dos bofetadas o algo peor. Tenía la lengua seca de miedo. Pero, en ese momento, el jefe Neto dijo:

—Si no fuera usted antifranquista, usted sería un hijo de puta.

Horacio se quedó de piedra, pensó por unos momentos si el régimen había cambiado y no se había enterado, pero Antonio Neto continuó:

—Yo fui escolta de su padre en el 36 y le conocí bien.

Habían pasado veintidós años de la muerte de Horacio Hermoso Araujo y su hijo sintió un enorme orgullo. De su padre, y de él, que ostentó no solo el nombre, sino unos principios insobornables. Los policías no se movieron, pero uno le ordenó que le acompañase al cuarto de los archivos y, una vez allí, le dijo:

—Dime lo que sepas o te pateo el hígado, y no me vayas a responder con golpes porque te pego un tiro. —El policía le enseñó la pistola que llevaba dentro de la chaqueta bajo el brazo.

—Patéame el hígado —respondió Horacio. Se quedaron mirando y el policía salió de la habitación.

En la brigada pasó detenido una semana hasta que le llevaron al juez de guardia, un fascista que le quería mandar a la cárcel por los papeles que había encontrado en su casa, y que le acusó de «enredar, como si esto fuera una dictadura». El policía que le acompañaba declaró que era inocente, y el juez le mandó a Capitanía General por si le interesaba a la autoridad militar. El capitán general casi recién llegado era Antonio Castejón, el de la sanguinaria columna. Cuando tuvo que presentarse ante él, Castejón estaba comiendo, y a Horacio lo tuvieron de aquí para allá, hasta que decidieron que se fuera a su casa.

Semanas después recibió un exhorto para presentarse en Madrid, donde estaban juzgando las actividades del PSOE. También le tuvieron detenido sin tomar decisión alguna, así que tras unos días le mandaron de vuelta a Sevilla. Horacio conoció que habían encontrado su nombre en una libreta de un dirigente del PSOE clandestino que detuvieron en Madrid cuando había entrado en España. Se llamaba Antonio Amat, alias Guridi. Horacio había recibido varias proposiciones para ingresar en el PSOE clandestino, pero las rechazó, asegurando que «la revolución la hará solo el partido comunista».

Horacio volvió a donde le habían dicho los policías, a su trabajo en el banco. Al mes siguiente lo dejó. Confesó a su tío que pensaba que su dibujo ya no estaba a la moda y le aconsejó que, juntos, se dedicaran a las representaciones comerciales.

16

Como era habitual en la familia, Horacio consiguió el trabajo al ver un anuncio de prensa. Era de una fábrica de galletas vasca. La prueba consistía en contestar a catorce temas propuestos por la empresa, así que en su casa comenzó a rellenar a máquina folios y más folios hasta que completó el examen, sin tener ni idea de en qué consistían muchos de ellos. Lo llamaron para una nueva prueba, ya en Bilbao. Le recibió el fundador de la compañía, un viejecito de ochenta años que le recriminó su crítica y lo invitó a recorrer las instalaciones.

—Te doy dos horas para que identifiques tres problemas de la compañía —le desafió.

Horacio probó fortuna y coincidió con el propietario, ganando el puesto. Su trabajo era fácil porque fabricaban las mejores galletas, pero pronto se enfrentaron a la dura competencia de otra fábrica de procedencia mejicana que producía galletas de peor calidad a un precio menor. Horacio reclamó medidas para ser más competitivos, pero los propietarios se abrigaron en la tradición. Horacio volvió a mirar la prensa y respondió a un anuncio de otra firma de dulces, también vasca, que buscaba delegado comercial para Andalucía.

Su tío Carlos se había ganado con los años el respeto de los clientes, dedicado a las representaciones comerciales y alejado del dibujo. Recién estrenada la década de los setenta se le presentó un problema de vejiga, orinó sangre y empezó un periplo por médicos y especialistas. Fue operado con éxito, pero un amigo anestesista le dijo a Horacio que le habían extraído un tumor como un puño. Viviría como mucho un par de años.

En esas fue citado de nuevo en Madrid para enjuiciar la causa contra los implicados en la reorganización del PSOE, con más de ochenta acusados. Horacio proclamó por indicación de su abogado:

«Mi padre fue asesinado, sin formación de causa y por aplicación del bando de guerra, durante la sublevación militar del 36».

El juez lo absolvió.

17

Carlos estuvo bien un tiempo, ganó peso y se mostraba activo, pero casi al año de la operación volvieron las molestias. Horacio hablaba a escondidas con los médicos y, ante su estupefacción, a Carlos le recetaban algodones con un poco de yodo para los dolores. Su tío fue dándose cuenta de la gravedad de la enfermedad, por más que Horacio lo disimulara. Le ayudaba en los pedidos y, los peores días, le aconsejaba quedarse en la cama porque en la calle hacía frío. En diciembre del 73 Carlos empeoró. El 20 de diciembre estaba Horacio en su despacho y, al llegar el contable, le dijo que su mujer le había llamado por teléfono:

—Están diciendo en el supermercado que han asesinado a Carrero Blanco, el presidente del Gobierno.

Horacio cogió el coche y se plantó en la clínica donde estaba su tío. Llegó a la habitación y anunció:

—¿A que no sabes a quién se han cargado?

Su tío abrió mucho los ojos, esbozó una sonrisa y Horacio tuvo que apresurarse para decirle que no, que era a su segundo. Carlos apretó los labios, levantó el brazo con el puño cerrado y lo aplastó contra las sábanas resignado.

Horacio se marchó porque sabía que estaba fichado tras el proceso del PSOE y temía una razia de la policía. Se escondió en la casa de una tía de su mujer donde pensó que no le buscarían.

Salió para Nochebuena. Preparaba la cena junto a su madre cuando llamó su tía Concha para avisar de que Carlos había empeorado. La familia acudió a la clínica y el especialista les dijo que, si lo dejaban enchufado, con suerte viviría un par de días. Horacio le dijo que, bajo su responsabilidad, desconectara el aparato. Organizó el tercer entierro de su vida.

El caudillo Francisco Franco Bahamonde, diez años mayor que su tío y ocho más que su padre, tardaría otro par de años en fallecer, el 20 de noviembre del 75, en su cama, con todos los honores como jefe de Estado.

Horacio siempre recordó el empeño, la lucha y el afecto de su tío para cuidar a su madre, a su hermana y a él, que les salvó del hambre y la deshonra. No le serviría de consuelo, pero confió en que su memoria, como la de su padre, permanecería grabada en Sevilla, aunque la ignorasen o trataran de borrarla. Porque eso hacía una democracia: impedir que se olvide la historia del propio país para evitar otra dictadura.

El año de la aprobación de la Constitución española falleció Mercedes Serra. Sus últimos años los había vivido con su hija, que se había sacado las oposiciones de inspectora de enfermería y se había hecho cargo de su manutención. Solo cuando falleció su madre, ella buscó pareja, en la sección de anuncios de los periódicos. Una familia aprovechó para endosarle a su hijo esquizofrénico, y Mercedes se hizo cargo de sus cuidados hasta que el hombre falleció. Vivió viuda el resto de sus días y falleció a causa del coronavirus en marzo de 2020. Horacio Hermoso Serra quedó como única persona en el mundo que conoció en vida a su padre, Horacio Hermoso Araujo, el último alcalde republicano de Sevilla.

Le recordó a diario. Falleció el 3 de diciembre de 2022.

Agradecimientos

Esta novela honra la memoria de Horacio Hermoso Serra, hijo de Horacio Hermoso Araujo, cuyo testimonio aportado a lo largo de cinco años nutre la inmensa totalidad de este relato. Descubrí su prodigio en un vídeo de YouTube en el que, en abril de 2017, Horacio daba una conferencia al alumnado de cuarto de la ESO del Instituto de Educación Secundaria de Gelves —hoy IES Antonio Álvarez López—, en una valiente invitación de la profesora Puri Astorga, y quedé cautivado. Desde entonces he tenido la suerte de contar con excelentes colaboradores para contrastar y precisar sus recuerdos. Siempre estaré agradecido al historiador Juan Ortiz Villalba, cuyo libro *Sevilla 1936: del golpe militar a la guerra civil* seguirá siendo la referencia para conocer qué pasó en la ciudad antes, durante y después de la Guerra Civil. Además, he disfrutado de la atenta colaboración del ejemplar Leandro Álvarez Rey, catedrático de Historia Contemporánea de la Universidad de Sevilla.

Otros muchos especialistas han contribuido a la investigación de aspectos concretos, como en el caso de Chema Hermoso e Ifigenia Bueno, de Sanlúcar; Joaquín Octavio y José María García Márquez, del archivo militar; María del Valle Gómez de Terreros, de arquitectura; Juan Antonio Ruiz Domínguez y Daniel Marín, de la Semana Santa; Teresa Lafita, de arte; Javier Giráldez, Juanmi Baquero y Cecilio Gordillo, de memoria democrática; Isabel Rodríguez y Rafael Manzano Martos, del Alcázar de Sevilla; Javier Peso, de masonería; Martín Carlos Palomo y Rafael Muñiz, de cerámica; Remedios Malvárez y José Díaz Arriaza, de la fosa común de Pico Reja; Pedro Álvarez Ossorio, de Queipo; Eduardo Rodríguez Bernal, de la Exposición del 29; José Luis Gutiérrez Molina, de Mendiola; Eduardo González Calleja, de la violencia política en la Segunda República; Javier Delmás Infante, Fernando Rodríguez Martínez y Eva Cataño, de Blas Infante... Entre cafés y tostadas con jamón, le dedico una mención especial a mi amiga Esther García García, del Centro de Estudios Andaluces. Hago extensiva mi gratitud a los técnicos de la hemeroteca municipal, de los archivos y bibliotecas sevillanos, dignos de admiración por su interés y disposición, así como agradezco el servicio prestado por el Centro Nacional de la Memoria Histórica y otros archivos civiles y militares.

Gracias a un cumpleaños infantil me libré de escribir decenas de pies de página y referencias de bibliografía cuando el periodista Fernando Pérez Monguió me animó a explorar otros caminos de divulgación. El editor Gonzalo Albert creyó en esta historia y me dirigió a las sabias manos de Alberto Marcos, quien con otros excelentes escritores de Plaza & Janés como Luis Montero Manglano han contribuido a consolidar este trabajo.

Por último, mi agradecimiento a quienes en algún momento han confiado en que estaba capacitado para idear y ejecutar un proyecto literario, uno de los afanes de mi vida. De todos ellos, mi madre, mi padre y mi hermano, y, en especial, mis hijos, Ulises y Lucas, por conciliar a su padre con un periodo histórico. Nada de esto hubiese sido posible sin Mariluz Crespo Gómez. He vivido en las nubes una gran parte del tiempo y, contigo, lo seguiré haciendo.

«Para viajar lejos no hay mejor nave que un libro».

Emily Dickinson

Gracias por tu lectura de este libro.

En **penguinlibros.club** encontrarás las mejores
recomendaciones de lectura.

Únete a nuestra comunidad y viaja con nosotros.

penguinlibros.club

Penguin
Random House
Grupo Editorial

 penguinlibros